★人文社会科学学术文库

解读英美文学中的智慧

吕 黛 张 煜 著

HEUP 哈尔滨工程大学出版社

内 容 简 介

本书选取了近现代英美文学中的一些经典作品，以小说梗概内容为主，简单介绍了小说的故事情节，作品所表达的主题，重点在于挖掘作品中人物的特征描写以及人物的心里活动对现实生活的影响。这些经典著作虽经历了时代的变迁，但，我们今天重新解读起来，发现它们仍然蕴藏着无尽的人生智慧。

图书在版编目(CIP)数据

解读英美文学中的智慧/吕黛，张煜著. —哈尔滨：哈尔滨工程大学出版社，2016.7(2017.8 重印)
ISBN 978-7-5661-1298-9

Ⅰ.①解… Ⅱ.①吕… ②张… Ⅲ.①英国文学—文学研究 ②文学研究—美国 Ⅳ.①I561.06 ②I712.06

中国版本图书馆 CIP 数据核字(2016)第 167315 号

选题策划 夏飞洋
责任编辑 张忠远　夏飞洋
封面设计 恒润设计

出版发行 哈尔滨工程大学出版社
社　　址 哈尔滨市南岗区东大直街 124 号
邮政编码 150001
发行电话 0451-82519328
传　　真 0451-82519699
经　　销 新华书店
印　　刷 黑龙江龙江传媒有限责任公司
开　　本 787mm×960mm　1/16
印　　张 13.5
字　　数 262 千字
版　　次 2016 年 7 月第 1 版
印　　次 2017 年 8 月第 2 次印刷
定　　价 49.80 元
http://www.hrbeupress.com
E-mail: heupress@hrbeu.edu.cn

前　　言

在科技飞速发展和网络信息纷杂的时代，我们的学生更需要静下心来，补充人文知识，汲取名著名篇中的人生智慧，提高个人修养，这样才能在这个浮华烦躁的世界中，把握自己人生的方向，充分发挥自身的价值。

华北理工大学吕黛，张煜老师在教学和深入研究的基础上，撰写了本书。在长期从事英美文学教学的过程中，发现无论是英语专业，还是非英语专业的学生，对英美文学名著的了解都非常有限。在一个重视考试和证书的时代，很多学生已经没有耐心认认真真地读几本名著了。然而，名著不可不读。本书以英美文学中的一些经典作品为素材，帮助读者对作品内容作基本了解，然后从个人视角出发对当今社会现状进行渗透式分析，挖掘作品中蕴含的智慧。

本书分为英国文学作品和美国文学作品解析两大部分。在每一部分之下，以作者为单位划分章节。著者对于每一位作者一般只会选取其一部作品进行介绍、解读，个别作者选取多部。对于每一部作品的介绍、解读，均围绕作者简介、名著（小说或戏剧）内容、原著主题和现实意义四个方面进行展开。因此，本书主要面向两类读者。首先，面向对英美经典文学感兴趣却对原著涉猎有限的朋友。他们可以详细阅读书中的"作者简介""名著（小说或戏剧）内容"和"作品主题"这三部分，从而对作者生平、名著中的人物及情节和作品在学术界被普遍认同的主题有相对清晰的认识和理解，初步领略作家的为人和写作风格，管窥原著风采。第二，面向已大量阅读英美经典作品的朋友。"作者简介"部分可为他们理解作品提供现实依据；"名著（小说或戏剧）内容"有助于他们梳理名著中的人物性格及人物之间复杂的关系。有助于他们总结各事件的来龙去脉，最重要的是从"原著主题"和"现实意义"层面加深他们对原著思想的理解。

编写本书的目的亦有两点。其一，介绍英美经典文学名著，让更多的读者在有限的时间内去认识和基本了解这些作品。其二是本书编写的根本目的，让读者朋友从这些经典中汲取精神食粮，从而真正理解经典作品背后蕴含的人生智慧和哲理，促使他们去追求一个幸福和谐的人生。

鉴于作者学识、阅历有限，错误之处在所难免，恳请读者指正。

著　者

2016 年 2 月 29 日于华北理工大学

目　　录

第一部分

解读英美文学中的智慧

《威尼斯商人》

作者简介：

莎士比亚(1564—1616年)，世人尊称为莎翁，欧洲文艺复兴时期最重要的作家，杰出的戏剧家和诗人，也是西方文艺史上最杰出的作家之一。他在欧洲文学史上占有特殊的地位，被喻为"人类文学奥林匹克山上的宙斯"。他亦跟古希腊三大悲剧家埃斯库勒斯、索福克里斯及欧里庇得斯合称戏剧史上四大悲剧家。莎士比亚崇尚高尚情操，常常描写牺牲与复仇，包括《奥赛罗》《哈姆雷特》《李尔王》和《麦克白》，被认为是英语最佳范例。

小说内容：

《威尼斯商人》是莎士比亚早期的一部喜剧。反映了商业社会中借者和贷者之间的矛盾，歌颂了世间的仁爱和友谊，鞭挞了冷酷和狡诈。威尼斯商人安东尼奥为人诚实宽厚，借钱给人从不收利息，影响了当时放高利贷者夏洛克的收入，夏洛克自然对他怀恨在心。

安东尼奥的朋友巴萨尼奥为了向鲍西亚求婚，需要三千块金币。因为安东尼奥的钱都投资在商船上了，所以要想帮助朋友，只有向放贷者去借钱。他找到了夏洛克，夏洛克想借此机会报复，说："我也不要利息，只是需用你身上的一磅肉作为抵押。"安东尼奥无奈之下写下了契约。

不久，传来噩耗，安东尼奥的商船行踪不明，暂时无力偿还债务。夏洛克告到了法庭，要割取安东尼奥的一磅肉。这一磅肉很有可能断送人的性命。这消息传到了巴萨尼奥好友鲍西亚耳中，于是鲍西亚装成律师为安东尼奥辩护。她说，割一磅肉可以，但不能多也不能少，而且不可流一滴血。夏洛克只好服输，原告成了被告。夏洛克以谋害罪被没收财产。二分之一归国家，二分之一归安东尼奥，并依照判决，改信基督教。安东尼奥把应得的一半财产让给了夏洛克的女儿和女婿。因为这个女婿也是安东尼奥的朋友。

戏剧在结尾传来了安东尼奥商船平安归来的消息。

作品主题：

《威尼斯商人》是一部具有极大讽刺性的喜剧。剧本歌颂仁爱、友谊和爱情，同时还反映出人文主义倡导者的人道原则同资产阶级法律之间的冲突。这部剧作塑造的主人公夏洛克，是唯利是图、冷酷无情的高利贷者的形象。既具有喜剧的欢快色彩和气氛,又有悲剧的深刻思想和内容。

现实意义:

金钱能做很多事,但它不能做一切事。我们应该知道它的领域,并把它限制在那里;当它想进一步发展时,甚至要把它们踢回去。

——卡莱尔

莎士比亚四大悲剧之一的《威尼斯商人》诠释的就是金钱这一古老而又永不过时的话题,讽刺了那些自以为是、刻薄吝啬的小人,将一幅丑陋的黑暗社会嘴脸展现在我们眼前。金钱是世界上最有价值的东西吗?有什么东西会比金钱更珍贵吗?这部剧动人的亲情故事、对爱与付出的讴歌、机智的对话、峰回路转的剧情、夸张爆笑的情节,使其充满了传奇及浪漫的色彩。在交织着友情、爱情、亲情的世界,引领我们认识什么才是人生中重要的价值……其诙谐的语言蕴含了深刻的内涵!

俗话说:"君子爱财取之有道",就是说行止端正、光明磊落的人同样喜爱财物,只不过获取财物的手段和方法是正当的,无可非议的。但在现实生活当中,确实有些企业、有些人,趁改革之机,钻改革的空子,唯利是图,弄虚作假,损人利己。这种认钱为命、见利忘义的行为实在可恶,是为君子所不齿的。

在竞争越来越激烈的今天,很多人早已把这一至理名言忘得一干二净,早已摒弃了这种道义和原则,所以为谋私利不择手段的大有人在。"地沟油"、"瘦肉精"、"有毒染发剂"、"假药"等事件数不胜数,这些事件背后,不都是暗藏着一群贪婪的、不择手段的、卑劣的家伙?谁敢说他们不知情才这么做的?不是为了谋私利?多数都是明知故犯,采用各种各样的卑劣手段欺骗广大消费者。如果没有被各大媒体曝光,可能仍在祸害消费者。不过对于这些人也没有什么道德仁义可言,面对激烈的竞争,弱肉强食,尔虞我诈,只要能达到目的,不择手段,根本没什么仁道的原则,如果说有,那也是"欺世盗名亦有道"的原则——目的就是一切。

钱财固然重要,人可以追求财富,但绝对不能做守财奴,无论是富贵还是贫穷,无论是仓促之间还是颠沛流离之时,都绝不能违背这个基础和原则,因为在这个世界上还有比金钱更重要更珍贵的东西。用孟子的话来说即是"富贵不能淫,贫贱不能移"。

《哈姆雷特》

作者简介：

见《威尼斯商人》。

小说内容：

戏剧以丹麦为背景。克劳狄斯杀死了前国王，即自己的哥哥，之后又迎娶了前朝王后，格特鲁德。悲痛的王子哈姆雷特对叔父的阴谋一无所知，直到有一天父亲的鬼魂告诉了他真相。于是哈姆雷特决定假装疯狂，伺机为父报仇。在后来的一场宫廷表演未结束前，克劳狄斯就神情慌张地离开了现场。

在奥菲莉雅和雷欧提斯的父亲泼洛涅斯被哈姆雷特误杀之后，克劳狄斯施展罪恶的计划，将哈姆雷特派往英国，又在他身边安排下两名随从。随从身带密信通知英王杀死哈姆雷特。但是，哈姆雷特从死亡之旅中获救，返回了祖国。回国后他参加了奥菲莉雅的葬礼，她因为觉得自己失去了真爱而溺水自尽。

克劳狄斯又策划出另一个阴谋，在哈姆雷特和雷欧提斯之间举行一次决斗。他为此准备了两件致命的武器：一杯毒酒，计为哈姆雷特之饮；一把毒剑，意为雷欧提斯所挥。但王后时运不济，替儿子饮下毒酒。打斗中，两位都剑伤了对方。因为两人在比武间错换了武器，因此均注定了死亡的厄运。

临死前，雷欧提斯悔恨惭愧，说出了这比武场悲剧的真相；哈姆雷特将摇摇欲坠的丹麦王国临时托付给了自己的挚友霍拉旭。

作品主题：

《哈姆雷特》是莎士比亚最重要的作品，以精湛的艺术形式，博大的思想内容表现出主人公人文主义理想的幻灭，对专治王朝进行了无情的揭露。揭示了文艺复兴时期英国社会的种种矛盾，体现了时代精神，反映了人文主义理想和现实之间无法调和的矛盾斗争以及作者对人生价值和意义的探索。

现实意义：

大千世界，芸芸众生，有人春风得意，有人却黯然无光，有人财运亨通，有人却一贫如洗。性格的不同正是导致每个人命运不同的缘由所在。而莎翁四大悲剧作品之一《哈姆雷特》也深刻地诠释了“性格决定命运”这一亘古不变的哲理。

主人公哈姆雷特从德国匆匆赶回,本该是来参加他父亲的葬礼,却意外发现父亲被奸人所害,而母亲也改嫁;他发誓要为父报仇。至此,哈姆雷特就开始了艰难的复仇历程,和叔叔展开了你死我活的激烈较量。最终,向克劳迪斯发出了复仇之剑,与此同时,哈姆雷特也难逃一死。这是一个关乎命运与性格的悲剧,一首人性悲壮的凯歌。性格与命运的关系贯穿全剧——像影子一般不离不弃,又宛如阳光一样温暖人心,与其邂逅让人变得幸福却也伤痕累累。然而很多时候,命运像梦魇一样深邃而窒息。这注定是一个无解的棋局。

人们常说,"播下一个行动,便会收获一种习惯;播下一种习惯,便会收获一种性格;播下一种性格,便会收获一种命运。"性格决定命运,命运影响人生。三国时期的周公瑾,文武双全,风流倜傥,赤壁大战击溃不可一世的曹操百万大军,谈笑间,樯橹灰飞烟灭,何等雄姿,何等豪迈!可其心胸狭窄,因此一败再败在诸葛亮的手下后,不禁一声长叹:"既生瑜,何生亮?"吐血而亡,英年早逝。他就败在量小气狭的性格上。现实世界里,果断刚毅、善于随机应变的性格更容易在事业上取得成功;踌躇不前、犹豫不决之人很难拔得头筹。吃苦耐劳、心系他人、无私奉献的性格广结四海之友;而斤斤计较、万事为己的人难以赢得人心。

站在人生的十字路口,向左还是向右,保守还是奋进……无数个问题的抉择接踵而至。俗话说"一千个人心中有一千个哈姆雷特",固守派会选择保守;创新派会选择奋进。我们所做的每一个抉择都是性格使然,这与"To be or not to be"俨然如出一辙。若想在这个充满竞争的现实世界里做好而又做对,并不简单。

命运掌握在我们自己的手中,成败的一切都在于自己。因此,请相信性格的力量:相信性格是可以改变生活和命运的力量;相信性格会影响学习、事业前程;你想主导自己的人生吗?坚强刚毅的性格是第一步!

《麦克白》

作者简介：

见《威尼斯商人》。

小说内容：

《麦克白》是莎士比亚四大悲剧之一。讲述了一个将军弑君篡位的故事。揭露和批判了背信弃义、追权夺势的罪恶。苏格兰大将麦克白远征胜利，回返途中遇到了三个女巫。女巫说，麦克白命中注定是苏格兰国王。麦克白本来是一个善良的人，屡建奇功，雄心勃勃。在女巫的迷惑下产生了篡位夺权野心。一次，苏格兰国王邓肯在堡垒做客，遭到了麦克白的杀害。麦克白篡夺王位后，为了巩固权位，又杀死了同他并肩作战的大将班珂。班珂死后，鬼魂不断出现，使他不安。当时的贵族对他也不再信任，不再拥护。麦克白又开始杀害贵族成员麦克德夫。麦克德夫逃跑，妻儿却被残杀。麦克白的倒行逆施导致了众叛亲离。随后，麦克德夫和前国王的儿子，从英国进军，消灭了麦克白。

作品主题：

《麦克白》描绘了莎翁所看到的正在兴起的资本主义社会关系的内在矛盾，抨击了资本主义利益原则的邪恶性质，展现出阶级压迫给广大劳动人民带来的痛苦。但他把社会斗争归结于抽象的善恶好坏的道德问题，仅仅看到思想的力量、个人的作用，而忽视了人民大众，因此在冷酷的、充满罪恶的社会面前，单枪匹马的个人主义英雄往往被碰得头破血流，其悲观、茫然、幻灭，陷入不可解脱的内心矛盾，并最终导致悲剧结局。

现实意义：

孟子曰："人之初，性本善。"他认为人在初生伊始，体内就存有种种善的因素。但是荀子的论点是："人之性，恶；其善者，伪也。"他的意思就是人在出生时，本质上就是恶的，和孟子的观点正好相反。人性的善恶论孰是孰非？

《麦克白》中的悲剧主人公麦克白是苏格兰的一位王亲贵族和名将，由于受到野心的驱使和女巫预言的煽动，将国王邓肯谋杀。篡位之后，麦克白受到内心极度恐惧和疑虑的折磨，但为保住王位他实行暴政，滥杀无辜，成为疯狂残忍的暴君，最后被邓肯之子马尔康率领的讨伐之军消灭。麦克白走向毁灭的主要因素是其自身的野心和权欲。在人生道路上最关键的时刻经不住权力的诱惑，一念之差，选择了恶，放弃了善，踏上了自我毁灭的不归路。

人类就是这样一个矛盾的实体，善与恶、美与丑交织在一起，正如女巫所唱的那样："美即丑恶，丑即美。"正因为"丑恶"吞噬了"美好"，"美好"向"丑恶"屈服，才使善逆转成为了恶。2013 年 4 月上海复旦大学上海医学院研究生黄洋遭他人投毒后死亡的案件发生于复旦大学枫林校区中，犯罪嫌疑人为被害人室友林森浩，投毒药品为剧毒化学品 N，N－二甲基亚硝胺。2014 年 2 月 18 日上午在上海市第二中级人民法院一审宣判，被告人林森浩犯故意杀人罪被判死刑，剥夺政治权利终身，已经于2015 年 12 月 11 日执行死刑。无独有偶，2009 年 7 月 3 日，浙大化学系教师莫某某、浙江某高校教师徐某某在化学系催化研究所做实验过程中，误将本应接入 307 实验室的一氧化碳气体接至通向 211 室输气管，造成 211 实验室中两位女博士一死一伤。事故发生后，莫某某、徐某某因其行为涉嫌危险物品肇事罪，公安机关已立案调查，并对其采取监视居住的强制措施。同时，浙大决定对该校理学院分管安全工作负责人、理学院化学系系主任、化学系分管安全工作负责人、化学系催化研究所所长等 4 人停职调查。

这些令人发指的事件如警世钟一般，时刻提醒着我们。身为社会的人，谁都不可避免地有着七情六欲，有着人性的弱点。其实，最善良的是人，最恶毒的还是人。英雄与魔鬼之间有时本来就只有一线之隔，善还是恶全在于你内心的决断。我们不应忘却现实的一些例子中人性悲剧给我们留下的启示，不应忘却因此引发的对人性的善恶、对人的价值、对命运与生存的追问与思考。"人类是一件多么了不起的杰作！宇宙的精华！万物的灵长！"愿我们守住最初的"人性"，只愿善恶之间拥有我们用常情所筑起的高墙，如一位禅师所说"你所要的善就在你不忍的眼睛里。"

《鲁滨逊漂流记》

作者简介：

丹尼尔·笛福(1660—1731)，英国作家，新闻记者，英国启蒙时期现实主义小说的奠基人，18世纪英国四大著名小说家之一，被誉为“英国和欧洲小说之父”。其作品可读性强，主要构架为：主人公通过个人努力，靠智慧和勇敢战胜困难，表现了当时追求冒险、倡导个人奋斗的社会风气。

《鲁滨逊漂流记》是丹尼尔·笛福的代表作，是笛福文学创作的里程碑，同时也是英国文学史上第一部现实主义小说。其他代表作还有《辛格顿船长》、《杰克上校》、《摩尔·弗兰德斯》等小说，这些小说对英国及欧洲小说的发展都起了巨大的作用。

小说内容：

流落荒岛，创建家园

鲁滨逊出海冒险，船在途中遇到风暴触礁，船上水手、乘客全部遇难，唯有鲁滨逊一人生存下来，只身飘流到一个杳无人烟的荒岛上。他用沉船的桅杆做了木筏，把船上的食物、衣服、枪支弹药、工具等运到岸上，创建家园。

搭盖住所

鲁滨逊在小山边搭起帐篷定居下来。用削尖的木桩在帐篷周围围上栅栏，在帐篷后的山丘凿洞居住。鲁滨逊用简单的工具制造桌椅等家具，猎野味为食，饮溪里的水，度过了最初遇到的困难。

医治疟疾

六月二十五日时，鲁滨逊患上疟疾，病情严重。六月二十七日疟疾再次发作，且来势很凶。后来鲁滨逊想起用烟叶来治病，睡了一觉，醒来时鲁滨逊觉得精神焕发，身体也完全恢复了活力。第二天疟疾没有发作，身体逐渐复原。这一天是二十九日。

播种粮食

一次，鲁滨逊无意中发现掉在墙角的谷壳，竟然长出了绿色的茎干。不久，长出了几十个穗头，这真是老天莫大的恩惠。从此，鲁滨逊一到雨季就撒下半数种子来试验，以得到更多的粮食。最糟糕的一次试验，大麦与稻穗仅收获了半斗。但是，经过这次试验，鲁滨逊成为了种田高手。后来他一年四季播种两次，收获两次。鲁滨逊因此有了生活的口粮。

烤制面包

鲁滨逊在荒岛上为了做面包,种植了大麦和稻子,发明了石臼,又做了筛子。做面包需要发酵,鲁滨逊没有发酵粉,但鲁滨逊靠他的智慧用方砖砌成的炉子制出了非常好的大麦面包。

制作陶器

出于生活的需要,鲁滨逊开始制作陶器。在找到陶土后他做了无数次试验。刚开始,都不成功,几个月后,终于做成瓦器,但还是没有做出质量好的泥锅。一次偶然的机会,鲁滨逊发现了奥妙,最后烧成了三个瓦锅,两个瓦罐。

驯养野羊

鲁滨逊把一只打瘸腿的小山羊牵回家,在鲁滨逊的精心照料下,受伤的小山羊恢复了健康,活了下来。后来,小山羊渐渐被驯服,不肯离开鲁滨逊。一个念头此时进入鲁滨逊的脑海:饲养小山羊和一些易于驯服的动物,让其繁殖。

造独木舟

为了能到孤岛对面的大陆,鲁滨逊想造独木舟。但是他太草率,没造成,放弃了。后来,鲁滨逊造出了一只更小的独木舟,并且安装了桅杆和帆。但是因为独木舟太小,鲁滨逊未能乘它到对面的大陆,只能在附近使用。

拯救星期五

鲁滨逊看到野人吃人的残暴场面后,加固了自己的城墙,萌生了把野人杀掉的念头。他又一次看见野人举行人肉宴,其中一个野人俘虏逃出。鲁滨逊打死两个追赶者,拯救了这个野人。鲁滨逊把它收为自己的奴隶,并取名叫"星期五"。星期五在鲁滨逊的教导下,很快学会了穿衣、开枪、讲英语……成为鲁滨逊最忠实的仆人和朋友。

救星期五的父亲

正当鲁滨逊与星期五做好木船、要驾船起航时,又有野人到岛上来开人肉宴了。俘虏中有一个是星期五的父亲。鲁滨逊把枪都装上弹药,带了大刀,冲下山,救出了星期五的父亲和一个西班牙人。

夺船回国

鲁滨逊给了救下的俘虏枪支和食物,让他们乘着新造的船去把那艘西班牙船上遇难的水手们带到岛上来。在等待时,有一艘英国船因水手闹事而在他的荒岛附近抛了锚。鲁滨逊帮船长夺回了船,跟船长一起回到了英国。

作品主题:

鲁滨逊是个劳动者,同时又是资产阶级殖民者,因此具有掠夺剥削的本性。作者借《鲁滨逊漂流记》赞扬了新兴资产阶级的代表——鲁滨逊身上所表现的勤劳、智慧、勇敢、顽强和坚韧的美好品德,及处在上升时期的资产阶级个人奋斗精神,也表现了处于资本主义原始积累时期的新兴资产阶级要求“个性自由”,发挥个人才智,勇于冒险,追求财富的冒险进取精神。

现实意义:

古人云“绝望之于人犹如狂风之于漏屋、巨浪之于孤舟”,黑暗与光明交织,希望与绝望并肩。丹尼尔·笛福笔下的鲁滨逊不畏艰难,自力更生,谱写了一首与恶劣环境做斗争的赞歌,与现实社会那些在困难中选择放弃的人形成强烈的对比。

主人公鲁滨逊在一次海难中幸存,可身上除了一把刀、一根烟管和一个烟袋外,别无他有。但他不抛弃、不放弃,创建家园、搭盖住所、医治疟疾、播种粮食、制作陶器、驯养野羊、夺船回国……原本窘迫不堪的境况一点点得到好转,鲁滨逊非但没被饿死,反而食物丰盛。整本书以事件为线索,通过鲁滨逊的不断努力,倡导个人奋斗的社会风气。

试想时下,有多少人可以像鲁滨逊一样勇敢、坚强,敢于向死亡挑战,敢于向命运说不?其实鲁滨逊所做的并不是什么惊天动地的大事,只不过怀着一颗坚持不懈的心,在普通人看似绝望的缝隙中寻找光明。

或许我们很少自认软弱无助,然一旦身陷困境却又很难表现得坚强。面对生活中的挫折,我们更多的是选择逃避到安全地带,而不是迎难而上。有些人在一次考试中失利就意志消沉、一蹶不振;有些人在困境面前,非但不努力不坚持,反将这些责任推卸给他人;有些在实验室为科学奋战的研究人员,实验的屡屡失败不断地侵蚀着他们的意志力和决心,最后在困难面前他们选择了放弃,只能眼巴巴地望着奖项花落他家;当今社会竞争激烈,无论从事什么都需要一颗坚持不懈、迎难而上的心。鲁滨逊用自己的亲身经历向世人昭示:若想成功,直面挑战是必需的。鲁滨逊用内心永不磨灭的希望之火点燃了胜利的导线,绽放出了绚烂无比的火花,成就了自己,也激励了无数人。

总有人误读困苦的颜色,有人说它是黑色的,于是他们放弃了,他们被命运的浪花拍到岸边;有人说它是灰色的,于是他们逃避了,不曾得见人生的真谛;然而我认为困苦是金色的,如炼金的烈火一般,如淘沙的巨浪一样,如凤凰涅槃重生的浴火一般。人皆知平地不出骏马,平原难见峻松,小林中多遇寒鸦,山顶处可寻鸾凤。困苦是闪着金光的财富,它使人生绚丽,使人生达到目标,而无所悔恨。

《汤姆·琼斯》

作者简介:

亨利·菲尔丁(1707—1754),18世纪英国最杰出的小说家、戏剧家,该世纪英国启蒙运动中最伟大的代表人物之一,是英国第一个运用完整的小说理论来从事创作的作家,被沃尔特·司各特称为"英国小说之父"。在《约瑟夫·安德鲁斯》、《弃婴汤姆·琼斯的故事》(即《汤姆·琼斯》)和《阿米莉亚》中,菲尔丁奠定了至19世纪末一直支配着英国小说全面反映当代社会的现实主义传统。他对文学的最大贡献是他创作的现实主义小说,与丹尼尔·笛福和塞缪尔·理查逊并称为英国现代小说的三大奠基人。

小说内容:

英国萨莫特郡的富绅奥尔华绥妻儿早丧,家里只有他和老处女妹妹白利姬两人。有一次,他去了伦敦三个月,回来后发现床上有个弃婴。谁都以为尖酸刻薄、守操严谨的白利姬会对弃婴之事大加责难,相反,她却对婴儿表示同情,却大骂婴儿的母亲是淫妇。兄妹俩开始调查弃婴的来历,很快怀疑上了女仆珍妮·琼斯。在主人面前,珍妮"供认不讳",但拒不交代婴儿的父亲是谁,只说将来总会水落石出。为了免人闲语,奥尔华绥辞退了珍妮。他将弃婴收为养子,取名汤姆·琼斯。

珍妮曾在乡村教师庞立支家做过工,由于长得漂亮,庞立支的妻子早疑心丈夫与她有私情,听到弃婴之事后,再也不能容忍。庞立支有口难辩,在舆论压力下,只好出走。

白利姬与布利非上尉结婚了,生了个儿子,名叫布力非。上尉想霸占奥尔华绥家族财产的阴谋未逞,便中风身亡。小布力非便由舅父奥尔华绥教养,后来又被立为继承人。布力非自私虚伪,汤姆则诚实勇敢。塾师神学家斯奎尔和哲学家屠瓦孔偏袒布力非,视汤姆为眼中钉。布力非更是处处与汤姆为敌。汤姆与隔邻庄园主魏斯顿的独生女苏菲亚青梅竹马,友爱真挚,布力非却处处从中作梗。苏菲亚出猎坠马,汤姆为救她而摔断左臂,苏菲亚深受感动,两人感情日增。

苏菲亚的父亲想把女儿嫁给布力非,苏菲亚偏偏非汤姆不嫁。布力非更恨汤姆,于是挑动舅父把汤姆赶走。苏菲亚拒不嫁给布力非,也离家出走。汤姆流浪途中巧遇以理发为生的庞立支,两人一同流浪。一天,汤姆从强盗手中救出沃特尔夫人,她便是昔日的珍妮,现已沦为妓女。汤姆在厄普顿旅馆被她勾引,并与她发生关系。苏菲亚恰巧也来到这家旅馆,知此丑闻,十分愤怒,留下暖手筒及字条给琼斯,便去伦敦投奔亲戚贝拉斯顿夫人。

汤姆和庞立支追至伦敦。汤姆因找不到苏菲亚而十分苦恼，又囊空如洗，便上了贝拉斯顿夫人的圈套，与她发生关系。贝拉斯顿夫人探知汤姆钟情苏菲亚，便视苏菲亚为情敌，设计把苏菲亚嫁给一位伯爵，见苏菲亚不从，便安排伯爵闯进苏菲亚房间强施暴行。正在苏菲亚呼救无援之际，她父亲恰好来到，喝退伯爵。

贝拉斯顿夫人见汤姆千方百计想摆脱自己，便与伯爵相勾结，雇佣流氓，陷害汤姆。汤姆在一次打斗中自卫伤人，被流氓们抓获，送入监狱。奥尔华绥和布力非也赶来伦敦，加上魏斯顿，他们都期望汤姆被判死刑，以使苏菲亚回心转意。布力非贿买家庭律师，利用被收买的流氓捏造伪证，诬告汤姆杀人。汤姆终以杀人罪下狱。

塾师屠瓦孔临死前良心发现，写信向奥尔华绥忏悔，承认他以前指责汤姆的地方皆属恶意捏造。被汤姆打伤的人很快痊愈，因此汤姆杀人罪不能成立。由于沃特尔夫人的揭露，家庭律师被迫说出自己是受布力非的贿赂才指使流氓做假证。沃特尔夫人又向奥尔华绥说出汤姆出生的真相。原来汤姆是白利姬与奥尔华绥某位朋友的儿子所生，白利姬临死前也要家庭律师将这些转告奥尔华绥。真相大白，奥尔华绥取消了布力非的合法继承人资格，决定把他赶出家门，改立汤姆为嗣。魏斯顿听到这个消息后，马上同意了苏菲亚和汤姆的婚事。汤姆和苏菲亚终成眷属。

作品主题：

《汤姆·琼斯》是一部包罗英国18世纪生活一切方面的社会生活小说。菲尔丁在《汤姆·琼斯》里为我们展开了一幅18世纪英国社会的现实主义广阔画面：英国地主领地的日常生活，乡村、城市、旅店、戏院、集市、法庭、监狱、杂货铺、生意人的账房、上流社会的沙龙，等等，以及一切阶级与社会集团的典型人物，从高官显贵和大资产阶级的代表到生活在“底层”的人们——流氓、小偷和强盗，无所不囊。这部“滑稽史诗”的基本主题是善与恶的斗争。正面人物琼斯、苏菲亚、奥尔华绥象征着善良和美德；布力非、贝娜斯登夫人和各式各样的市侩象征着罪恶。在这部作品里，菲尔丁通过汤姆·琼斯和苏菲亚为争取婚姻自由和幸福，对布力非为代表的资本主义社会和剥削阶级进行不屈不挠斗争的故事，暴露了英国资产阶级的腐朽、虚伪、唯利是图的本质，讽刺了英国社会的伪君子、假圣人和市侩们。

现实意义：

一份持久的爱情需要的不仅是爱对方的真心，宽容也很重要，而后者正是男性犯错后没有拆散一份爱情的原因。

汤姆和苏菲亚的爱情一路上坎坎坷坷，其中有亲人的阻挠，恶人的陷害，但汤姆身上也有应当指责之处。当时在厄普顿旅馆若是汤姆经受住了诱惑，或许两人也能够早日团聚。此后，汤姆又有一次与其他人发生关系。尽管一路上有不少好心人的帮助，如奥尔华绥和庞立支等，但根本上来说是苏菲亚对汤姆的宽容拯救了他们的爱情，最终让两人走到了一起。

文章与马伊俐到2014年已结婚六年，而这一年男方的出轨事件也让两人的婚姻经受了一次巨大的考验。男方在2014年3月31日凌晨发表博文向公众和家人检讨“……我文章，在生活中写就了一篇大错的文章。我辜负了马伊琍和孩子，辜负了家庭，辜负了丈夫和父亲的称呼，辜负了所有对我寄予期望的人。对不起，请接受我发自深心的歉意和愧悔……”女方后回应“恋爱虽易，婚姻不易，且行且珍惜。[①]”十三个字里面所包含的远不止原谅这一层意思。首先包含了女方对于男方的真心的爱，正是由于这份爱，女方才与男方步入了神圣的婚姻。其次婚姻远不止是两个人的事情，婚姻生活中双方还应该时刻惦念着除彼此之外的家人：父母和孩子；一份美满的婚姻会让一个大家庭充满和谐幸福；相反，一份婚姻如果破裂，受到伤害的也远不止两个人。因此婚姻意义不止对两个人有意义。最后包含了女方对于男方的宽容，两人一路走来，将当初单纯的爱情发展到了已有孩子称呼父母的婚姻，着实不易，每一个人都在成长，希望日后彼此共同珍惜这份感情。

菲尔丁小说中汤姆和苏菲亚的爱情体现着爱情的特征：爱情并非一帆风顺，生活中所遇到的一切磨难和诱惑即是考验。

---

① 文中两处博文于2015年12月24日17:03引自http://baike.baidu.com/link? url = dJ3A9qnrn1BDOkh A U S S 9j C An Yr C0t - Gc1 lXab0 Ea Tvu D Ehg6 Om Wp Bmil4ZJ——2Su3e38 Qpatv Q E Me3r2 L Zb5jtb M4i PmLiy F Ssyh F S Gl Eb24 V Bn9cpj H Hb SCCKICY9 Gxy Obthht Czdem NVGd L1u Cgcdaw R Y P - U Hg6jwiaq6h Nv R Gk Fk NuA Eu3jaacy T - 36 A B_iz C P APh3 Kcgooio Pkez Cv J573Z61 J_T W——g Jza Az K L V9q R Y Z T G Cw V C A K7T5QoV.

《傲慢与偏见》

作者简介：

简·奥斯汀(1775—1817)，是英国著名女性小说家，作品主要关注乡绅家庭女性的婚姻和生活。奥斯汀最初创作是为了反对流行小说。后来又反映了18世纪末19世纪初当时未受资本主义工业革命浪潮冲击的英国乡村中产阶级的日常生活场景，扫除了当时小说创作的庸俗风气，在英国小说发展史上起到了承上启下的作用，同时奥斯汀又是公认的描写妇女意识的卓越作家。她以女性特有的细致入微的观察力和活泼风趣的文字真实地描绘了她周围的小天地。奥斯汀21岁时写成她的第一部小说，题名《最初的印象》，她与出版商联系出版，没有结果。就在这一年，她又开始写《埃莉诺与玛丽安》，以后她又写《诺桑觉寺》，于1799年写完。十几年后，《最初的印象》经过改写，换名为《傲慢与偏见》；《埃莉诺与玛丽安》经过改写，换名为《理智与情感》，分别得到出版。至于《诺桑觉寺》，作者生前没有出版。以上这三部是奥斯汀前期作品，写于她的故乡史蒂文顿。她的后期作品同样也是三部：《曼斯菲尔德庄园》、《爱玛》和《劝导》，都是作者迁居乔顿以后所作。前两部先后出版，只有1816年完成的《劝导》，因为作者对原来的结局不满意，要重写，而没有出版。她病逝以后，哥哥亨利·奥斯汀负责出版了《诺桑觉寺》和《劝导》，并且第一次用了简·奥斯汀这个真名。

小说内容：

伊丽莎白·班纳特和姐姐珍·班纳特、妹妹玛丽·班纳特、凯蒂·班纳特以及丽迪亚·班纳特是五个出身于小地主家庭的姐妹，个个如花似玉。班纳特太太最大的人生目标就是给她的这五个女儿都找到如意的郎君。可惜天不从人愿，二女儿伊丽莎白总能找出100个不愿结婚的理由拒绝母亲。当班纳特太太听说邻近的庄园被一个富有的单身汉租下，并且会带着他那些有身份的朋友们前来消夏时，她兴奋地认定这是女儿们的福分。求婚的人眼看着就要上门了，而事情也正如她预想的那样发展开来。姐妹五人原本单调略显平静的生活伴随着富有的单身汉达西和他的好友格莱两个年轻小伙子的到来而泛起了波澜。健康向上的格莱和富家子弟达西这对要好的朋友在结识了镇上班纳特家的这五朵金花之后，一段美丽而饱含傲慢与偏见的爱情故事就此展开。伊丽莎白是五个姐妹中最勤勉的一个，她还是个有才智的大学生，在毕业之前她从没有考虑过谈婚论嫁。但是当她遇到英俊潇洒、玩世不恭的格莱和理智的商人达西后，她的判断力开始接受考验。因为富豪子弟达西在短暂的交往后很快便深深地爱上了美丽的伊丽莎白。

并且,达西不顾门第和财富的差距,勇敢地向她求婚,但由于伊丽莎白对他存有误会和偏见,所以遭到了无情的拒绝。伊丽莎白对他存有误会和偏见的原因是,出身富贵的达西经常表现出不可一世的傲慢,这令正直善良的伊丽莎白讨厌不已。因为达西的这种傲慢实际上是地位差异的反映,只要这种傲慢存在,他与伊丽莎白之间就不可能有共同的思想和感情,也不可能有理想的婚姻。但经过了一段时间之后,伊丽莎白渐渐地发现并亲眼看到了同样善良的达西在为人处世和一系列所作所为上有了质的改变。特别是他过去那种骄傲自负的神态完全不见了踪影,于是伊丽莎白对他的误会和偏见也逐渐消失,一段美满的姻缘也至此成就。她的姐妹们也各自得到了想要的甜蜜生活。

作品主题:

奥斯汀在这部小说中通过班纳特五个女儿对待终身大事的不同处理,表现出乡镇中产阶级家庭出身的少女对婚姻爱情问题的不同态度,反映了作者本人的婚姻观:为了财产、金钱和地位而结婚是错误的;而结婚不考虑上述因素也是愚蠢的。因此,她既反对为金钱而结婚,也反对把婚姻当儿戏。她强调理想婚姻的重要性,并把男女双方感情作为缔结理想婚姻的基石。书中的女主人公伊丽莎白出身于小地主家庭,为富豪子弟达西所热爱。达西不顾门第和财富的差距,向她求婚,却遭到拒绝。伊丽莎白对他的误会和偏见是一个原因,但主要的是她讨厌他的傲慢。以后伊丽莎白亲眼观察了达西的为人处事和一系列所作所为,看到他改变了过去那种骄傲自负的神态,因此消除了对他的误会和偏见,与他缔结了美满姻缘。伊丽莎白对达西先后两次求婚的不同态度,实际上反映了女性对人格独立和平等权利的追求。这是伊丽莎白这一人物形象的进步意义。

现实意义:

丁尼生笔下的绅士有责任担当,对爱情专一①,当今社会中,很多“婚前绅士”诡计层出不穷,专门骗取社会经验匮乏的女性们的真心。现代大学围起墙来教书,教授书本和幻灯片,学生掌握不到如何将知识转成自我保护的力量;现代的很多父母对孩子百般宠爱,导致很多孩子不仅缺乏日常生活能力,还缺乏社会生活能力,因此很多大学生在自我安全保护上意识趋于空白,在自我保护上措施钝化。很多女大学生缺乏敏锐的鉴别力和处事的决断力,丧财、失身、殒命者不在少数,大概可寻源于此。

2015 年 6 月 17 日,人民网、新华网和中国青年网等网站发布了题为“河北 41

① Lv Dai, Tennyson and the Concept of Gentleman[J]. Kawauchi Review (Ⅵ),2007.

岁男子骗交15个女大学生,有女孩为其流产”的重大犯罪新闻。案件里中年男子田福生化名“田北冥”,在网络聊天中谎称自己是清华北大的双学位硕士,公司CEO,经营奢侈品。他用甜言蜜语哄人,在感情上常常许诺“和你结婚,给你幸福”。在糖衣炮弹围击下,有的女子不到一个月便死心塌地于他。从2010年至2014年,共15名女子和田福生确定恋爱关系,她们多次奔来北京并与其发生关系。这15名女子多为20岁左右,有两位受害人还为舍友,其中有8人共被骗取35.4万元。

曾有一个被害人跟田福生去过其赌博的地方,田福生的一个赌友告诫这个女孩田福生就是下三烂的人,不要和他交往,但女孩充耳不闻。当公安机关问这些受害者为何信任田福生时,大部分女生都会说,彼此都已经是男女朋友关系,以后还要结婚,谁都有困难的时候,就帮他一下。一名受害者说,自己曾怀疑过田福生的身份、学历等,但田福生说,“我要是骗你的话早晚会露馅的。”从案例中可以看出,受害的女大学生都是偏信于犯罪分子的肤浅美丽的哄诱之词,轻易相信“富贵公子”的“坚贞誓言”,沉浸于“甜蜜的爱情”,结果双眼被蒙蔽,失于善恶鉴别,更做不出正确的决断。在文学的世界里存在着这样一位独立思考的女大学生,她在爱情中始终保持着自己鉴别一个男人的能力及对他冷静的判断,而不为一个男人英俊的外表及丰盈的家产而忘乎所以。她就是伊丽莎白·班纳特,简·奥斯汀小说《傲慢与偏见》中的女主人公。

伊丽莎白并没有为对方的财富及地位倾倒,她始终对他保持着自己冷静的判断:由于两人社会地位不同,她十分厌恶达西言行中透漏出的傲慢,认为两人不可能有美满的婚姻,最终决定拒绝达西的求婚。伊丽莎白从达西这位“高富帅”的言行中鉴别出的是其富家子弟的傲慢,拒绝其追求是基于两人不可能有美满婚姻的思考。而上述案例中的女大学生们被“田北冥”华丽的外表所迷惑,本就软弱的善恶鉴别能力也因此卸下防卫;单纯地憧憬着“美好未来”,因而盲目地顺从“田北冥”的言行,没能做出正确决断,造成了悲剧。

小说结尾女作家奥斯汀设计了一个美满的结局:经过一段时间后,伊丽莎白亲眼见证了达西在为人处事上的一系列改变,达西改掉了傲慢,伊丽莎白也消除了对他的偏见,两人终成眷属。可见,一份美满的婚姻的前提是首先要有自我独立的人格及对他人及未来的思考,而这往往基于在交往中对他人善恶的鉴别与处事时对利弊的决断。

《爱　玛》

作者简介：

见《傲慢与偏见》。

小说内容：

《爱玛》是奥斯汀作品中艺术思想最成熟的一部。书中描绘了十几个女性人物，最主要的是三个少女：爱玛、简·菲尔费克斯与哈丽特。这三个少女都有奥斯汀理想中的温柔三美：外表仪态端庄优雅、言谈神情和蔼可亲、性格品质宽容正直以及必不可少的热情。爱玛以满腔柔情关心爱护着她的家人与朋友；菲尔费克斯深情到几乎可以为恋人容忍一切折磨；哈丽特则更是一个多情的姑娘，一年之中全心全意地爱上了三个男子。

小说的女主人公爱玛·伍德豪斯年轻、漂亮、聪明，并且有钱，但她特别喜欢为别人做媒，且经常随心所欲，而不是按照情理。哈丽特是个私生女，且年轻漂亮，深为爱玛所喜欢。爱玛认为哈丽特虽不太聪明，但如果与既无财产又无地位的罗伯特·马丁成双配对未免太过可惜。她一直坚持哈丽特应该找一个有地位的绅士为伴的信念。于是，爱玛把哈丽特先后介绍给牧师埃尔顿先生和年轻而富有的弗兰克·丘吉尔，结果均出现僵局。埃尔顿先生在追求爱玛无望之余，因明白爱玛的初衷而颇为气恼，他根本看不起哈丽特，很快，他娶了富有商人的女儿；而弗兰克也早已与漂亮高雅但没有财产的简·费尔法克斯私订终身。这乱点鸳鸯谱闹出的笑话，令爱玛着实吃了不少苦头。不过，虽然爱玛在给别人做媒方面没有任何收获，自己却喜获丰收，与十分出色的乔治·奈特利先生结为连理，这虽与她一开始就宣布的终身不婚的誓言有悖，但坠入情网的她，此时已顾不了那么多。小说最后以有情人终成眷属的大团圆情形而结束。

作品主题：

《爱玛》通过数对男女的情感纠葛和最终均找到了归宿的结局向观众阐述了两个观点：

其一，婚姻应该建立在感情基础上；

其二，宣扬了成功的婚姻必须门当户对的观点。

事实上，婚姻，就小说人物而言，为一个阶级交换与经济交流的市场。为了达成结婚的目的,女性人物擅于把自己转化成商品,展示其外貌与才艺,吸引男性目光。此时期女性受到社会价值观的鼓励,利用其女性特质来赢得婚姻伴侣。然而,奥斯汀的女性人物在面临婚姻伴侣的抉择时往往呈现对婚姻无意识的不安,小说情节与人物行为萦绕在婚姻这个主题上。就书中的人物而言,婚姻并非意味着男女间无法控制的热情而是双方与社会间的契约产物。小说人物全然融入其所处社会现实,依循社会规则,谱出故事情节这是因为作者明白婚姻关系可提供阶级提升与经济改善的机会,财力与社会地位为决定结婚对象的相关条件。

现实意义:

奥斯汀通过小说《爱玛》表达了自己的婚恋观点:婚姻需要以彼此之间的情感为基础,即相互的爱;双方的出身及家境也决定了婚姻的成败。

本文认为在婚姻中第一点远比第二点要重要。彼此间共同的情感是一份美满长久婚姻的基础。哈丽特与两位绅士间不存在相互的爱,埃尔顿牧师认为两人并不平等而是男方高女方一等;弗兰克早已心有所属,所以她即使嫁给了他们的其中一位,他们的婚姻也不会幸福。

《楚天都市报》网在 2013 年 3 月 18 日刊载了一篇题为"九旬夫妻携手 73 年,婚姻保鲜有'秘籍'"①的文章,讲述了 94 岁的金效佑和 91 岁的李佩芬相守 73 年的动人婚姻。当年金效佑从江西农村到汉口打工,没房没钱,在汉口友谊街的老宝盛金铺担任柜员,在邻居为自己提亲的帮助下,凭着自己实在的为人成功娶到了铁匠铺老板的女儿,李佩芬。老两口和记者分享了他们的"婚姻保鲜秘籍"。李佩芬说生活中发生矛盾后都是丈夫让着自己,吵架时丈夫首先闭嘴停止争执,然后自己的情绪也会及时得到控制。其实,到了晚上李佩芬会进行自我反思,如若确是自己的不对,那么她会在第二天拍拍丈夫的肩膀,以此方式让自己"下台阶",最后两人又会和好如初。出于相互的爱,丈夫才能够对妻子做到百般包容忍让,妻子也能够做到自我反思,及时和解。

丽水网在 2013 年 1 月 14 日载出题为"历经爱情婚姻考验的模范夫妻,告诉你关于'一生一世'的秘密"②的新闻,讲述了四对历经生活考验仍恩爱如初的婚姻:蓝鹤鸣和蓝根翠;朱如岳和陈桂英;周善根与梅刘香;徐宅友和陈挺。他们婚龄最长的为 64 周年,短的也有 25 年,他们总结出的长久婚姻的情由无论是相互体谅、包容、责任,还是培养共同的爱好,这都是源于他们的婚姻基础坚实,即相互深爱着对方。

---

① 于 2015 年 12 月 27 日 9:00 参阅 http://ctdsb.cnhubei.com/html/ctdsbfk/20130318/ctdsbfk1996045.html.

② 于 2015 年 12 月 27 日 10:24 参阅 http://news.lsnews.com.cn/system/2013/01/04/010374729.shtml.

现代离婚率居高不下,有两个主要的原因。第一,很多年轻人“闪婚”,婚前彼此了解不深刻,婚后真实生活颠覆了当时的“美好”印象,发现对方并不是自己所爱的、所要一起生活一辈子的人。第二,双方中一方出于对方物质条件优越而与其结婚,此类婚姻中双方爱情基础不坚实,上层的建筑再高也只能是摇摇欲坠。

美满幸福的婚后家庭生活是绝大多数人所希望的,相互的爱构成长久婚姻的根基,令其成功历经生活中的风雨颠簸。

《名利场》

作者简介：

威廉·梅克比斯·萨克雷(1811—1864)，与狄更斯齐名，为维多利亚时期英国杰出的小说家，其代表作品是世界名著《名利场》，还著有《班迪尼斯》、《弗吉尼亚人》等作品。

同狄更斯一样，他对人民遭受的苦难给予了深刻的同情。他作品中感情脆弱的"好女人"有时会对社会冷嘲热讽甚至产生愤世嫉俗的情绪，这在当时有点不易为人们接受，但却容易为现代人喜爱。萨克雷尤其擅长创作滑稽作品，在《笨拙先生的获奖小说家》这部嘲讽与他同时代作家的作品中，他这方面的才能得到了最好的阐释。这部滑稽戏 1856 年又在《名家小说》中再版。萨克雷不认为自己是一个诗人，但他几首欢快的律诗，如《法国炖鱼民谣》被认为是其此类作品中的经典。

小说内容：

爱米利亚·赛特笠在平克顿女子学校度过六年的住读生活，成为了一名有教养、规规矩矩的淑女。她有一张红扑扑的脸蛋儿，性格开朗活泼。这位可爱的小傻瓜见了死金丝雀或者猫抓了耗子都会掉眼泪。现在她从学校回到了家，同来的还有好朋友利蓓加·夏泼。在赛特笠家住一阵儿之后，蓓基(利蓓加的昵称)就要靠当一名家庭教师来自食其力了。

蓓基长得不高，沙黄色的头发，白净的脸，眼睛习惯性地朝下看，一抬起眼帘，她那双奇特而又明媚的大眼睛就露了出来。她的父亲是个艺术家，且是个酒鬼；母亲法国人，当过歌剧演员。难怪蓓基自己说，无忧无虑的少女生活和她无缘，从八岁的时候起她就是个大女人了。

在赛特笠的家，蓓基见到了爱米利亚的哥哥乔斯。体态臃肿的乔斯爱穿鹿皮马裤和雇佣兵穿的靴子，戴他那几条巨大的领巾，箍着那件红条子的马甲，套一件苹果绿的外衣。他好吃懒做，脾气暴躁，还酗酒。可利蓓加却立刻有了做他太太的心思，一开始就在爱米利亚的耳边压不住声儿地夸道："他好帅呀！"只是由于倾慕着爱米利亚的乔治·奥斯本的干预，利蓓加的企图没有得逞。夏泼小姐就这样离开了赛特笠的家。

她在毕脱·克劳莱的家里当了家庭教师。在给爱米利亚的信中，她给爵士的家起了个外号叫"沉闷公馆"。这家子人不少，最重要的人物有毕脱爵士独身的姐姐和二儿子罗登·克劳莱。那位老小姐有七万英镑的巨款。罗登是她最疼爱的侄子,就像过继了的儿子一般。家里有好些人争相邀宠,想讨得老小姐的欢心,以便取代罗登的位置。罗登·克劳莱上尉身材高大,有一副洪亮的嗓门,是个满口脏话的花花公子。他是这么说少言寡语的利蓓加的:“我的天!她可是头俏母驹呵。”他和他的姑姑都对这个聪明迷人的小家庭教师表示了好感。他姑姑要是看中了谁,几乎没有谁会不甘之如饴的。

比起蓓基来,爱米利亚显得太平庸了,除了她那玩具娃娃般标致的脸蛋儿之外一无可取。尽管如此,青年男士们却纷纷簇拥在她座椅的周围,争夺着和她跳舞的机会。在她和乔治·奥斯本订婚后,乔治的姐妹们都纳闷:“乔治能从她身上发现什么优点?”她们深深的疑问也影响了乔治,他也认为和这个头脑简单的小丫头结婚将耽误自己的一生。可怜的小爱米利亚却对他一往情深。虽然都宾上尉也喜欢爱米利亚,可他一直敦促奥斯本要多把她放在心上。热恋中的爱米利亚并不在乎烽火连天的拿破仑战争,对她来说,乔治中尉的命运就是欧洲的命运。乔治多半时间跟随着骑兵禁卫队,不能和她在一起。他总是一目十行地读爱米利亚的来信,然后低声地说:“可怜的爱米,她多爱我啊!可是上帝呀,这五味酒真让我头痛!”差不多就在这时候,克劳莱小姐在弟弟那儿小住几天后带了一个人回到她在派克巷的宅第。她带回家的不是别人,正是利蓓加·夏泼小姐。夏泼小姐工于心计,现在成了克劳莱小姐的贴身女伴。罗登·克劳莱上尉自然成了他姑姑家的常客。克劳莱夫人这时突然死了,克劳莱小姐听了这突如其来的消息后只是挺不高兴地说了句:“看来我只能把原定3日开的舞会推迟了!”毕脱爵士的妻子刚刚去世,他就到姐姐这儿来找蓓基,想把这个家庭教师召回去。

蓓基回答说:“我不敢,大人。我跟您两个人在一起不太……不太合适。”她显出局促不安的样子。

“那么就回来做克劳莱夫人吧!那样你就满意了吧?”这个俗不可耐、不知体统的国会议员双膝跪倒,色魔似地看着她。

利蓓加大为震动,顿时流出真诚的眼泪来,痛惜失去了一个绝好的机会。她喊道:“噢,毕脱爵士!噢,大人!我已经结婚了。”

有关蓓基秘密结婚的具体情况随即传开了。她的新郎原来是脚蹬铜马刺、留着小胡子的罗登·克劳莱上尉。这下引发了两场灾难:这边是克劳莱小姐一场歇斯底里接着一场歇斯底里;那边是老毕脱爵士情场失意,咬牙切齿,丧失理智。当了新郎的上尉对他的妻子说:“蓓基,你会让我们脱离窘境的。我从来没有见过像你这样有能耐的女子,尽管我也碰上过几个不错的。”

乔治·奥斯本在经济上靠他父亲的支持生活,却十分鄙夷当过雇佣军人、出身低微的父亲。他父亲不同意他同小爱米利亚结婚,可他偏偏冲破阻碍,把她娶了。婚礼是由忠诚的都宾起劲地张罗好的。小爱米就这样戴着女式草帽,用粉红的带子系着,外面兜着白花边的纱巾,容光焕发地和她丈夫去布拉依顿度蜜月去了。在那儿，他们和罗登·克劳莱两口子邂逅。蓓基现在是社会背景优越的大红人，周围已有不少有地位的钦慕者。她如此巧妙地周旋于生意人和债权人之间，以至于一年来不用开销很多便能维持这种高地位的生活。

没过多久，他们都加入了荣耀的辎重队列之中，成了惠灵顿公爵所率部队的随营家属，在布鲁塞尔驻扎。乔治·奥斯本此刻被蓓基迷得神魂颠倒，不顾体面地把新婚才六个月的妻子晾在一边。在一次舞会上，他在花束里夹了一张字条，求蓓基和他私奔。但还没等到回音，战斗就打响了。奥斯本中尉忘掉了婚外私情，吻了吻爱米利亚，就开拔了。随着部队开进滑铁卢战场，他也迈向了死亡。

因为作战勇敢而晋级的罗登·克劳莱上校胜利归来，他和妻子在巴黎度过了1815年的冬季，那是一个极尽奢华、纵情享乐的冬季。蓓基举办的沙龙名闻遐迩，成了上层人物经常寒暄小聚的地方。克劳莱上校玩得一手好牌，桌球也很拿手，很少输过。经过蓓基的指点，他成了赌博的常胜将军。这么一来，他们的钱只进不出。爱米利亚成了寡妇后，带着年幼的儿子，生活十分拮据。她的公公根本不理她，她自己的父母还要靠她生活。蓓基也得了一个儿子，当了母亲，可她一概不管，对丈夫也没有一点儿体贴，把做妻子的责任全丢到脑后。她后来发展到和有钱的老勋爵斯丹恩鬼混，竟没有半点愧疚。此事被克劳莱上校发现了，他打了那贵族老爷两个耳刮子，然后离开了他的妻子。这下蓓基开始大行其歪门邪道，成了一个露骨的投机家，连名声也顾不得考虑了。她从这个城市跑到那个城市，一方面躲避债主的追踪，另一方面在那些爱慕她的大财主那儿找些接济。

终于，倒霉的蓓基到了声名狼藉、生活难以为继的地步。这时乔斯·赛特笠和他的妹妹偶然发现了她的踪迹，老相识重叙旧情。温柔仁厚的爱米利亚把这个昔日的知心朋友搂在怀里，带回了家。都宾少校强烈反对他们这么宽待蓓基，并当着蓓基的面斥责蓓基的为人。爱米利亚则反感都宾这么做。都宾此时又一次乞求爱米利亚嫁给他——他以前也乞求过很多次了。可爱米利亚又拒绝了他，都宾当下就走了，发誓再也不回来，让她自己去为乔治守寡。蓓基知道了事情的原委后，告诉了爱米利亚乔治曾给她递条子要私奔的事。这么一说，倒显出都宾的忍耐和良苦用心，反衬出乔治的不忠。如此这般，爱米利亚请回了都宾，嫁给了他，从此过上了幸福的生活。

尽管没有任何法律手续，罗登·克劳莱夫人现在是乔斯·赛特笠的人了，他对她百依百顺，并在投保高额人寿保险时让她做了受益人。她也真的受了益，因为他没多久就去世了。

罗登·克劳莱也死了，儿子小罗登仍不肯见他母亲。

利蓓加现在时而在温泉、时而在契尔顿纳姆住住。在这两个地方有许多极好的人把她看作受了很多冤屈的女人。她从此热心于宗教慈善事业。

作品主题：

《名利场》是英国19世纪小说家萨克雷的成名作品，也是他生平著作里最经得起时间考验的杰作。故事取材于热闹的英国19世纪中上层社会。当时国家强盛，工商业发达，由榨压殖民地或剥削劳工而发财的富商大贾正主宰着这个社会，英法两国争权的战争也在这时响起了炮声。中上层社会各式各样的人物，都忙着争权夺位，争名求利，所谓"天下攘攘，皆为利往，天下熙熙，皆为利来"，名利、权势、利禄，相连相通。

现实意义：

工业革命完成后，资本家就像寄生虫一样，剥削劳动人民，投机取巧，坐享名利富贵。这是萨克雷在《名利场》中透过木偶剧所要讽刺与批判的，但重读这本书，我们透过作者独特的视角，还会从两个性格迥异的女性身上看到些别的东西。

任何时代对女性都有着特定的"舆论标准"，在作者生活的那个时代，爱米利亚就是一个完美的化身，她是一位体贴的好母亲、忠诚温顺的好妻子以及孝顺的好女儿。然而，当挫折将临，生活不再顺遂，这个曾经是平克顿女校的优秀生，却无法在这个残酷的世界中奋斗下去，因为她只是一个空有道德而缺乏智慧的传统女性。优雅的礼节、丰富的才艺，她所有的才能与素质不过是用来依附男人的筹码，一旦失去依赖，这样一个完美的"家庭天使"根本没有生存的技能与发展自我的机会和权利。

回到21世纪，站在这个"男女平等"的时代，是不是一切就不一样了呢？在笔者看来，女性仍旧是受歧视的人群。不要说女孩可以平等上学，女性能够平等就业，只从婚嫁说起，女性的地位就值得深思。

"相夫教子"在中国一直盛行，因为整个大环境对女性的要求都太过苛刻。我们听过很多诸如此类的话，"干得好不如嫁得好"，"男怕入错行，女怕嫁错郎""大龄剩女到剩战斗士"……这一切似乎都为我们描摹出了这样一个"标准"——女性学历高能觅得良胥；女性嫁错人影响一生；女性到了年龄不嫁就会掉价。这些价值观念就像咒语一样一代又一代地传承着，《名利场》中爱米利亚的形象似乎无关时代，但当下依然比比皆是。女性们囿于自身的软弱与传统的道德，不得不屈从就范，家庭才应该是女性生活的重心，否则就会遭到"舆论标准"的嘲弄与唾弃。

但在萨克雷的笔下，还是有例外的，蓓基·夏泼虽然也在一步步努力将幸福的希望寄托在男性身上，在物欲中渐行渐远，但是她一直矛盾地靠着自己的才智去体现自己的价值，有着爱米利所没有的勇气和毅力。

女性一直在追求两性平等的道路上不遗余力地抗争着，相较于过去的"男权制”社会，如今女性的地位的确有所提升。然而，那些曾经在这条路上抗争过的女性们，回过头来，对自己的女儿所寄予的期许依然是选择一个条件好的人嫁，这样才算人生赢家。

《名利场》让我们看清萨克雷作为传统的男性作家，摆脱不了既定的社会价值观的影响，而当下的人们却应该清醒，时代变了，女性的价值不应由所依附的男性去体现。希拉里曾经对她的丈夫克林顿说过，她并不是因为嫁给他才成为总统夫人，而是他娶了她才成为了美国总统，如果嫁给那个曾经约会过的加油工，总统则是那个加油工了。

《双城记》

作者简介：

查尔斯·约翰·赫芬姆·狄更斯,1812年2月7日生于朴次茅斯市郊,1870年6月9日卒于罗切斯特附近的盖茨山庄。作为19世纪英国批判现实主义小说家,狄更斯特别注意描写生活在英国社会底层的“小人物”的生活遭遇,深刻地反映了当时英国复杂的社会现实,为英国批判现实主义文学的开拓和发展做出了卓越的贡献。他的作品至今盛行,对英国文学发展起到了深远的影响。主要作品《匹克威克外传》、《雾都孤儿》、《老古玩店》、《艰难时世》、《我们共同的朋友》、《双城记》等。狄更斯是位高产作家,他凭借勤奋和天赋创作出一大批经典著作。狄更斯是19世纪英国现实主义文学的主要代表,以妙趣横生的幽默、细致入微的心理分析,以及现实主义描写与浪漫主义气氛的有机结合著称。马克思把他和萨克雷等誉为英国的“一批杰出的小说家”。

小说内容：

1757年12月的一个月夜,寓居巴黎的年轻医生马奈特散步时,突然被厄弗里蒙得侯爵兄弟强迫出诊。在侯爵府第中,他目睹一个发狂的绝色农妇和一个身受剑伤的少年饮恨而死的惨状,并获悉侯爵兄弟为了片刻淫乐杀害他们全家的内情。他拒绝侯爵兄弟的重金贿赂,写信向朝廷告发。不料控告信落到被告人手中,医生被关进巴士底狱,从此与世隔绝,杳无音讯。两年后,妻子心碎而死。幼小的孤女露茜被好友罗瑞接到伦敦,在善良的女仆普洛丝抚养下长大。

18年后,马奈特医生获释。这位精神失常的白发老人被巴黎圣安东尼区的一家酒店老板、医生旧日的仆人德发日先生收留。这时,女儿露茜已经长大,专程接他去英国居住。旅途上,他们邂逅法国青年查尔斯·达奈,受到他的细心照料。原来达奈就是侯爵的侄子。他憎恨自己家族的罪恶,毅然放弃财产的继承权和贵族的姓氏,移居到伦敦,当了一名法语教师。在与马奈特父女的交往中,他对露茜产生了真诚的爱情。马奈特为了女儿的幸福,决定埋葬过去,欣然同意他们的婚事。在法国,达奈父母相继去世,叔父厄弗里蒙得侯爵继续为所欲为。当他狂载马车若无其事地轧死一个农民的孩子后,终于被孩子父亲用刀杀死。一场革命的风暴正在酝酿之中,德发日的酒店就是革命活动的联络点,他的那位一家被厄弗里蒙得侯爵兄弟杀害的妻子不停地把贵族的暴行编织成不同的花纹,记录在围巾上,渴望复仇。1789年法国大革命的风暴终于袭来了,巴黎人民攻占了巴士底狱,把贵族一个个送上断头台。远在伦敦的达奈为了营救管家盖白勒,冒险回国,一到巴黎就被捕入狱。马奈特父女闻讯后星夜赶到。医生因其受迫害的经历得到了尊重，使达奈回到妻子的身边。可是，几小时后，达奈又被逮捕。在法庭上，德发日宣读了当年医生在狱中写下的血书：向苍天和大地控告厄弗里蒙得家族的最后一个人。法庭判处达尔奈死刑。

就在这时，一直暗暗爱慕露茜的律师助手卡顿来到巴黎，买通狱卒，混进监狱，顶替了达奈。马奈特父女早已将马车准备就绪，达奈一到，马上出发离开法国。德发日太太在达奈被判决后，又到马奈特住所搜捕无辜的露茜及其幼女，在与女仆普洛丝的争斗中，因自己枪支走火而毙命。而断头台上，卡顿为了爱情，成全了爱的人，从容献出了生命。

作品主题：

《双城记》是一部很有特色的历史小说，写的是法国大革命时期巴黎和伦敦的历史事件。狄更斯以现实主义作家的见地和勇气，揭露批评了大革命爆发前法国贵族的残酷暴虐和荒淫无耻，反映了法国城乡劳动人民困苦艰难的悲惨生活，从而正确揭示了法国大革命爆发的历史原因。他把法国大革命期间的两座历史名城——巴黎和伦敦进行比较，从而构建了小说的基本结构，并展示出一对平行的主题——暴力革命与博爱思想。小说也通过浪漫现实主义的描写，成功塑造了饱经风霜的马奈特医生、正直高尚的达奈、善良痴情的卡顿等富有人道主义理想的人物，他们用爱化解了世间冲突，充分宣扬了人道主义思想。同时，在人道主义主题意蕴下还潜藏着暴力复仇的革命主题，表达了狄更斯谴责复仇之火引导下的暴力革命的态度。《双城记》有人物有历史，有两个人类永恒的主题——仇恨和爱情，这也让它成为世界文坛上的一座丰碑。

现实意义：

英国19世纪批判现实主义小说家查尔斯·狄更斯作品《双城记》的创作依托法国大革命这一重大事件，是一部历史小说。小说通过塑造智慧痴情的卡顿、正直慈爱的马奈特医生、高尚的达奈、美丽贤淑的露茜，颂扬人类无私的爱；通过塑造仇杀满腔的德发日太太，谴责丧失人性的恨。此处通过分析卡顿的形象讨论该作品的第一个主题。

睿智的卡顿满腹才学，却是一个意识消沉的人；在当时投机与金钱决定成功的社会，他保持着正直纯真；他洞悉自己的弊病，仍放荡不羁与酒为伴。卡顿在法庭上第一次见到金发的露茜时就已深深爱上了她，但他忧虑自己只会把她“带向不幸，带向忧愁和悔恨”，使她“受轻贱”、“失体面”[①]，因此他决定放弃对露茜的追求，把对她的爱深深放在心底，爱的折磨让他在露茜家附近的街道徘徊，而他始终由衷祝福露茜幸福且为她许下诺言“为了你，也为了你的任何亲人，我愿意做任何事……如果我有什么机会或是能力做出牺牲的话，那么我心甘情愿为你和你的亲人做出任何牺牲。”这不仅是卡顿为爱壮丽震耳的誓言，更是他为了所爱的人无私奉献自己的预言。达奈为营救一名老仆加贝贝只身返回巴黎后随即被捕，由于身上的贵族血统而被判处死刑，马奈特医生和露茜获悉后前来救他，终被满腔仇恨的德发日太太阻挠得逞，以失败告终。万念俱灭之际，卡顿潜入监狱，利用自己与达奈相貌上的相似换出了达奈，自己镇定勇敢地走上了冰冷的吉洛汀（断头台法语 guillotine 的音译），为了所爱的人能够幸福而无私地奉献了自己的生命。

无私的爱能够成全对方的幸福，相反，自私的爱则具有摧毁一切的邪恶力量。2006 年 6 月 6 日中原新闻网转载了来自《郑州晚报》的一篇题为“分手悲剧给大学生带来了什么”[②]的报道。报道中从大四开始相恋的一对大学生情侣毕业后双双回到郑州，男孩待业在家的同时，女孩工作上进展顺利。两人相恋 4 年后，女孩提出了分手，男孩未能理性看待分手，于是在出租屋内将女友残忍杀害。

案件中男方的爱不成熟且被自私所浸透，最终导致他铸成犯罪。在现实中，类似上述案例，由分手造成的悲剧在媒体上也被频频刊出：荆楚网于 2010 年 9 月 3 日刊发题为“恋爱遭拒后将女友抹脖子”[③]的新闻；汉网在 2014 年 8 月 3 日刊出题为“大学生不满女友分手，将其暴力挟持强奸一整晚”[④]的新闻；中华网在 2015 年 10 月 27 日转载《法制晚报》题为“女大学生不满分手，烧男友房被判一年”[⑤]的新闻……

两人能够走到一起是缘分，若非出于不得已的缘由，哪一方也不希望分手。上述悲剧中被分手的一方若能为所爱的人着想，放手对方，让对方自由地去追求她/他的幸福，为对方能够幸福地生活而感到知足与无悔，即在恋爱中甘愿为对方奉献一份无私的爱，生活中也就不会发生如此之多的悲剧。

---

① 文中《双城记》引文出自：狄更斯著，张玲，张扬译.《双城记》[M].上海：上海译文出版社，2011。
② 于 2015 年 12 月 29 日 12:00 参阅 http://www.zynews.com/2006-06/06/content_398115.htm.
③ 于 2015 年 12 月 29 日 12:25 参阅 http://ctjb.cnhubei.com/html/ctjb/20100903/ctjb1167641.html.
④ 于 2015 年 12 月 29 日 13:00 参阅 http://news.cnhan.com/html/173/2014/0803/69676.html.
⑤ 于 2015 年 12 月 29 日 13:09 参阅 http://edu.china.com/new/edunews/jy/11076178/20151027/20635063.html.

《远大前程》

作者简介：

见《双城记》。

小说内容：

小说通过一个乡村青年的生活变化，解释了金钱万能的主题。金钱可以构筑一个人的前程，金钱也可以使一个人由淳朴变得势利。主人公皮普父母双亡，由姐姐带大成人。姐夫是一个敦厚的铁匠，做一个铁匠的学徒自然成了皮普的生活计划。皮普有一天外出，遇到了名叫马格韦契的逃犯，他不情愿地解救了逃犯。想不到这一事件竟埋下了皮普日后改变生活状态的伏笔。

当地有一个富有的贵族老处女郝维香，她把皮普叫去做通铺，皮普暗暗爱上了郝维香的养女艾斯黛拉。但他自知地位悬殊，深感自卑。加之来自养女的嘲讽玩耍，他便又回到铁匠姐夫的家里。但却不再安分于朴素的生活，妄想加入绅士的阶层，以能与艾斯黛拉匹配。

意外的事发生了。一个资助者想送皮普到伦敦接受教育，而后成为绅士。到伦敦后，他却游手好闲、贪图虚荣。不久，资助者现身了，他是皮普解救的逃犯马格韦契，也是艾斯黛拉的亲生父亲。他的财富来源不正，谋骗自老处女。后来又到海外搞违法贸易。这一次回国，暴露身份，二次被捕，病死在监狱的医院里。皮普也受到了牵连，幸好得到姐夫的援助，才未被关入牢房。后来在朋友的帮助下，去海外谋生。十多年后回国探望姐夫。在老处女旧宅废墟中，巧逢昔日情人艾斯黛拉，二人言归于好。

作品主题：

《远大前程》是狄更斯的一部成熟作品。作品着重对当时存在的丑恶的现实，即当时人们对名利和社会地位的追求、扭曲了的婚姻观、司法机构内部的黑暗和腐败等进行无情的揭露与批判。这些都是对资本主义社会有力的抨击。

现实意义：

还记得儿时的梦想吗？小学作文簿上总是可以看到一个个伟大又单纯的梦想，对于未来前程的幻想与企盼。

“未来要成为科学家，发明一个可以造福人类的机器。”

“未来要成为航天员，去探索未知的星球。”

“未来要成为医生，治愈更多承受病痛的人们。”

……

如今，当人们真正站在了对未来抉择的十字路口，又有几人还记得儿时的梦想？高考填报志愿时，有时下最为热门的专业；毕业选择工作时，有当下最为抢手的行业。甚至有许许多多人在自己的人生路上只剩下迷茫与无措，仿佛曾经的那些梦想与期待毫无意义。这，就是环境造就的人们。

《远大前程》是狄更斯晚年创作的作品，所以此书较之其他作品，蕴含了更多人生中的跌宕起落。最初的皮普拥有着狄更斯笔下孩童最美好的品质，正直、无私、单纯，他所期待的前程是能成为一名铁匠，就如一直与他真心相待的乔那般。然而，这些美好终究不敌环境的摧残，他变得势利，他因出身羞耻，最终失去了“家人”与“回家”的机会。前面提到，这本书于晚年的狄更斯而言，意义不同，其中承载了更多他对人性的看法，所以当书中皮普最终失去一切后，他再次变得诚实、仁爱且高尚，找回了内心的平静。

行走中的人们无法预知人生道路的终点，内心或多或少都受着目光的影响，所及之处是物的利益，还是人的价值，总会左右着人们对于下一步、下一个路口的判断。人们说，“理想很丰满，现实很骨感”，所以不是我们抛弃了理想，是现实抛弃了我们。因此，骨感的现实驱使着人们奋力奔向“远大前程”，即使这个前程早已背离初心，也全然不顾，内心的精神需求，亦或是人生价值的追求，这些都成了虚妄与奢侈的东西。皮普所羞耻的出生在当下依然是很多人不愿启齿的，拥有权力和地位的人高高在上，弱势群体盲目地仰望着这个被吹捧的社会等级观念，千千万万个“皮普”在如此畸形的社会环境中诞生。

狄更斯走到人生后程才看透了一切，而年轻的我们难道不能从中借鉴一二吗？失去初心的皮普到头来竹篮打水一场空，这样的结局就如一盆冷水，应该给如今浮躁的社会降降温，让追名逐利的人们找回一丝清醒。人类是先进的生物，接受过良好教育的知识分子更应该摆脱社会环境的束缚，用强大的思想去影响世界，而非被庸俗的环境所绑架。

皮普最初想要成为铁匠的理想，算不得多么远大，但是这个理想是不受利益驱使的。即使长大成人后，再也找不回初心，我们是不是还能从虚浮的幻境中清醒片刻，问询一下什么才是真正的自我，什么样的价值才算是自己最真挚的幸福。

儿时的梦想是单纯而美好的，大人们总是喜欢去嘲笑孩子们的梦想是如何的可笑，却没有看透，失去梦想的自己早就失去了拥有“远大前程”的机会，又岂止“可笑”。

《雾都孤儿》

作者简介:

见《双城记》。

小说内容:

作品讲述了雾都伦敦的一个孤儿,在相差悬殊的环境中的生活经历。他时而在社会高层享受荣华,时而又在社会底层饱经磨难,没有一个稳定的童年生活。

奥利弗是一个富家弃婴,在孤儿院中长大,忍饥挨饿,遭受虐待。后来又被卖给了一个棺材铺老板做学徒。他不堪饥困和凌辱,偷偷地跑了出来,逃到了城市。刚一进城就被盗窃团伙诱骗,当了扒手。团伙的头子叫费金。手下有塞克斯、南希等人。孤儿有一次得了重病,昏迷过去,被一个绅士布朗洛带回家中,得到了无微不至的照顾。他第一次感受到了人间的温暖。

费金担心奥利弗会泄露团伙秘密,指派塞克斯和南希再去诱骗,使他重陷魔窟。奥利弗参加了一次行窃。目标是梅丽夫人的宅第。行窃未成,奥利弗被梅丽夫人的管家击伤。他带伤爬行,无意中又回到梅丽的宅前,昏倒过去。梅丽夫人和他的养女罗斯小姐收留了他。罗斯小姐正好是奥利弗的姨妈,但双方都不知道,奥利弗又一次得到了温暖。

有一天,奥利弗同父异母的兄长蒙克斯找到费金,用重金买通,不让他放过奥利弗。奥利弗如果成为罪犯,蒙克斯就会得到本该属于奥利弗的遗产。有正义感的扒手南希同情奥利弗的遭遇,把内情偷偷告诉了罗斯小姐。罗斯小姐找到布朗洛先生,一齐去找南希。得知奥利弗和蒙克斯的父亲原来是布朗洛先生的一个好友,所以决定找蒙克斯交涉。费金知道后让塞克斯杀害了南希。最后,团伙覆灭,奥利弗成了布朗洛的养子,结束了苦难的童年。蒙克斯劣性不改,死在狱中。

作品主题:

《雾都孤儿》是狄更斯的代表作之一,作品带有浓厚的浪漫主义情调,充满着人道主义情怀,文中生动地描绘了善与恶、美与丑、正义与邪恶的斗争,赞扬了人们天性中的正直和善良,抨击了当时英国慈善机构的虚伪和治安警察的专横。奥利弗是这部对社会进行抗议的情节剧式小说的儿童主人公,他是一名生在济贫院的孤儿,忍饥挨饿,备受欺凌,但他始终保持着一颗善良的心。

现实意义：

有人说过，维多利亚时代并非儿童的天堂。读过狄更斯作品的人们都知道，他用文字解开了维多利亚时代最黑暗的幕布，在他的笔下，底层社会的众生之相充斥着肮脏与罪恶。而《雾都孤儿》，似乎使这种笔触在儿童的心灵处得以发酵，拷问的不仅仅是这个时代最不公平的法律，还有人类最为本质的东西——道德。

奥利弗，作为全书的主人公从开篇就被赋予了最为悲惨的命运，孤儿、童工，买卖、殴打……如果想在这样的社会染缸中活下去，成为盗窃团伙费金手下的一员，就如“机灵鬼”那样，也是理所应当的吧。但所有黑暗中都应出现一丝光亮，奥利弗的纯真与善良使得整本书都有了光明。

那么，今天呢？是否孩子们已经远离了黑暗，真正生活在了如梦的天堂之中。在北京的地铁中，我们常常遇见这样的情形，面带苦相的男子或女子，带着一两个孩童乞讨，这个时候，出行的人们总会在车厢中保持着默契的沉默，视而不见。最初，人的内心怎会没有怜悯，当我们打算将善意的手摸向口袋，向他们施予慷慨的刹那，那些孩童已然毫不犹豫，面无表情的“咚”声跪在你的面前。这个时候，我的神情一定暴露了我内心的震惊与痛惜。这些孩子，大的也不过六七岁，可他们的脸上只有麻木，我甚至怀疑，他们身后跟着的会不会是像《雾都孤儿》中费金那样的狡诈之人，这些孩子们都是他们用来获得钱财的工具。

城市中，越是繁荣的地方，越是常见乞讨的人们，或年迈，或残疾，或病痛，唯独利用孩子行乞的人，我最见不得。就如书中南希保护奥利弗那般，即使她已难逃命运，可她依然希望善良的奥利弗能够远离罪恶。那么现实中的人们，该如何做才能真的帮助到这些已然变得麻木的孩子们？坏蛋需要的是法律的制裁，而我们每一次不假思索地对跪在你面前的孩子们施舍钱财，就真的能令他们温饱，甚至长大成人吗？《雾都孤儿》中有很多善良的救赎者，他们并不是对奥利弗施予钱财，他们付出的是真心与爱护，是希望奥利弗能够保有纯善，得到学习的机会，可以成为正直而有用的人。

过去的我们，面对行乞的孩子们，或是直白地扔两枚硬币，或是连头也不抬视而不见，这样的冷漠与狄更斯笔下黑暗的维多利亚时代又有何不同？这些孩子也许是被人贩子肆意贩卖的，也许在你看不到的地方，他们并没有足够的食物果腹，甚至遭受毒打。那么，你的施舍或许就真的成了坏人手中的棍棒，鞭笞着他们一次次向人们跪下、伸手，反反复复。

我们可以企盼坏人们终将如费金和塞克斯那样，得到应有的惩罚。我们更应该如布朗洛与罗斯小姐那般，用热忱与真心守住像奥利弗一样的孩子们最纯真的善良，不要再冷漠地看着他们一次次麻木地跪在地上。

《简·爱》

作者简介：

夏洛蒂·勃朗特1816年生于英国北部约克郡的豪渥斯的一个乡村牧师家庭。母亲早逝，八岁的夏洛蒂被送进一所专收神职人员孤女的慈善性机构——柯文桥女子寄宿学校。在那里，她的两个姐姐玛丽亚和伊丽莎白因染上肺病而先后死去。于是夏洛蒂和妹妹艾米利回到家乡，15岁时她进了伍勒小姐办的学校读书，几年后又在这个学校当教师。后来她曾作家庭教师，最终她投身于文学创作的道路。夏洛蒂·勃朗特有两个姐姐、两个妹妹和一个弟弟。两个妹妹，即艾米莉·勃朗特和安妮·勃朗特，也是著名作家，在英国文学史上夏洛蒂与妹妹一起并称为“勃朗特三姐妹”。

1847年，夏洛蒂·勃朗特出版著名的长篇小说《简·爱》，轰动文坛。1848年秋到1849年她的弟弟和两个妹妹相继去世。在死亡的阴影和困惑下，她坚持完成了《谢利》一书，寄托了她对妹妹艾米莉的哀思，并描写了英国早期自发的工人运动。她另有作品《维莱特》(1853)和《教师》(1857)，《教师》一书在她死后才出版，这两部作品均根据其本人生活经历写成。夏洛蒂·勃朗特善于以抒情的笔法描写自然景物，作品具有浓厚的感情色彩。

小说内容：

简·爱是个孤女，出生于一个穷牧师家庭。父母由于染上伤寒，在一个月之中相继去世。幼小的简寄养在舅父母家里。舅父里德先生去世后，简过了10年受尽歧视和虐待的生活。一次，由于反抗表哥的殴打，简被关进了红房子。肉体上的痛苦和心灵上的屈辱恐惧，使她大病了一场。舅母把她视作眼中钉，并把她和自己的孩子隔离开来。从此，她与舅母的对抗更加公开和坚决了。后来，简被送进了罗沃德孤儿院。孤儿院教规严厉，生活艰苦，院长是个冷酷的伪君子。简在孤儿院继续受到精神和肉体上的摧残。而且由于恶劣的生活条件，孤儿院经常有孩子病死。

简毕业后留校任教两年，这时，她的好友海伦患肺病去世。简厌倦了孤儿院里的生活，便登广告谋求家庭教师的职业。桑菲尔德庄园的女管家聘用了她。庄园的男主人罗切斯特经常在外旅行，偌大的宅邸只有一个不到10岁的女孩阿戴列·瓦朗，罗切斯特是她的保护人，她就是简的学生。一天黄昏，简外出散步，邂逅刚从国外归来的主人，这是他们第一次见面。以后她发现她的主人是个性格忧郁、喜怒无常的人，对她的态度时好时坏。整幢房子沉郁空旷，有时还会听到一种令人毛骨悚然的奇怪笑声。一天,简在睡梦中被这种笑声惊醒,发现罗切斯特的房间着了火,简叫醒他并帮助他扑灭了火。罗切斯特回来后经常举行家宴。在一次家宴上,其向一位名叫布兰契的漂亮小姐大献殷勤,简被召进客厅,却受到布兰契母女的冷遇,她忍受屈辱,离开客厅。此时,她已经爱上了罗切斯特。罗切斯特也爱上简,他只是想试探简对自己的爱情。当他向简求婚时,简答应了他。婚礼前夜,简在朦胧中看到一个面目可憎的女人在镜前披戴她的婚纱。第二天,当婚礼在教堂悄然进行时,突然有人出证:罗切斯特先生在15年前已经结婚。他的妻子就是那个被关在三楼密室里的疯女人梅森·伯莎。法律阻碍了他们的爱情,使两人陷入深深的痛苦之中。在一个凄风苦雨之夜,简离开了罗切斯特。在寻找新的生活出路的途中,简风餐露宿,沿途乞讨,历尽磨难,最后在泽地房被牧师圣·约翰收留,并在当地一所小学校任教。不久,简得知叔父去世并给她留下一笔遗产,同时还发现圣·约翰是她的表兄,简决定将财产平分。圣·约翰是个狂热的教徒,打算去印度传教。他请求简嫁给他并和他同去印度。简拒绝了他,决定回到罗切斯特身边。她回到桑菲尔德庄园,那座宅子已成废墟,疯女人放火后坠楼身亡,罗切斯特也受伤致残。简找到他并和他结了婚,得到了自己理想的幸福生活。

作品主题:

《简·爱》的独特之处不仅在于小说的真实性和强烈的感染力,还在于小说塑造了一个不屈于世俗压力、独立自主、积极进取的女性形象。小说中简·爱对罗切斯特的爱情故事,生动地展现了其火一样的热情和赤诚的心灵,强烈地透露出她的爱情观。她蔑视权贵的骄横,嘲笑他们的愚蠢,显示出自强自立的人格和美好的理想。她大胆地爱自己所爱,然而当她发现自己所爱之人还有妻子的时候,又毅然离开她所留恋的人和地方。小说表达出的思想,即妇女不甘于社会指定她们的地位而要求在工作上以至婚姻上独立平等的思想,在当时不同凡响,对英国文坛也是一大震动。小说的虚构结尾,描写简·爱获得一笔遗产,回到孤独无助的罗切斯特身边。这一情节虽然值得推敲,但是它显露出作者的理想——女性在经济、社会地位以及家庭中的独立平等以及对爱情的忠贞不移。

现实意义:

简和罗切斯特之间的爱情是最纯真的爱情,他们之间的爱情不受除两人外的任何外物牵连。更重要的是,他们爱对方且愿意接受对方的一切,愿意为对方付出一切:起初拥有地位和财富的罗切斯特被简的精神和人格魅力所吸引,不在乎简当时卑微的家庭教师身份,而简·爱的也不是男方的地位和金钱,她唯一的要求是对方为自己付出的一颗坦然的心;后简继承了财产,而罗切斯特却遭遇变故,身残财散,此时在经济上占上位的简对罗切斯特的爱依然如故。

光明网于2015年7月20日转载了中国江西网一篇题为“江西媳妇演绎不离不弃爱情故事”[①]的新闻,讲述了4位妻子,周富英、苏银娥、王呈娇和谢文娣,在各自丈夫生病卧床后,对丈夫不离不弃,实干持家的事迹。周富英照顾丈夫已三年,每天每隔2小时,她就要为丈夫翻身一次;吃饭时把食物搅拌成流食喂给丈夫。年逾六旬的王呈娇已照顾瘫痪丈夫26年。她一早起来开始烧火做饭,为丈夫洗漱擦身,端水端饭,之后还要到集市上去做生意,下地做农活,洗衣服,一直劳累到深夜12点才能休息。苏银娥照顾瘫痪在床的丈夫36年。从28岁到64岁,她每天4点多起床开始一天的辛劳生活:洗衣、做饭、熬药、喂药、给丈夫翻身、按摩、擦身、接屎接尿…… 谢文娣照顾植物人丈夫20年,常常一天仅睡两三个小时,还将孩子供上了大学。

以上四位妻子践行着不离不弃的真爱,是英国诗人丁尼生思想中“最好的女性”,她们为了丈夫甘愿奉献出自己的一切[②],但是社会中夫妻间一方有难而另一方单飞的实例也不少见。2015年5月5日,汽车中国网刊出一则主题为“夫妻本是同林鸟,大难临头各自飞”的新闻[③]。新闻中菏泽郓城的一位妻子刚与丈夫结婚半年,就被医院检查出患有一种罕见疾病,丈夫却逃得不见踪影。2012年7月16日,万律网刊载一则案例[④],案例中丈夫张某已和妻子结婚九年,在第十年时自己在工地不幸被重物砸伤背部。在医院接受紧急抢救的张某本以为妻子周某会尽心照顾自己,但妻子却离家出走,将家里的一万多元钱也带走了。

只有在人生患难之中,真爱才能表现出来。婚姻让两个人组建了家庭,但让这个家庭历经风雨而长久不散的并不是一纸结婚证书,而是双方坦然接受对方、甘于为家庭付出的真爱。

---

① 于2015年12月30日20:09参阅 http://legal.gmw.cn/2015-07/20/content_16358591.htm.

② Lv Dai, Vivien and Female Rebellion in Tennyson's Idylls of the King[J]. Kawauchi Review (Ⅷ),2009.

③ 于2015年12月30日20:22参阅 http://www.qi-che.com/shehuixinwen/201505051320144.html#feedback.

④ 于2015年12月30日20:34参阅 http://www.66law.cn/goodcase/13071.aspx.

《呼啸山庄》

作者简介:

艾米莉·简·勃朗特(1818—1848),19世纪英国作家与诗人,著名的勃朗特三姐妹之一。《呼啸山庄》是艾米莉·勃朗特一生中唯一的一部小说,却奠定了她在英国文学史以及世界文学史上的地位。此外,她还创作了193首诗,被认为是英国一位天才型的女作家。

小说内容:

英格兰北部,有一座几乎与世隔绝的呼啸山庄。主人恩肖收养了一个弃儿,取名希斯克利夫,让他与自己的儿女辛德雷和凯瑟琳一起生活。希斯克利夫与凯瑟琳朝夕相处并萌发了爱情,但辛德雷十分憎恶他。老恩肖死后,辛德雷不仅禁止希斯克利夫与凯瑟琳接触,还对他百般虐待和侮辱 这加剧了希斯克利夫对辛德雷的怨恨,也加深了他对凯瑟琳的爱。

一天,希斯克利夫与凯瑟琳秘密外出,认识了邻近的画眉田庄的小主人埃德加·林顿。这个貌似温文尔雅的富家子弟倾慕凯瑟琳的美貌,向她求婚,天真幼稚的凯瑟琳同意嫁给林顿。希斯克利夫知道凯瑟琳出嫁的消息,痛不欲生,愤然出走。

数年之后,衣锦还乡的希斯克利夫要向辛德雷和林顿进行报复。辛德雷是个生活放荡的纨绔子弟,酗酒、赌博,肆意挥霍家产,终至穷困潦倒。连剩下的家产都抵押给了希斯克利夫,并沦为他的奴仆。希斯克利夫经常拜访画眉田庄,林顿的妹妹伊莎贝拉对他倾心不已,最后随他私奔。但希斯克利夫把她囚禁在呼啸山庄并折磨她,以发泄自己强烈的怨愤。

凯瑟琳嫁给林顿以后,看清了丈夫伪善的面目,内心十分悔恨。希斯克利夫的衣锦荣归,更使她悲愧交加。绝望中她病倒了,并很快就死去了,留下一个早产的女婴——凯蒂。

伊莎贝拉趁乱逃了出来,来到伦敦郊外,不久生了一个男孩,取名林顿·希斯克利夫。辛德雷在凯瑟琳死后不到半年便酗酒而死,而他的儿子哈里顿落入希斯克利夫的掌心,希斯克利夫在孩子身上进一步实施报复。12年后,伊莎贝拉病死他乡,希斯克利夫接回儿子,但却非常厌恶他。

希斯克利夫趁林顿病危之际,将凯蒂接来,并强迫她与儿子结婚。几天后,林顿死去,希斯克利夫又成了画眉田庄的主人。小希斯克利夫婚后不久也悄然死去。

这时，哈里顿已经23岁了，尽管被剥夺了受教育的权利，缺乏人间的温暖，但他敦厚忠实，风度翩翩。凯蒂对他产生了爱情。这让希斯克利夫大为恼怒，他决心拆散这对恋人。然而，当他在仔细观察他们时，昔日凯瑟琳和他相爱时的情景浮现眼前。此时此刻，他心头的恨消退了，爱复活了，他不忍心再报复。他要去寻找凯瑟琳。在一个风雪之夜，他呼唤着凯瑟琳的名字，离开了人世。

作品主题：

《呼啸山庄》是一部有丰富象征意义的小说，在艺术手法上，结合了现实主义、浪漫主义和象征主义等多种手法。一方面通过曲折生动的故事情节，典型的人物形象塑造，表现了英国乡村庄园的日常生活及爱情婚姻，反映19世纪特殊的历史背景下，远离都市的庄园生活所受到的外来影响。同时，小说通过一系列的象征手法，曲折地表达了一种隐蔽的“反家庭”倾向，如画眉山庄的排外与封闭，呼啸山庄的混乱无序。另一方面，小说大量运用梦境等超自然力的表现手法。在小说中，对大自然的描绘占有重要地位，作者通过人物的性格特征，人内心的风暴与大自然的风暴对应描写，表现了人与自然的密切联系。小说中对于自然充满浪漫主义的激情描写，传达了鲜明的地方色彩。寂寞的沼泽峡谷，荒凉的山顶，被风雨摧残的荒野，寒冷的空气，坚硬的土地，形象地传达了苍凉荒凉所特有的那种惊心动魄的狂野。在小说中，大自然成为了男女主人公逃避家庭痛苦的避难所，与家庭封闭、压抑的空间形成了鲜明的对照。

现实意义：

人心头产生可怕的恨，有时不是因为心中无爱，恰是因为爱得太深，当深深的爱被阻碍，得不到表达，那么这份爱就会诉诸邪恶的方式。但从《呼啸山庄》的结尾，即希斯克利夫放弃了心中的仇恨，不忍拆散哈里顿和凯蒂这对年轻的情侣，心头怀着对凯瑟琳的爱离开了人世，去寻找他所挚爱的凯瑟琳可以看出，这部小说不仅为人们展现了两代人间的仇恨，更是为如何解决人心间的恨提供了方法，那就是去发现自己周围的爱。

小说中希斯克利夫的报复致使他人家破人亡，造成了不少悲剧；现实中因爱生恨的案例也不少见。新浪网在2008年7月13日转载了新安晚报一则关于恋人反目、迁怒女友家人的新闻[①]。女方李某的父母不同意她与方某交往，李某与方某在2月断绝关系后，方某于6月16日晚将当时在家的方某父母及方某幼小的侄儿侄女杀害。东快网在2014年2月14日刊出题为“因爱生恨，杀害前女友弟弟报

---

① 于2015年12月31日12:30参阅 http://news.sina.com.cn/o/2008-07-13/004514154756s.shtml.

复"[①]的新闻,林某女友与自己分手后,林某多次以自杀相挟尝试挽回女友,均遭到拒绝,后将女友正在读初二的弟弟杀害,进行报复。荆州房产信息网于 2014 年 1 月 22 日转载江汉商报题为"因爱生恨为报复女友,男子蓄意杀死女方父母"[②]的新闻。新闻中男方被拒绝后潜入女方家中,杀害了其双亲。

双方在人海中走到一起着实不易,决定选择分手的一方在说出这两个字前应经过慎重考虑,应用真实、具有说服力的事实让对方信服。有相聚也就有离散,在恋爱中被拒绝后情绪产生波动在所难免,但当事人应理智地面对现实,就事论事,冷静地思考:为什么会产生被拒绝的结果?若对方觉得自己不够优秀,那么被拒绝方应在生活中努力奋斗,提升自己;若是对方认为双方不合适,被拒绝方可以去寻找合适的人。

当然,被拒绝的原因不可尽数,但是被拒绝方至少应该铭记,自己还有爱自己的父母亲友,感情遇到困难应该与他们进行沟通,温暖的亲情、友情完全可以融化内心消极的情感;被拒绝方还应该树立理性的人生观,自己以后还有很长的人生之路要走,采取极端的方式只会伤害他人,断送自己。

---

① 于 2015 年 12 月 31 日 13:52 参阅 http://digi. dnkb. com. cn/dnkb/html/2014 - 02/14/content_305683. htm.

② 于 2015 年 12 月 31 日 13:55 参阅 http://www. jzhfz. com/14764. html.

《皮革马利翁》

作者简介：

萧伯纳，爱尔兰剧作家，也是世界著名的擅长幽默与讽刺的语言大师，同时他还是积极的社会活动家和费边社会主义的宣传者。1925 年获诺贝尔文学奖，他支持妇女的权利，呼吁选举制度的根本变革，倡导收入平等，主张废除私有财产。萧伯纳的一生，是和社会主义运动发生密切关系的一生。他认真研读过《资本论》，公开声称他是“一个普通的无产者”，“一个社会主义者”。他主张艺术应当反映迫切的社会问题，反对“为艺术而艺术”。其思想深受德国哲学家叔本华及尼采的影响，而他又读过马克思的著作，不过他却主张用渐进的方法改变资本主义制度，反对暴力革命。

小说内容：

奥古斯都时代的拉丁诗人欧维曾讲述过皮格马利翁的爱情故事①。皮格马利翁是塞浦路斯国的天才雕塑家，生性讨厌女人，发誓永不结婚，终生只与艺术做伴。为了让世上的男人们明白各自相处的对象到底有多少缺点，他完成了一座堪称完美的女人雕像，毫无雕琢痕迹，人人都认为她只是暂时站住不动。皮格马利翁竟然爱上了自己的作品，还为她取名格拉蒂。从此没有任何一位受挫的情郎比皮格马利翁更加愁闷：他的热吻，他的拥抱，为她穿上的各色华美长袍，献上的鲜花等换来的都是格拉蒂冰冷的沉默。当爱神维纳斯的节日在塞浦路斯岛举行时，皮格马利翁祈求女神让他遇见一位和格拉蒂相像的少女，但是女神知道他心底真正的愿望，于是让他面前的圣火跳了三下然后燃烧起来以示应允。皮格马利翁看到吉兆，回家去找心上人。他吻格拉蒂的双唇，那双唇竟渐变软，她的脉搏也开始了跳动，雕像变成了活人。后来维纳斯光临了他们的婚礼。

萧伯纳根据上述传说为原型创作了同名社会讽刺剧《卖花女》。讲述了一个相貌清丽但出身贫寒的街头卖花女伊莉莎经过语言学家希斯金的语言训练及学习上流社会的礼仪，6 个月后成功地转变为谈吐高雅、仪态端庄的贵族小姐的故事。

作品主题：

萧伯纳的《皮格马利翁》以戏剧的形式无情地揭露了英国人的伪善、残酷、形式主义和拘于习俗。作品既让人发笑，又发人深省，其中包含的深刻思想至今仍

① 参阅[德]葛斯塔舒维普著，叶青译. 古希腊罗马神话与传奇[M]. 桂林：广西师范大学出版社，2003.

具有戏剧活力。

现实意义：

美国心理学家罗森塔尔和雅各布森在1968年对奥克小学六个年级的学生进行了一次“发展潜力”测验，实际上只是普通的智力测验。测验后，两位心理学家把一份名单交给老师们并告诉他们，名单上的孩子以后成绩会有大幅提高。老师们一开始很吃惊，因为名单上有很多是公认的差生，后他们对这些孩子多加关注。八个月后，心理学家重返这所学校进行第二次测验，结果上次名单上的学生学习进步明显。罗森塔尔把这种现象称为“皮格马利翁”效应（期望效应），即一个人对目标怀着强烈的情感，他的目标就会朝着这种情感方向发展。

对于家长和教师们来说，孩子身心发展并不健全，辨识能力极低，是他们眼前的一块玉石。这块玉石以后会成为什么，在很大程度上取决于接受到了什么类型的教育。新浪新闻中心于2004年11年12月转载了《河北日报》题为“多给孩子一些鼓励”①的新闻。新闻撰稿人讲述了自己的经历：作者的父母在他小学时来到石家庄工作，他也跟随来到城市读书。英语成了他的学习障碍，甚至对上学也越来越失去信心。后来英语老师在一次作业后鼓励他英语不错，从此他英语成绩始终保持优秀，并且他学习其他学科的热情也被激发了起来。最后他终于考取了一所名牌大学。老师对他的关注和鼓励让他对自己增加了信心，因而学习上取得了巨大的进步。《羊城晚报》在2013年4月24日刊载一篇题为“家长可以谦虚但不可贬低孩子”②的新闻。上二年级的小娇由父母带到外婆家做客，在外婆家遇上了姨父姨妈带着女儿小兰。两位小朋友都被对方父母询问了成绩。小娇回答：“语文98分，数学99分。”姨父对她夸奖，但小娇爸爸却说“还不算好，她班上有两个同学，语文、数学都考了100分，拿了双百。”小兰的回答是“语文79分，数学82分。”小兰爸爸还没等小娇爸爸说话，就抢先说道：“小兰很不错，比上学期进步不少。她很懂事，还会洗衣服干家务。”一年后的寒假，两家人又相遇，结果小娇语文考了85分，数学考了78分，而小兰语文考了90分，数学考了95分。小兰受到爸爸的鼓励，在学习上有了更大的动力，所以她的成绩会有提高；小娇成绩本来很好，接受到的却是来自爸爸否定的评价，还给她设定了过高的目标，这无助于她学习中动力的增加，所以成绩有所下降。

在孩子教育中，多鼓励孩子，多发现孩子身上的优点，经常对孩子表达积极、合理的期望，孩子在成长中就会朝着父母和家长美好的希冀努力发展；相反，孩子在成长中就会失去积极向上的动力，造成悲剧。

---

① 于2016年1月6日23:53参阅 http://news.sina.com.cn/c/2004-11-12/09254217078s.shtml.

② 于2016年1月6日00:13参阅 http://www.ycwb.com/ePaper/ycwb/html/2013-04/24/content_137386.htm?div=-1.

《苔　丝》

作者简介：

托马斯·哈代，英国诗人、小说家。他是横跨两个世纪的作家，堪与托尔斯泰、陀思妥耶夫斯基并列，被看作英国文学的先驱。其作品反映了资本主义侵入英国农村城镇后所引起的社会经济、政治、道德、风俗等方面的深刻变化以及人民（尤其是妇女）的悲惨命运，揭露了资产阶级道德、法律和宗教的虚伪性。他的作品承上启下，既继承了英国批判现实主义的优秀传统，也为20世纪的英国文学开拓了道路。

小说内容：

在19世纪的英国，女性地位低下，在家庭中附属于男性。在哈代的小说中，少女时代的苔丝唯父命是从，她遵从父亲指派到富裕的德伯家去攀亲。苔丝她的美貌深深地迷住了德伯家的纨绔公子阿历克。在一个晚上，阿历克把她骗入丛林，之后两人便迷失了方向。当阿历克去寻找回家的路时，苔丝在树下睡着。阿历克趁苔丝疲软无力之际强暴了她。苔丝之后回到了自己家里，她生下了婴儿，但婴儿不久后死去。苔丝本人却释怀不了自己的过去，决定去邻郡的一个奶品农场打工。在农场她与克莱尔坠入爱河。在新婚之夜，克莱尔向苔丝坦白自己曾在遇到她之前有过一夜风流韵事，因此苔丝觉得自己也可以把自己与阿历克之间的事告诉他。克莱尔震惊万分，离开她去了南美洲。她又一次遇到了阿历克，尽管在法律上她已是克莱尔的妻子，然而由于经济原因她被阿历克说服与其同住。生活中的磨难并没有将她击垮，在生活中她始终保持着作为女性的自尊、独立的人格和不屈服于恶境的意志。当克莱尔又回到她身边时，苔丝以勇敢的行动捍卫了自己女性的身份，为了和丈夫生活在一起，她杀死了禁锢了自己幸福的阿历克。这是女性心中无私的爱①使苔丝做出了令读者震惊的举动。这种幸福仅持续了五天，她便以谋杀的罪名走上了断头台。

作品主题：

《苔丝》是哈代“威塞克斯系列”中的一部。作品的副标题中称女主人公为“一个纯洁的女人”，公开地向维多利亚时代虚伪的社会道德挑战。作品反映了作

① Lv Dai, The Role of Women in Tennyson's Idylls of the King[J]. Kawauchi Review (Ⅶ), 2008.

者对当时一些最严峻的问题的关切和同情。书中描绘了新兴的工业化和都市文明给古老、乡土的威塞克斯地区带来了冲击，揭露了禁锢众思想、强调贞洁、压抑妇女社会地位的虚伪道德。揭露了正经历着深刻变化的英国社会，以及由此而产生的各种尖锐的矛盾和危机。

现实意义：

人和自然世界不存在支配和被支配的关系，男人和女人是平等的[①]。女人的幸福应该掌握在女人手里，要通过内心的选择和个人的行动去实现，其所表现出的精神应像苔丝一样。

网易新闻网在 2013 年 11 月 3 日转载《华商晨报》一则题为《没有奋斗过的女孩会很惨》[②]的新闻。新闻由一位资深的面试官叙述。面试官所招聘的人员有三类：一是物业顾问，即行销；二是项目顾问，即坐销；三是行政文员。

即便面试官告诉所面试的女士们行销底薪最高，有提成，将来有望升职为经理，到那时在调转到行政部或项目部会很容易，但她们中还是选择行政岗位的人最多，其次是坐销，选择行销的屈指可数。她们的选择并非根据挣钱多少，而是根据工作压力的大小，她们想找一份稳定清闲的工作，挣钱少也无所谓。这位面试官对此类女士的未来表示了担忧，根据是他下文对她们的未来做出的假设：她们找到了一份清闲的工作，28 岁前也如期地嫁给了一位有钱或有潜力的男人。生孩子时如果工作不在事业单位，她们往往辞职在家，从此她们成了专职太太。以上假设都符合她们所希望的清闲生活，但后面就会遇到问题。孩子上学了，她们偶尔会和其他专职太太逛街，但她们会发现自己与社会越来越远。她们渴望与丈夫交心聊天，但丈夫白天工作，晚上回来较晚，她们就会阻碍到丈夫休息，吵架于是产生。此后，各类家庭矛盾就会不断，女人的悲剧生活也就开始了。

这类女性将自己的未来寄托到他人身上，注定自己的幸福也不会掌握在自己的手中。现实生活中有很多努力奋斗的女性，她们为了自己的未来而奔波，将生活的线牵在自己手中，去追寻自己的幸福。福建之窗网在 2014 年 6 月 13 日转载《湄洲日报》题为《心中有梦　努力奋斗　80 后女孩在创业中成长》[③]的新闻，讲述了 80 后女孩余朝群创办自主品牌童装连锁店的事迹。黄山新闻网在 2012 年 7 月 23 日刊登了《叶建萍：80 后女孩书写精彩的奋斗人生》一文[④]，讲述了一位农村女孩，经过自己的努力，一边照顾生病的丈夫，一边创业的事迹。事业成功的她成为了永峰制衣公司总经理，还成为了市妇联和市工商联成员。这样的事例举不胜举。

---

① 吕黛，生态女性主义视角下的华裔美国女性作家自我身份的构建[J]. 芒种(3)：45－46. 2012.

② 于 2016 年 1 月 17 日 20:54 参阅 http://news.163.com/13/1103/09/9COF2OMJ00014Q4P.html.

③ 于 2016 年 1 月 7 日 21:23 参阅 http://news.66163.com/2014－06－13/908741.shtml.

④ 于 2016 年 1 月 7 日 21:57 参阅 http://www.newshs.com/a/20120723/00161.htm#.

《儿子与情人》

作者简介：

戴维·赫伯特·劳伦斯(1885—1930)，20世纪英国作家，是20世纪英国文学最重要的代表人物之一，也是最具争议的作家之一。主要成就包括小说、诗歌、戏剧、散文、游记和书信。劳伦斯的作品因过多地描写色情，受到过猛烈的抨击和批评。但他在作品中力求探索人的灵魂深处，并成功地运用了感人的艺术描写，故迄今为止，他的作品一直被世界文坛所重视。

1913年发表第一部重要小说《儿子与情人》，1915年出版《虹》，1921年出版《恋爱中的女人》，1928年出版《查泰莱夫人的情人》。这些小说的核心内容，都围绕性生活展开，劳伦斯把人的性欲意图，看成是引起一切生活现象的根源。劳伦斯也有其他题材的小说，如《亚伦之杖》(1922)、《袋鼠》(1923)等，诗集有《爱诗及其他》(1913)、《爱神》(1916)、《如意花》(1929)等。

小说内容：

作品讲述了一个母亲将儿子视为情人，却摧残了儿子正常情感生活的故事。格特鲁德出身中产阶级，受过良好教育，嫁给了一位朝气蓬勃的下层社会煤矿工人，莫瑞尔。两人的矛盾在婚后凸显出来，妻子喜欢和有学识的男人讨论问题，与粗俗的丈夫难以在精神上共鸣。夫妻婚后的生活并不美满，莫瑞尔下班后到酒馆买醉；妻子则把感情都转移到了两个儿子身上，期望从儿子身上得到丈夫般的爱，对儿子进行管教，控制着他们的精神，导致他们无法与其他女性正常发展恋爱关系。大儿子英年早逝，二儿子保罗受母亲的影响最深。保罗分别与米利安和克莱拉的两次恋爱始终摆脱不了母亲畸形母爱的束缚，均以失败告终。最后，格特鲁德的“情人”保罗和姐姐一起计谋在给她喝的牛奶中掺入了过量的吗啡，促使了她的死亡。

作品主题：

《儿子与情人》充分体现了资本主义工业化进程中的各种尖锐矛盾，从而揭示了资本主义经济关系对人与人之间和谐关系的破坏和对人的本性的摧残和压抑。同时，又以前所未有的热情和深度，试图寻找摆脱这种摧残、重新建立人与社会、人与人之间和谐美好关系的可能性。

现实意义：

孩子的成长不仅取决于父母所遗传的基因,其后天所接受的家庭教育也非常重要。父母在家教中如果过分严苛,对孩子的教育近于对其控制,凡事都企图让孩子按照父母的意愿,在这样的家庭中成长起来的孩子必然人格不会健全。

小说《儿子与情人》中,母亲对孩子感情上的控制过于严格,导致了孩子长大后无法与其他女性进行正常婚恋。现实生活中,父母出于各种原因,且多出于学习原因,对孩子进行过分的严厉教育会给孩子的人格发展带来负面影响。新浪网育儿频道曾转载广东爱家心理研究所理事长马健文在生命时报上发表的文章“管孩子,你是否太严厉了”①,其中列出了7种过分管教下孩子的行为:

1. 孩子不敢或极少对你表达自己的需求、想法和情绪;
2. 孩子对于轻微的批评都会表现得很敏感;
3. 事无巨细,孩子都要征询你的意见;
4. 孩子常说你不疼爱他,担心你不要他了;
5. 不懂为自己辩护,即使受委屈了都不敢说;
6. 缺乏自信,总觉得自己做不好;
7. 情绪不稳定,攻击性强,学习父母打骂的方式对同伴或玩具泄愤。

有些孩子在父母严厉的管教之下,其心理由于没有得到正确的教导,会严重扭曲,因此有的孩子甚至会对亲生父母下狠手。《扬子晚报》网于2015年10月10日转载中国新闻网题为“15岁孪生姐妹嫌父母管教过严,3次下手毒死父母”②的新闻。夫妇两人平时对女儿管教十分严格,引起了女儿强烈的逆反心理。今年两姐妹中考后均未考上重点高中,又被父母严厉责骂。于是,两姐妹策划并先后用煤气、鼠药两次杀害父母,因故未达到目的,最后,两姐妹将6瓶“毒鼠强”放进稀饭中,终于将父母毒死。两姐妹7天后被抓获并交代了毒杀父母的全部过程。

由此可见,夫妻间和谐美满的生活是孩子身心健康成长的前提,父母正确、适量的爱才能让孩子人格健全地成长,畸形的爱只能负面影响到孩子的生活,甚至给家庭造成悲剧。

---

① 于2016年1月4日22:34引自 http://baby. sina. com. cn/edu/14/0606/2014 - 06 - 06/0736272227. shtml.

② 于2016年1月4日23:01参阅 http://www. yangtse. com/jiaoyu/2015 - 10 - 10/670032. html.

《法国中尉的女人》

作者简介:

约翰·福尔斯(1926—2005),是世界文坛上享有盛名的英国作家,于1926年生于离伦敦不远的埃塞克斯郡小城昂西,父亲是烟草商人,母亲是教师。福尔斯曾短期就读于爱丁堡大学。1945年至1947年,他在英国皇家海军陆战队服役两年。在牛津大学专修法文,对法国文学艺术兴趣浓厚。大学毕业后先后在希腊等地教授英文。

他的第一部小说《收藏家》发表于1963年,一出版即大获成功,成为当年畅销书。小说以第一人称讲述一位专门收藏蝴蝶标本、患有抑郁症的男子绑架一位学习艺术的女大学生米兰达的故事。小说以米兰达的死和收藏家又多了一个蝴蝶标本结束。该书取得成功后,福尔斯专门从事写作,1965年便有了《贵族们》问世。这是一部癖性大成,其旨在阐述个人哲学思想。《大法师》发表于1966年,以希腊的一个小岛为场景,写一位叫尼古拉·德夫的英国教师的一系列鬼怪的经历,小说充满神秘气氛,颇具超现实主义色彩。《埃伯尼塔楼》(1974)是一部中短篇小说集。《丹尼尔·马丁》(1977)写的是电影剧作家丹尼尔在与好莱坞、资本主义、艺术以及妹夫的关系中,寻找自我的漫长历程。小说的场景变化多端,叙事手法多样,是一部实验小说。《曼蒂莎》(1982)是一部写性幻觉的小说,带有浓厚的神话色彩。

福尔斯是一个多产的作家,写作生涯长达40多年。他所创作的多部小说都是畅销书,而且从不重复同一个内容。但最为批评家和读者称道的还是1969年发表的《法国中尉的女人》。除外,还有《巫术师》《尾数》等。他还写过一些短篇小说、诗歌、哲学作品和电影剧本。

1988年,福尔斯罹患中风,两年后,和他相依相伴33年的妻子伊丽莎白去世。此后,福尔斯只出版了日记集等极少量作品。他晚年一直深居简出,很少参加社会活动。他的出版商说,福尔斯“讨厌玩著名作家的游戏,他只想待在莱姆里吉斯自家花园里。他热爱的是大自然、鸟和花朵,而不是人群”。福尔斯于2005年11月5日在英国西南部多塞特郡家中病逝,享年79岁。

把《法国中尉的女人》改编成同名电影剧本的剧作家是后来在2005年获得诺贝尔文学奖的品特。这部影片由梅丽尔·斯特里普主演,夺得了1981年度奥斯卡多项提名。小说从1967年开始写作,描写的恰是一百年前的1867年,历时两年完成,而小说故事中的跨度,也恰是两年。

小说内容:

这是一个发人深省的爱情故事,讲述的是一位承受了精神重负、地位卑下而性格倔强的女子向社会、向传统习俗作抗争,努力获取自由的经历。故事发生在1867年的英国。富家子弟、化石学业余爱好者查尔斯·斯密森去小镇莱姆会见已经与他订婚的欧内斯蒂娜·弗里曼小姐,在海边,他遇上被人称为“法国中尉的女人”的萨拉·伍德拉夫。据说这个女子“很堕落”。然而她身上那种极富女性魅力的特殊气质使查尔斯为之倾倒。他热烈追求萨拉,导致他与欧内斯蒂娜·弗里曼的婚约被解除,不过萨拉虽钟情于他,但对他若即若离,最后竟不辞而别,等到查尔斯好不容易找到她时,她却已经在一位名人的保护下,成了一个强调自由和男女平等的“新女性”。

作品主题:

约翰·福尔斯在小说中批评了英国维多利亚时代社会的发展不平衡、科技进步没有造福于大多数人民等种种弊端,尤其猛烈抨击了当时社会道德意识上的守旧和虚伪,人们没有自由,相互之间缺乏理解,因此这部作品具有深刻的社会意义。小说在创作手法上有两大特点引人注目:一是在叙述过程中作者插入各种议论;二是作者为故事设计了三个不同的结尾,他认为这样更接近生活的真实。

作者用一个现代人的视角去解读一百年前的时代。为此参阅了大量资料,常使人怀疑自己看的是否真的只是一部“小说”,然而作者也时时提醒读者作品的虚构性。毕竟是现代,作者在叙述时还是带有强烈的主观色彩。这种个人化的视角虽然更好地表达了作者的观点,但同时也容易将读者带入作者个人的主观误区当中。

文学作品应有多角度解读性,作者在书中给了人物最大限度的自由,例如在萨拉失踪之后,作者就说,自己并不知道她在哪里,不知道她到底想要什么。最后的结局作者决定不添加任何意外因素,只叙述客观事实。读者常会思索最后的两个结局,究竟哪一个更为真实。事实上作者已经在此之前做了叙述,他是以“抛硬币”这种公平的方法来决定结局的顺序的,因而结局的重要性也就降低了。

且不论这种说法是否是事实,单以艺术的角度来讲,悲剧的结局的确更有价值,“最后的结局,无论是哪一个,都会给人以最终、真实的感觉”。结局的产生,主要包含两个因素:即必然(男女主角的人生需求所引起的冲突)以及偶然(两人是否有孩子)。

而作者的意图并不十分明显,即便是萨拉和查尔斯团圆走到了一起,婚姻仍旧面临危机;而即使查尔斯离开了萨拉,也不能够保证以后不发生什么意外(在最后的结局当中,那个查尔斯在楼梯口碰到的孩子,究竟是不是拉拉治还是一个谜团），也许日后因为孩子的存在，或许萨拉会改变心意，而查尔斯非常渴望家庭的温暖（书中曾提到，查尔斯非常怀念他死去的妹妹），如果让他知道了孩子的存在，他绝不可能轻言放弃。这一切都是未知的。读者同样可以按照自己的思维方式以及阅历来继续构造这个"未完待续"的故事。这也正是这部作品让人百读不厌、具有魅力之所在。

这同样也给了读者最大限度的自由。不论最终的结局如何，在此之前，查尔斯已经脱离了封建社会，并且也不太可能回到那个"原来的自己"，萨拉也已然找到了艺术及事业的归宿。对封建的维多利亚社会压抑、虚伪的批判已全部完成，即主体思想已经表达清楚。而男女主人公的姓氏似乎也暗示了两个人的性格特点以及处境，女主角的姓氏伍德拉夫（woodruff）其真实含义是一种野草，而男主角的姓氏史密森（Smithson）的含义却是束缚。

在故事结构上，常有学者将此书作为《苔丝》及《简·爱》的戏仿制作，从人物设置上，三部作品确有其相似之处。但后两部作品都是真正的维多利亚时代的小说，而作为一部现代作品，《法国中尉的女人》所表达的主题，以及新颖的写作手法与技巧还是与传统的维多利亚小说有着迥然之别，即我们可以从中看到一百年后，时代的进步。

现实意义：

自由是英国小说家约翰·福尔斯所崇尚的主题，其作品《法国中尉的女人》以取 19 世纪中期英国维多利亚时代社会为背景，讲述女主人公为了自由大胆做出与所处时代相背离的种种选择的故事。

年轻的萨拉接受过良好教育但家庭出身卑微，来到莱姆镇后为生活所迫接受了波尔蒂尼夫人的聘用，成为一名家庭教师。随后，关于萨拉的流言蜚语就开始四散，其中传言称萨拉是一位法国中尉的"婊子"和"娼妇"。查尔斯出身没落贵族家庭，靠父辈遗产生活，热衷于自由地在世外的山间森林收集古生物化石。出于生活需要和社会压力，他不得不压抑自己的个性，与自己不喜欢但家境富裕的欧内斯蒂娜订婚。查尔斯在莱姆镇见到萨拉后为其着迷。之后，查尔斯在萨拉策划下与她在旅馆发生关系，他发现小镇里关于萨拉的飞短流长都是无稽之谈，查尔斯对此感到颇为震惊。萨拉随后也在小镇销声匿迹。一年多后查尔斯在前拉斐尔派画家罗塞蒂家再次见到萨拉，此时她已成为罗塞蒂的助手和朋友，身着新潮女性服装，显得时尚迷人。在小说的第三种结局里，查尔斯以萨拉保留多少隐私都可为条件请求她答应自己的求婚，但萨拉仍做出拒绝，"我怕的不是你。我怕的是你对我的爱。我很清楚，一进入爱情领域，就没有什么神圣不可侵犯的东西可言了。[1]”萨拉认为在婚姻中一方会被另一方剥夺自身的自由，所以她选择过自己孤寂而满意的生活。

在福尔斯的文学作品中，萨拉在第三种结局中为了自由的生活而拒绝了婚姻，这无疑强调了整部作品的主题。然而在现实社会中如若人人为了自己的自由而拒绝婚姻，对于国家和社会而言这无疑是自私的行为，民族的延续也会因此遭到破坏。所以当代人应从这部作品看到如何维系一份婚姻的启示：婚姻除应该建立在双方人格平等、彼此尊重的基础上之外，夫妻双方在生活中还应给予对方所需要的自由，以保证婚姻的和谐美满。嘉兴新闻网于 2008 年 4 月 1 日转载了《南湖晚报》一篇主题为《夫妻应多给对方一点空间和自由的互动新闻》[2]。互动源于一起家庭纠纷：赵女士发现丈夫周先生在 QQ 上与异性聊天频繁，有时还一个人哈哈笑出声来，赵女士怀疑丈夫有了外遇，但丈夫否认。于是她向丈夫所要 QQ 密码，却遭到拒绝。后赵女士威胁丈夫若其不给密码，两人就离婚。晚报中参与互动的读者给出了自己的答案：支持将密码告诉妻子的读者认为没做亏心事，不怕鬼敲门，身为丈夫应该光明磊落；不支持给的读者认为夫妻间彼此应该给对方留出隐私的空间和自由；中性的观点认为夫妻间应尊重彼此的自由空间，相互信任。

笔者认为，丈夫的行为已经威胁到了家庭的稳定，应向妻子让步，给妻子一个真相，而不是一味强调个人的自由，将隐私自由当作自己的盾牌进行敷衍。虽然夫妻均有保护个人私密空间自由的权利，但这一权利并不是绝对的；任何权利的享有都伴随着相应义务的履行，这一权利与维持家庭和睦的义务相统一。因此，在家庭和睦的前提之下，夫妻双方可以享受并应给予彼此充分的自由，以增进双方的尊重和信任，进而增进婚姻的幸福。

---

① 约翰·福尔斯：法国中尉的女人. 陈安全译. 上海：上海译文出版社，2003.

② 于 2016 年 1 月 3 日 18:27 参阅 http://www.cnjxol.com/xwzx/jxxw/jxshxw/content/2008-04/01/content_645855.htm.

第二部分

解读英美文学中的智慧

《瑞普·凡·温克尔》

作者简介:

华盛顿·欧文(1783—1859),享誉国际的美国作家,19世纪最伟大的美国散文家之一。他1783年生于纽约,1807年,他和哥哥威廉等人共同创办了一种不定期刊物《杂拌》,开始了他的文学创作活动,并显露出他幽默、风趣和含蓄的讽刺才能。他的第一部重要作品是《纽约外史》(1809)。1818年后他留居英国,以写作为生,陆续发表许多散文、随笔和故事,共32篇,于1820年结集为《见闻札记》出版,引起欧洲和美国文学界的重视。这部作品奠定了欧文在美国文学史上的地位,其中的散文《威斯敏斯特教堂》、短篇小说《瑞普·凡·温克尔》和《睡谷的传说》等,都是脍炙人口的佳作。继《见闻札记》后,欧文写了体裁相似的《布雷斯布里奇田庄》(1822)和故事集《旅客谈》(1824)。欧文的文笔优雅自然,充满浪漫气息,他的散文和短篇小说具有经久不衰的风采和魅力。

小说内容:

《瑞普·凡·温克尔》以殖民地时期哈德逊河畔一个山村为背景,描写了贫苦农民瑞普·凡·温克尔的奇特遭遇。瑞普是一个心地善良、和蔼可亲的人,他乐于帮助别人,很受村里人的欢迎,村妇有需要帮忙的活计都找上他,他有求必应,但在自己家里却十分懒惰。村里像他一样闲的人也喜欢和他交往,似乎他们的话题能够达到精神上的共鸣。为了逃避妻子的责骂,瑞普有一天带着猎狗躲进了森林。谁知,他来到的是一个被魔法控制的地方。在那里,瑞普喝了一种奇妙的饮料,倒头便睡,一觉就是20年。当他醒来回到家里时,发现家乡的一切都变了样,他记忆中的那个时代早已变成了历史。作者通过瑞普那看似荒唐的遭遇反映了独立革命前后北美大陆上乡村的社会状况。同时也巧妙地暗示了这场革命成功以后,广大民众并没有在生活上得到丝毫改善,从而对现实进行了讽刺。作品还开创了美国文学史上一种反抗专制思想的个人形象。

作品主题:

华盛顿·欧文在他的短篇小说《瑞普·凡·温克尔》中,追溯了荷兰殖民者的历史及其后裔融入美利坚历史的物质和精神的转变,同时叙述了美国政治和社会生活在独立战争前后的改变,借此表达作者对历史革命战争和美国的政党的看法,表达了作者独特的历史观点。

现实意义:

华盛顿·欧文作为美国文学史上浪漫主义的领头人,他的作品在一定程度上都充满了浪漫主义色彩,在充满丰富想象力的同时也对当时社会进行了一定程度的刻画。《睡谷传奇》和《瑞普·凡·温克尔》就是这一类型作品的代表作。故事都发生在山清水秀的小山村,都以一个性格鲜明、与众不同的男子作为主人公,都在一定程度上刻画了当时的社会环境以及人们的生活状况,尤其是《瑞普·凡·温克尔》,其主人公形象更是令人难忘。

瑞普·凡·温克尔是一个比较懒惰的人,他看不上一切挣钱谋生的手段,整日无所事事,因此遭到他妻子喋喋不休的责骂。妻子的做法无可厚非,毕竟一个人不能虚度光阴而了此一生。作为妻子,在丈夫不知道做什么的时候应该站出来耐心地帮他分析、开导,鼓励他去充实人生,但是一味地埋怨唠叨只会使其厌烦而更加萎靡不振。从这一点来看,这部作品对于如何营造一个和谐的家庭环境有一定的启示意义。

虽说瑞普·凡·温克尔整日无所事事,但他十分热心于帮助邻居们,无论是真心也好还是出于无事可做也罢,帮助别人其实也是在帮助自己。正如《左传》中所说"辅车相依,唇亡齿寒",朋友中任何一人遭遇困难对自己都是不利的,相反,朋友中任何一人有所成就都会激发自己的斗志进而推动自身的发展。

当瑞普·凡·温克尔一觉醒来发现整个社会都发生变化的时候,他并不关心社会制度的进步、民主共和的实行,而是为终于摆脱他妻子的唠叨可以自由自在地做自己想做的事情而欣慰。这一点一是反映了当时的民主共和制度并不是那么深入人心,许多人根本不关心他们的社会制度,相反,这一切巨变反而扰乱了人们传统的生活秩序,使他们不知所措;另一点反映出作者比较传统的观点,即他并不是很认同当时的民主共和制度。然而,社会制度的变化更替是历史规律,是无法取代的现象,人不能故步自封,应该紧跟时代潮流,适应社会变化。

紧跟时代潮流固然是一件好事,但也不能把传统文化的精髓丢弃。古人箴言箴语中所蕴含的智慧,更能启发人去明辨是非对错,更能在遇到困难时激励人积极面对,努力渡过难关。

《睡谷的传说》

作者简介：

见《瑞普·凡·温克尔》。

小说内容：

《睡谷的传说》讲述了在睡谷附近的一个美丽山村塔里敦里，乡村教师伊卡博德·克莱恩偶遇“无头骑士”的故事。“睡谷”是哈德逊河畔一个幽僻的山间小村，那里清幽恬静、与世隔绝，村民们思想闭塞，对各种鬼怪深信不疑。穷教师伊卡鲍德·克莱恩生性贪婪、懦弱。他看上了富家女儿卡特琳娜·凡·塔塞尔，还梦想有一天能成为富有的庄园主。他不仅仅为她的美貌倾倒，更对她家的财产垂涎不止。他穿着寒酸的“礼服”去参加卡特琳娜家里的舞会，回家的路上碰上一个没有脑袋的“骑士”，这个“无头骑士”紧跟他的后边，把这个最怕鬼的穷书生吓得魂不附体。最后，那个“鬼”把抑在胸前的“头”(一个大南瓜)高高举起，向他狠狠扔去，结束了这场“夜袭”。原来这是卡特琳娜和与她热恋着的小伙子一起搞的恶作剧。伊卡博德弄清事实后，羞得无地自容，只好不辞而别，到外地教书去了。

作品主题：

在这个故事中，欧文以极富诗意的语言描写了宁静乡村的理想生活和村民们淳朴、善良、幽默的性格。故事也含蓄地批评了社会现实：幽静的乡村反衬出喧嚣的城市；早期移民的单纯善良反衬出资产阶级的卑微和伊卡博德·克莱恩的龌龊。

现实意义：

理想与现实之间，动机与行为之间，总有一道阴影。

——爱略特

从《睡谷的传说》的大背景来看，外部世界发展迅速，日新月异，打破了往昔的宁静，国家和人民处于不安之中。而与之相对，睡谷则优美宁静、远离尘嚣，犹如一片世外桃源。睡谷中的人们依然过着自给自足、悠然自得的生活，颇有几分桃花源中“不知秦汉，无论魏晋”的味道。主人公伊卡包德被驱逐后，睡谷又恢复了往日的宁静。作者欧文安排布鲁姆赶走伊卡包德,体现了他愿国家安宁,留一方净土在人间的愿望。最后伊卡包德离开睡谷后,在纽约找到了属于自己的天地:办学校,学法律,做政客,跑竞选,写文章,最后当上了法庭的法官。

克雷洛夫说:“现实是此岸,理想是彼岸。中间隔着湍急的河流,行动则是架在川上的桥梁。”每个人心中都有自己远大的理想和抱负,然而,化理想为现实的途径却不经相同。一个有远大理想却不付诸行动的人,犹如一片没有播种的土地,一条不经流水的江河,一株永不结果的树,一朵永不开花的牡丹。理想离他们太遥远,他们的理想与现实之间隔着鸿沟。现实世界里,自诩胸怀远大理想之人不胜枚举,然真正为其夜以继日、为其衣带消瘦的又有几人矣?问及缘由,数百借口、理由搪塞揶揄。曾立志做科学家的你,是否在第99次科研路上决心放弃?曾梦想建造宇宙飞船的你,是否乏于航空材料的研究而转战他行?曾努力培养祖国的花朵、培养未来栋梁之材的你,是否已另谋高就?

现实生活中还有许许多多怀揣理想且愿意为之奋斗的人,他们的理想只距现实一步之遥,他们设计了一条通向现实的康庄大道,且充满了鲜花与掌声。理想的实现需要辛勤的付出,而付出又是伴着泪水与汗水的,但是,汗水是滋润灵魂的甘露,脚踏实地是理想飞翔的翅膀。犹豫,使追求之舟停留在理想的港口。

戴着镣铐跳舞,未必是一件好事。回归于现实,脚踏实地,才是我们真正要做的。

《七个尖角阁的房子》

作者简介：

纳撒尼尔·霍桑(1804—1864),19世纪前半期美国最伟大的小说家,美国心理分析小说的开创者,浪漫主义小说家,象征主义小说家。其代表作品有:短篇小说集《古宅青苔》、《重讲一遍的故事》等,长篇小说《红字》、《七个尖角阁的房子》、《福谷传奇》、《玉石人像》等。这些都是世界文学史上不可多得的经典名著。1824年缅因州的博多因学院毕业后,霍桑回到故乡,开始写作。1836年在海关任职。1842年7月9日结婚,婚姻非常美满。夫妻两人到马萨诸塞州的康科德村老牧师住宅居住三年,期间霍桑完成几部很受欢迎的小说和短篇小说集。1846年霍桑又到海关任职。1853年皮尔斯就任美国总统后,霍桑被任命为驻英国利物浦的领事。1857年皮尔斯离任,霍桑侨居意大利,创作了另一部讨论善恶问题的长篇小说《玉石人像》(1860)。1860年霍桑返回美国,在康科德定居,坚持写作。1864年5月19日霍桑与皮尔斯结伴旅游途中,在美国新罕布什尔州朴茨茅斯去世。

小说内容：

《七个尖角阁的房子》以家族诅咒为线索,描写了品钦家族因祖上谋财害命而使后代遭到报应的故事。老品钦上校是罪恶的始作俑者,为霸占莫尔家的土地,诬陷莫尔从事巫术活动,并凭借权势把莫尔送上了绞刑架。在刑台上,莫尔指着品钦上校愤怒地痛骂,并诅咒道:"上帝将会让你饮血!"莫尔死后,品钦上校在霸占来的这块土地上盖了一座气派宏大的带有七个尖角阁的宅邸,指望子孙后代永享荣华。然而,七个尖角阁的宅邸落成之日,品钦上校暴毙于书房。莫尔死前的诅咒似乎应验了,品钦家厄运不断,家族一代代衰败下去。至《七个尖角阁的房子》中故事发生的时期,老宅里居住的是老处女赫普兹芭·品钦小姐和她刚刚从狱中归来的弟弟克利福德。老宅似乎是一座时间和空间的冰窖,把他们跟外界隔绝开来,姐弟俩只通过半掩的窗户一窥外面的世界。迫于生计,赫普兹芭小姐不得不放下自己贵族式的矜持,在老宅的街面位置开了一个商店。远房亲戚菲比的到来,给老宅和老宅里的姐弟俩带来了阳光和生机。品钦法官继承了老品钦上校的罪恶本性,贪婪、自私、冷酷无情,他使叔父死于非命,又陷害克利福德入狱三十年。克利福德出狱后,品钦法官又来到七个尖角阁的老宅,企图从克利福德那儿获取藏宝秘密。不料品钦法官猝死于七个尖角阁的老宅,成了莫尔咒语的最后一个牺牲者。菲比有一颗阳光的爱心,菲比的爱心感染了七个尖角阁的老宅的访客霍尔格雷夫,他是莫尔的后代,一个银版照相师、催眠师、激进主义者、作家,他一直冷眼旁观七个尖角阁老宅的一切，尽管同情两个可怜的旧贵族，但由于家族的仇恨，对她们保持淡漠。然而，菲比感染了霍尔格雷夫，萌发了爱的种子。最终，两个家族的男女青年爱的结合化解了家族宿怨，他们离开了见证过沧桑历史、充满痛苦回忆的七个尖角阁的老宅，搬到乡间别墅，开始了新的生活。

作品主题：

这部小说通过探寻两个有世仇的家族间的报应，说明对财权的贪欲熏染了两个家族祖先的心灵。导致莫尔家族与品钦家族间世仇冲突的原因并不真的就是欧洲白种定居者之间对土地所有权的争夺，罪孽源自于欧洲白人对印第安人土地的剥夺。这才是作者要揭示的社会问题实质。表面上看，莫尔在品钦掠夺了他的土地后感到冤屈，但品钦与莫尔所掠土地的唯一合法主人是土著印第安人。小说结尾，因霍尔格雷夫意识到了这一点而揭开了欧洲白人掠夺印第安人土地这一事实缺失的秘密，揭示了欧洲白人对土地的应得权利是虚假的。正如蒂莫西·鲍威尔所指出的，“掠夺印第安人土地的行为最终变得无足轻重”恰恰反映了“在霍桑生活的时代对涌现的白人应得权利的法律上的争议”，令世人，更令白人吃惊的是，这场争议与冲突最终表明他们是殖民者，是土地掠夺者。布鲁克·托马斯讨论了霍桑对莫尔家族间接的谴责，他认为霍桑强调了莫尔家族与品钦家族之间的相似性：“确信地是，霍桑从没明确地指控莫尔家族掠夺印第安人土地的行为”，但是他确实表明“莫尔家族的土地所有权是基于虚假的基础之上的”。

现实意义：

在小说《七个尖角阁的房子》中，品钦上校因个人的贪婪，陷害了莫尔，霸占了他的土地，因此品钦家族受到了莫尔仇恨的诅咒。但是数代之后，两家后人菲比和霍尔格雷夫之间产生了爱情，两人因此也忘记了彼此间的家仇，而世代延续的家仇也至此终结。文中的那座七个尖角阁的房子见证了两家世仇的形成、延续与化解。仇恨造成人心理的扭曲，使人失去理智，最终把人引向更多的错误，甚至灭亡。悲痛过后，受害人或其家人也可以选择原谅，让仇恨事后终结，避免日后仇恨给自己及家人持续造成更多的悲痛；同时也可避免做出道德上看似合理但却违法的罪行。

正义网在 2014 年 7 月 23 日转载了《检察时报》一则题为“仇恨的种子让他疯狂”[①]的新闻。董某在上五年级时，父亲被邻居家人打伤，此后一直瘫痪在床。董家与邻居家的官司也没有打赢。2011 年，考入大学的董某高大帅气，但为父报仇

① 于2016 年1 月17 日12:38 参阅 http://newspaper.jcrb.com/html/2014-07/23/content_164366.htm.

的念头一直存留在其心头。后来他在网上遇到了一位大二的姑娘陈某。陈某父母开着诊所,相对富有。此时他也在国外网站看到一种“智能化杀人机器”,标价56万。两人确定恋爱关系后,董某便陷入了爱与恨的挣扎,一方面他担心自己心中的恨会让自己辜负了陈某,另一方面自己却总是放不下对邻家的仇恨。再一次回家,卧床呻吟的父亲,无奈叹息的母亲和愈加富裕的邻居又激起了董某心中的仇恨。2013年8月20日,董某在一次和陈某相见时将其杀害,并企图向陈某家人勒索60万元。案发十几天后,董某被抓获。董某的旧仇给陈某家人带来了巨大的痛苦,又给自己的家人增添了新的苦痛。原本聪明好学的大学生,终因仇恨充满心胸,从而失去了辨别善恶的能力,报爱以恶,葬送了他人的未来,也毁掉了自己的前程。

在2014年4月23日,《中国新闻报》电子版刊出一则以仁恕宽容仇恨的新闻①,原题为“与多伦多遇害留学生柳乾父母一席谈——‘我们不能永远活在仇恨当中’”。当柳乾父母被问及接受凶手父母道歉的事情时,受害人的父亲叹着气说道:“事情已经发生,我们也不能永远活在仇恨当中,我们接受迪克森父母的道歉,我想他的父母也不愿意看到这样的。”

从霍桑的小说到如今的现实生活可以看出,仇恨自诞生就伴随着一家之泪和一家之恶,而报复行为于消解仇恨不但于事无补,反而是火上添薪,只能让痛苦扩散;双方都为仇恨的消解作出努力,即实施罪恶的一方或其家人诚心悔过,受害人或家人以豁达的心胸接受残酷的现实,坚强地面对未来,才能禁得住源自仇恨罪恶的引诱。

---

① 于2016年1月17日13:21参阅 http://epaper.chinanews.com/html/2014-04/23/content_48787.htm.

《汤姆叔叔的小屋》

作者简介:

哈里耶特·比彻·斯托夫人(1811—1869)出生于美国一个牧师家庭,曾做过教师,她在辛辛那提市住了18年,在这里她接触了一些逃亡奴隶的生活,这为她创作这篇小说奠定了基础。这部小说首先于1852年在《民族时代》刊物上连载,立即引起强烈的反响,受到人们无与伦比的欢迎。同时,这部小说产生于19世纪50年代的美国,正是浪漫主义占主流的时候,它的发表对美国文学向现实主义发展产生了深刻的影响。

小说内容:

汤姆是一个黑奴,住在庄园的一个木屋里。因为他是一个虔诚的基督教徒,所以屋里挂着圣经故事的图画。汤姆忠诚老实,又很能干。庄园主的儿子乔治·谢尔贝非常喜欢他,叫他汤姆叔叔。

庄园主人不善经营,一次生意失败后,决定把汤姆卖给黑奴贩子。侍女偷听到这个消息后告诉了汤姆,叫他逃跑。汤姆却不肯。黑奴贩子把汤姆带走了,临别时妻子和孩子哭成一团,不久,小少爷乔治·谢贝尔骑马赶来,抱住汤姆叔叔,发誓长大后一定赚钱把他赎回来。

汤姆看到了黑奴贩子的种种罪恶行为,只有身上的一本圣经成为他的安慰。偶然他遇到一个叫伊娃的小女孩,天使一样。小女孩很喜欢汤姆。一次小女孩不慎落水,汤姆奋不顾身把她救了上来。小女孩求父亲圣·克莱亚买下了汤姆。圣·克莱亚是一个开明绅士,主张废奴,也很宽厚。汤姆进入了一个仁爱的家庭。不幸的是,伊娃病了,祈祷也没能留下这个小女孩。圣·克莱亚在酒馆劝架时挨了致命的一刀,完结了一生。克莱亚的夫人刁蛮、泼辣,汤姆又被送到了黑奴市场。

新的主人叫雷格里,粗鲁残暴。汤姆终日在皮鞭下劳作,身体一天不如一天。他同情照顾同庄园的黑奴们。黑奴主买了他的身体,却买不到他的心灵。一次,两个女奴逃跑了,雷格里质问汤姆,汤姆知道就是不说,被打得奄奄一息。两天后,汤姆旧时的小主人乔治·谢尔贝赶来了,要赎回汤姆,实践诺言。但汤姆已无力回返,握着乔治的手进入了天堂。乔治回到自己的庄园,给了他家黑奴自由的身份。众人感谢汤姆。每当看见小木屋,眼前就会出现一位善良的黑奴老人。

作品主题:

《汤姆叔叔的小屋》是19世纪美国反蓄奴制运动里最伟大的宣言书,它使北方人民振奋起来,决心以武力对付坚持蓄奴制的南方,同时这本书也忠实地记录了美国南方黑奴的悲惨命运,唤醒了白人对黑奴的同情。文章剖析了主人公汤姆叔叔这个充满着基督精神、虔诚地信仰上帝的黑奴在其所经历的苦难生活中所体现出的忠诚、仁慈和宽恕,以及他对奴隶制度的残忍性所表现出来的妥协与忍让,从而得出黑人奴隶要获得自由就必须进行斗争。

现实意义:

论其影响力,《汤姆叔叔的小屋》可以说是成功的,无论是从"政治"还是"母性"的角度,斯托夫人都在美国文学的发展上画上了浓墨重彩的一笔。

在作者的写作初衷里,汤姆叔叔这一形象应该是"高贵英雄"的化身。虽然一直以来都承受着压迫剥削的痛苦,但他一直坚守着自己的信仰,人们敬重他,仁慈的奴隶主也对他生出恻隐之心。但就是这样一个光辉的主人公形象,在人性中也存在着卑微与懦弱的一面。

《汤姆叔叔的小屋》在当时大受追捧,是有着它特殊的政治意义的,在当时,正是废奴主义盛行之时,斯托夫人紧紧抓住了人们的目光,以母性的视角烘托出了令人感伤的情怀。然而,时代过去了,抛却当时的时代背景,人们对这本书及主要人物多了更多怀疑与不认同。

很显然,汤姆叔叔早已被"贩卖黑奴"这一论调彻底洗脑,他对白人奴隶主的一次次逆来顺受,注定了他最终悲惨的死亡结局。他并没有意识到,每个人都有权利,也应当主动地去争取自己的自由。人的身体与意识都应该是独立自由的,别人无权去控制操纵。与他相比,敢于斗争反抗的乔治夫妇最终获得了自由与新生。

任何一个时代,无论自由与否,都存在着其腐朽与丑恶的东西,这是任何一个意识形态下都不可避免的。为与其对抗,任何一个有意志的人都应与腐朽做斗争,而不是像汤姆叔叔一样,妥协于现实,逆来顺受。在笔者看来,汤姆叔叔的形象与时下很多人非常相似,他们一样是麻木的,也许很多人整日埋怨社会,为这个社会的腐败而愤怒,但是真正以自己的力量去抗争的又有几人呢?体制的腐败、风气的浮躁、信仰的空虚,人们就是在这样的社会中麻醉自我,躲进"小人物"的外壳中,麻木不仁。

从人格的角度出发,汤姆叔叔是光辉的,他的善良与博爱,不仅是书中的其他人物,书外的读者都深受感染,但就如书中所描写的,他的这些美好的品格并不能改变当时的现实,恶人从不会为善良人的眼泪与言辞所感化,奴隶主手中的利器依然会插入奴隶的胸膛，如果黑奴不能满足他们趋利的心，就要为他们的经济损失“买单”。

年轻人总是对未来充满了憧憬，现实社会也总是充斥了无数的不可抗拒的力量牵绊着年轻人追求理想，但这种力量并不能成为年轻人妥协的借口。人们可以在成长的过程中剔除掉那些不切实际的念想，之后，就是对社会糟粕义无反顾地对抗下去，这才是人类前进中应有的精神意志。

立志要如山，行道要如水。不如山，不能坚定；不如水，不能曲达。就如斯托夫人借由作品向我们传达的一样，任何违背人性的体制，人们都不应懦弱的顺从，而是要努力向其反抗，而斗争的过程中也不能简单地硬碰硬，而要像乔治那般，想方设法让自己变得强大，实现最终的理想。

《白　鲸》

作者简介：

赫尔曼·麦尔维尔(1819—1891),美国作家。1819 年 8 月 19 日生于纽约的一个商人家庭,1891 年 9 月 28 日卒于同地。麦尔维尔的祖先是苏格兰的一个名门望族,早在麦尔维尔祖父那一辈,就已经来到美国,并且参加了独立战争,在社会上有一定的影响。在他少年时代,父亲破产,家庭一下子从富裕堕入潦倒之中。麦尔维尔 12 岁时不幸丧父,15 岁时就结束了仅仅四年的学校生活。因家境恶化,使他不得不走向社会独自谋生。他不得不从银行职员做起,先后做过店员、农场工人和小学教师,尝尽了生活的酸甜苦辣。

1837 年,18 岁的麦尔维尔怀着满腔的愤懑和对社会的抵触,逃上了一艘帆船,开始了他的航海生涯。他先后做过轮船上的服务员,捕鲸船上的渔叉手和邮轮上的普通水手,足迹踏遍四大洋,还曾流落到塔希提岛和马克萨斯岛上,并在有食人风气的土著部落中生活过一个时期,麦尔维尔随着捕鲸船到过世界上的很多地方,大大开阔了眼界。不仅如此,他还和捕鲸船上的其他伙伴一起,同捕鲸船上的专制行为作了一系列的斗争,并且还曾因暴动等原因被监禁。他也曾作为水兵在军舰“美国号”上服过役。后来直到 1844 年,麦尔维尔在波士顿上岸,退伍回到纽约,结束自己的航海生涯。这些经历为日后他的创作提供了丰富的素材。1844 年,麦尔维尔开始创作生活。最初的长篇小说《泰比》、《奥穆》、《马尔迪》都是以他在南太平洋的生活为依据写成。其中《泰比》描写了他在马克萨斯岛上的食人部落泰比人中的惊险经历,揭示了资本主义文明给当地土著人的淳朴生活带来的破坏,因此受到教会的谴责。另外两部长篇小说《雷德本》和《白外套》也是描写海洋生活的。这些作品给美国文学带来了崭新的领域和内容,在美国读者中广受欢迎,作者因此赢得了海洋文学家的称誉。

小说内容：

《白鲸》是一部世界名著,讲述了亚哈帕船长率领船员追捕白鲸时同归于尽的故事。

1851 年完成的长篇小说《白鲸》(即《莫比·迪克》)是麦尔维尔的代表作。这是一部寓意丰富、深刻、笔触雄浑的长篇小说。它记述在 19 世纪上半叶美国捕鲸业蓬勃发展的年代,从事捕鲸业 40 年的“裴圭特”号捕鲸船船长亚哈在同一条巨大凶猛的白鲸莫比·迪克搏斗中船破身亡的经历,反映出作者对当时资本主义巨大发展的疑虑和惶恐心情。书中描写了海上航行和纷繁的捕鲸生活，被誉为“捕鲸业的百科全书”。整部作品，寓意深刻、语言流畅、感情凝重、切合主题，并用象征性手法，揭示了资本主义的罪恶，人物刻画栩栩如生，内心描写委婉生动。

作品主题：

《白鲸》以写实的手法展示了亚哈为追杀白鲸带领“裴廓德”号及其船员为复仇而走向毁灭的过程。白鲸莫比・迪克是自然的代表。亚哈船长追杀白鲸的过程象征着人类征服自然的过程，人类与自然谁也征服不了谁，二者的对抗只会带来灾难性的后果。这个悲剧性的结局让人感叹。它告诫人类应该要尊重自然，遵循自然规律，疯狂地去奴役或征服自然最终必将会导致人类自身的毁灭。小说最后，重归宁静的大海似乎在提醒人们：对大自然要保持神秘与敬畏，与大自然和谐共处。

现实意义：

“请不要将动物的今天变成人类的明天”，这是国家呼吁人类保护生态平衡的宣传标语。地球上有生命的生物分为三大类：人、动物、植物。那么破坏动物和人之间的和谐关系又会发生怎样的故事，就让我们一起解读下——《白鲸》吧。

《白鲸》讲述的是船长埃哈帕在一次捕鲸过程中，被凶猛的白鲸咬去了一条腿，从此心怀仇恨，竭尽全力搜索其下落，最终相遇，他用鱼叉插中了白鲸，愤怒之下，白鲸终把“裴廓德”号咬沉了。文章超前地表达了一种现代生态观，即人类与非人类自然物之间应该摒弃仇杀，和谐共存。尽管文中的呐喊湮没于当时仍然占据统治地位的基督教教义之中，但直至今日，其回响仍不绝于耳，警示人类审慎行事，以避免随时可能发生的毁灭性生态灾难。

试想，埃哈帕船长如果不去捕鲸，又怎么可能被莫比・迪克咬断一条腿呢？这是不可能的，也是借亚哈船长的悲剧来提醒人们——不要再随意猎杀生物，破坏植被，深挖矿坑，过度取水，这些都不会有好下场——猎杀生物使大量的生物濒危、灭绝，如肥美鲜嫩的渡渡鸟、毛皮美丽的袋狼、毛皮珍贵的华南虎……破坏植被使水土流失，如支离破碎的黄土高原、大跃进时期数不清的因被砍光植被而至今光秃秃的小山丘、各种各样的泥石流和山体滑坡以及那因为焚林造田的原始农耕而面积大大缩小的亚马逊森林……过度取水破坏生态环境，因为塔里木河缩短而无法再现的美丽罗布泊、因为过度取用地下水而造成的种种天坑和地陷……种种的破坏，最后的受害者是谁？人类！所以，我们要对大自然加以敬畏，而不应该肆无忌惮，最后弄得如埃哈帕船长一般同归于尽的下场。

然而,这样的悲剧还在不断地上演着,例如长江独有的江豚、日益缩小的青海湖、填湖造地的杭州……相似的破坏不胜枚举,但我们是否应该为自己留一条后路?谁能保证当大自然花费百万年积蓄的资源消耗殆尽时不是我们人类的末日呢?停止吧,贪婪的人类!贪婪,人类的劣根,若不彻底改变,终将导致地球家园的毁灭①。大自然的哭泣声已振聋发聩!设想下未来残破不堪的环境,任谁还敢肆意杀戮、毁坏。

同一个世界、同一个地球,人与动物和谐相处,生活才能更加美好!

---

① 吕黛,试分析《星际穿越》的空间审美维度[J].电影文学(9):142－144.2016.

《王子与贫儿》

作者简介：

马克·吐温(1835—1910)，美国著名作家和演说家，真实姓名是萨缪尔·兰亨·克莱门。“马克·吐温”是他的笔名，原是密西西比河水手用于表示在航道所测水深的术语。

马克·吐温12岁时，父亲去世，他只好停学，到工厂当小工。后来他又换了不少职业，曾做过密西西比河的领航员、矿工及新闻记者工作。渐渐地着手写一些有趣的小品，从此开始了自己的写作生涯。

马克·吐温一生写了大量作品，题材涉及小说、剧本、散文、诗歌等各方面。从内容上说，他的作品批判了不合理现象或人性的丑恶之处，表达了这位当过排字工人和水手的作家强烈的正义感和对普通人民的关心；从风格上说，专家们和一般读者都认为，幽默和讽刺是他的写作特点。

马克·吐温是美国批判现实主义文学的奠基人，他的主要作品已大多有中文译本。他经历了美国从初期资本主义到帝国主义的发展过程，其思想和创作也经历了从轻快调笑到辛辣讽刺再到悲观厌世的发展轨迹，前期以辛辣的讽刺见长，到了后期语言更为激烈，被誉为“美国文学史上的林肯”。他于1910年4月21日去世，享年75岁，安葬于纽约州艾玛拉。

小说内容：

贫儿汤姆·康蒂出生于伦敦的一个贫苦家庭中，父亲游手好闲，酗酒成性。汤姆从小就生活凄苦，常常四处乞食，还得承受父亲和奶奶的辱骂和殴打，只有母亲能够给予他一点温暖。虽然如此，汤姆却有幸得到同样穷困的安德鲁神父的教诲，不但从他那儿听到了许多故事和传说，还学会了一点拉丁文和各种知识。在梦想中，汤姆就把自己想象为王子，还和小伙伴们扮演王宫里的分封游戏。谁知苍天不负有心人，贫儿汤姆真的有机会当一次王子。一次，他被爱德华王子领进王宫，王子出于对外面世界和汤姆自由生活的向往，和汤姆互换了衣装，而他们本是同一天出生，相貌、身材、声音和表情几乎都一样，换装后连他们自己都分辨不出来。就这样，贫儿汤姆在王宫里当上了王子，而爱德华王子则到贫民窟里去受难。汤姆当上王子后，一开始更多是恐惧，唯恐自己被发觉要处以死刑，但是没有人发觉，包括老国王都认为王子只是神志不清，患了疯病，需要好好护理。随后，汤姆渐渐摆脱了恐惧，慢慢地适应了宫廷生活，甚至喜欢上那种前呼后拥、穷奢极欲的气派；在老国王死后，汤姆甚至能尽其所能地施行仁政，体恤下情。而爱德华王子则没有这么幸运，到了贫民窟，他还坚持自己的王子身份，于是很自然地被认为是患了疯病，并受到汤姆父亲的狠狠管教。后来，爱德华王子不得不穿着破衣烂衫，食不果腹，四处流浪，他加入流民队伍，差点被隐修士谋杀，还被迫做了小偷，幸好遇上了落魄的迈尔斯·亨顿爵士，承蒙照顾，才最终回到伦敦。在新国王的加冕典礼上，爱德华王子及时证明了自己才是真王子，是应当加冕的国王，而汤姆则是心甘情愿地帮助他恢复王子身份。

这部小说以贫儿汤姆在王宫的生活经历和爱德华王子的流浪生活为两条线索，在整体上具有马克·吐温所热衷的流浪汉小说的特色，其中对汤姆和爱德华的各自喜剧性经历的叙述具有马克·吐温特有的幽默色彩。

作品主题：

贫儿汤姆和王子爱德华在本不属于自己的环境中生活着，马克·吐温通过他们错位后的生活，揭露和批判封建统治者和劳苦人民在生活与人性上的尖锐对立。作者通过爱德华的经历揭示贫苦人民的生活环境；通过汤姆的经历，暴露宫廷里贵族们的腐败生活及残酷的人性。真正的王子爱德华戏剧性地来到贫儿汤姆的家中，书中是这样描写的：王子发现他自己已经到了约翰·康蒂家里，约翰关上门，把那一群人关在外面。王子在一支插在瓶子里的蜡烛的微弱的光线下看出了这个令人作呕的狗窝的大致轮廓：“房子又小又破，只有一张也算是床的床铺，归汤姆的父亲和母亲使用。汤姆、祖母及姐姐们却不受拘束——全部的地板都归他们享用，他们爱在哪睡就在哪睡”。以上的词语“不受拘束”、“享用”说得诙谐，可人人看了又都会心情沉重，它说明了当时劳苦人民的生活环境是多么恶劣。与宫廷的腐败生活相比，产生了鲜明的反差。

马克·吐温从英国历史中找到了寄托美国现实的外壳。他选择16世纪中叶资本主义原始积累时期的英国来与向帝国主义过渡的美国作对照，用意是很深刻的。同是历史的转变时期，对人民同样是灾难。人们的感觉“和一个欢欢喜喜跳出去看彩虹，结果遭雷打的感觉”很相似。“羊吃人”给英国农民造成悲剧，垄断资本家吃人给美国工农带来不幸，只有时间和国度的区别。

在那个“真该遭雷打”的英国也好，美国也好，皇帝或总统，爵爷或议员，无不是对人民造成灾难。亨利八世的朝廷，使人想到海士的国会；国库空虚，负债累累，使人想到南北战争后所欠下的那笔二十亿美元的国债；公侯伯爵争封采邑，使人想到那窃取国库的特维德事件；在资产阶级大资本财团的控制下，总统也不过是个庄严的傀儡；亨利八世是个恶魔，海士总统在血腥的年代登基；爱德华忘了自己的诺言，继承的是他父辈的事业，海士们在竞选时的演说又几时认真实行过？在这种情况下，留给人民的还有什么？伦敦的垃圾大院，使人想到华盛顿的贫民窟；英国的游民队伍，使人想到美国那三百万失业大军和他们的家属；亨利八世的绞索和火刑柱,使人想到美国当局动用军队镇压罢工和开展大规模恐怖运动的情况,历史就是这样地相似。

正是为了跟海士、特维德那样的总统和议员们对比,马克·吐温才有意塑造了汤姆、爱德华和迈尔斯那样的人物。马克·吐温在《王子与贫儿》中所展现的两个世界正是他关于"两个美国"思想的反映。他曾说过:"我对我们的文明是怎么个看法呢?我认为这是微不足道而又毫无价值的,充满了残酷,忙乱,无耻,卑劣和伪善。就是这两个字的声音我都感到憎恶,其中包含着谎言。"汤姆在宫廷里生活两周就开始变坏了,正是资产阶级文明对人民腐蚀作用的典型例证。

马克·吐温对人民深切地同情,但却始终没有接受无产阶级的思想。他从人道主义出发,用人类天性的善与恶来分析人们的思想言行。在《王子与贫儿》中,爱德华生来就是个善良而公正的人,他在亨利八世身边长大,终日待在皇宫,却仍然有一颗仁慈而正直的心。休爵士"贪得无厌,诡计多端,心地狠毒,专爱算计别人,是个阴险卑鄙的小人"。马克·吐温认为"他生来就是那样"。休没有得到最终惩罚,只是"因为他的妻子和哥哥都不肯证实他的罪状",以此完善了迈尔斯的人性。

现实意义:

湖南卫视有一档纪录类电视节目——《变形记》,旨在让不同生活环境的人去体验不同人生,达到改善关系、收获教益的目的。当时看到这档节目,不由得让人想到马克·吐温所著的《王子与贫儿》,两个身份悬殊的孩子互换人生,不仅感受到自己人生中没有而向往的东西,又尝受了自己从未经历过的艰辛,虽然,这样一个故事如童话一般,浪漫生动,但人们依然能从中感悟到深刻的东西。

故事中,一个是出身高贵的王子,生活富足却无自由,一个是出身低贱的贫儿,生活无拘无束却奢望至高无上的权利。如此矛盾的心理应该是每一个人都曾有过的,我们拥有的一切在成长的过程中均被视作了理所当然,而我们不曾拥有的总是像披了面纱,蛊惑着我们向其靠近。孟子有句耳熟能详的话,"鱼,我所欲也;熊掌,亦我所欲也,二者不可得兼。"当两人交换了衣服的那一刻,人生的机遇顿时改变,贫儿拥有了权利,失却了自由自在的生活;王子拥有了自由,也告别了自己高贵的头衔。

马克·吐温写这本书,也许是为了讽刺当时社会的罪恶,批判一切剥削与压迫,但回到我们所处的时代,这种"光环"式的评判标准依然存在,光鲜亮丽生活在社会上层的人,总是被人高看一眼,若是着装简陋,生活拮据,则处处碰壁,不得尊重,那么,一层皮囊就当真如此重要吗?

书中的贫儿小汤姆虽然出身贫寒,但他有颗仁爱的心,换上了王子的衣服,依然能得心应手,这样的故事,终究有些讽刺,让我们联想到,现实中的人们,有多少是身居高位，却不尽其责，若是换了其他人，可能比他做得要好很多。

所以，我们向往富贵的时候，需要审视一下自己是否拥有与之匹配的能力和善心，而我们追求自由的时候，也要反问自己是否能够舍得下自己已经拥有的一切。一切拥有都不是理所应当的，《变形记》中，当一个城市中生活富足却性格叛逆的孩子，被送到农村，会意识到，离开父母所给予的一切，自己一无是处，就连最起码的与人相处都难以做好。而本来生活在农村的孩子，真的感受过城市的魅力后，是不是明白、一切光鲜亮丽、一切美好梦想的实现，并不是一件容易的事情，想要实现这一切，是要付出常人不愿付出的努力。

在笔者看来，《王子与贫儿》并非童话，现实世界，光怪陆离，瞬息万变，今日富翁，明日也许就变得一贫如洗，那么，是不是要就此放弃。有时候换一种生活方式，变换一种生活的态度，你能体会到许多不曾感受的东西，也许会因此激励自己朝着梦想再努力前行，也许会使你珍惜眼前所拥有的来之不易。

人各有命，而命运，并非上天赐予的，我们要学会守护命运，改变命运。

《汤姆·索亚历险记》

作者简介：

见《王子与贫儿》。

小说内容：

故事发生在19世纪上半叶密西西比河畔的一个普通小镇上。汤姆·索亚是个调皮的孩子，他和同父异母的弟弟一起接受姨妈波莉的监护。他总是能想出各种各样的恶作剧，让波莉姨妈无可奈何，而他也总能想尽办法来躲避惩罚。一天，汤姆见到了可爱的姑娘贝基·撒切尔，她是撒切尔法官的女儿。汤姆一见到她就对她展开了攻势。而他的爱似乎也得到了回应。镇上有一个孩子叫哈克贝利·芬。他的父亲总是酗酒，因此他跑出来自己生活。他看起来和文明社会格格不入，大人们都不喜欢他，可汤姆和他却是好朋友。有一天他们约好晚上一起去墓地，却看到了意想不到的一幕。他们看到鲁滨逊医生、恶棍印第安·乔和喝得醉醺醺的莫夫·波特。在他们混乱的厮打中，印第安·乔把医生杀死了，然后又嫁祸于被打昏的波特身上。汤姆和哈克贝利被吓坏了，立了血誓决不泄密。波特被捕以后，汤姆十分内疚，经常去看望他。此时的汤姆事事不顺，贝基生了他的气，不再理睬他，波莉姨妈也总是呵斥他，他觉得没有人关心他。于是，汤姆、哈克贝利和村上的另一个孩子一起乘小船去了一个海岛。可没过多久，他们便发现村里的人们以为他们淹死了，正在搜寻他们的尸体。汤姆晚上悄悄回到了姨妈家，发现波莉姨妈正在为他的"死"悲痛欲绝。汤姆觉得十分惭愧。最终，他们三个人在村民们为他们举行葬礼的时候回来了。夏天来临时，汤姆便感到更加不安，因为法官将对波特的罪行做出判决。汤姆终于战胜了恐惧与自私，指出了印第安·乔就是杀人凶手。可凶手还是逃走了。后来，汤姆又想出了一个主意：寻找宝藏。汤姆和哈克贝利偶然发现了印第安·乔和他的一大笔不义之财。但他们却不知道他把钱藏在哪里了。在贝基和同学们外出野餐时，哈克贝利得知印第安·乔要去加害道格拉斯寡妇，因为她的丈夫曾经送他进过监狱。幸亏哈克贝利及时报信才避免了一场悲剧的发生，可印第安·乔再一次逃之夭夭。此时，汤姆和贝基在野餐时走进了一个山洞，因为洞太深而找不到回来的路，被困在里面。他们在山洞里再一次遇见了印第安·乔。村民费尽周折救出汤姆和贝基之后封死了山洞。后来汤姆告知村民印第安·乔还在里面。当他们找到他时，他已经死在山洞里了。恶人得到了应有的报应。汤姆和哈克贝利再次回到山洞里，找到了那笔宝藏。

作品主题：

《汤姆·索亚历险记》是美国小说家马克·吐温1876年发表的代表作品，主人公汤姆·索亚天真活泼、敢于探险、追求自由，不堪忍受束缚个性、枯燥乏味的生活，幻想干一番英雄事业。小说的时代在南北战争前，写的虽是圣彼得堡小镇，但该镇某种程度上可以说是当时美国社会的缩影。小说通过主人公的冒险经历，对美国虚伪庸俗的社会习俗、伪善的宗教仪式和刻板陈腐的学校教育进行了讽刺和批判，以欢快的笔调描写了少年儿童自由活泼的心灵。《汤姆·索亚历险记》以其浓厚的地方特色幽默和对人物的敏锐观察，一跃成为最伟大的儿童文学作品，也是一首美国“黄金时代”的田园牧歌。

现实意义：

曾在一位老师的博客上看过这样一个案例：她班上的班长是个学习成绩优异、又尊师敬长的小姑娘，但有一次，她却发现这个小姑娘在课下正在用力拧一个同学耳朵。作为老师，看到这一幕她也很讶异，平时给她的印象，并非如此，那么课下，在同学眼中，这个班长是什么样的呢？后来在一次写别人印象的活动中，同学们都认为这个班长“很坏”，喜欢动手“欺负”其他人。这个结果的确与她印象中“方方面面”都很优秀的姑娘相差甚远。

这个老师在后面也反思了很多。她认为，现在的孩子从小都是被大人夸赞着长大的，在长辈们面前自发的就表现出乖巧、懂事的一面，而在小伙伴们面前，到底还是个孩子，有着种种缺点及不受欢迎的一面。

《汤姆·索亚历险记》中也出现过类似的桥段。在我们的印象中，汤姆是内心桀骜不驯、行为顽皮乖张的，但在公众面前，他会刻意显得乖巧而规矩。在课堂上，他背诵的《圣经》引同学们发笑，叫老师头疼，但是他又利用物物交换的方式，得来可以证明勤奋与聪明的小票，最终换来令人瞩目的奖品。这不得不让人反思，汤姆是痛恨学习和规矩的，可是为何他又向往奖品呢？就如现在学生们都向往的奖状证书一样，这些更多的是代表了勤奋、聪明、光荣的符号，是可以拿来获得老师赞赏、家长肯定的筹码。

书中，撒切尔法官的女儿贝基犯了错误却不愿承认，而汤姆为了获得心爱姑娘的芳心，代为受过。就像最初案例中的那个小班长，当她欺负同学时被老师发现后，是羞愧的，却并未主动承认自己的错误。贝基和那个班长有着共通的地方，她们都是在家长与老师面前表现得乖巧懂事，平日获得的赞赏与肯定让她们认为缺点、过错这些都令人羞愧。这样的教育方式是有缺陷的，成人们的夸赞与一味地肯定给孩子们形成了一种非正常的社会规范，认为奖赏即承认，而孩子为了获得承认，就要掩盖其缺点，无论用何种方法都要获得奖赏。换言之，这种社会规范使人获得的是虚荣心。

马克·吐温在这本经典中,是对这种虚伪庸俗的社会规范持批判态度的,但是在书的最后,汤姆又回归到了他一直反抗逃离的社会规范当中,成为了一个“好市民”、“体面人”。这也是作者对于强大的“社会文明”无可奈何的一种表现。

虚荣心并不是与生俱来的,孩子们的虚荣心是在大人们一句句不真实的夸赞与盲目的肯定中催生出来的。所以我们应当反思,该如何在孩子们成长过程中给予肯定的同时,让他们认识到自己的不足。人无完人,谁都会有过错,家长管教子女,老师教导学生,不要给孩子们误导,认为不犯错就是好孩子、好学生。追求优异也要兼顾人格,教导孩子如何成为一个真实、真诚、正直的人才是根本。

《哈克贝利·芬历险记》

作者简介:

见《王子与贫儿》。

小说内容:

《哈克贝利·费恩历险记》(1884)是美国著名作家马克·吐温的代表作,也是美国文学史上一部影响深远的作品。小说的中心情节是讲白人孩子哈克和黑奴吉姆经过一系列危险境遇,结下深厚友谊的故事。哈克为了逃避酒鬼父亲的虐待,逃到一小岛上,巧遇逃奴吉姆,两人结伴而行。哈克起先受当时社会风气的影响,觉得不应该帮逃奴的忙,后来在日日夜夜的漂流生活中,逐渐被吉姆善良无私的性格所感动,表示宁肯冒着下地狱的危险,也要帮助吉姆得到自由。他们一路上历尽艰险,遭遇民队的追捕、骗子的虐待以及各种自然灾害。在两人的同心协力下,所有艰险均被化解。最终,哈克在好朋友汤姆的帮助下救出了被骗子卖掉的吉姆,并得知女主人在遗嘱中已宣布解除吉姆的奴隶身份。

吉姆是个忠厚能干的黑人,但他依然避免不了被任意卖的厄运,他的不幸命运是广大黑奴悲苦人生的真实写照。值得肯定的是,他不再像哈里耶特·斯托笔下的汤姆叔叔那样,面对迫害逆来顺受,而是采取了出逃的对策。在当时的历史条件下,这要算是力所能及的反抗了。他还是一个富有同情心和牺牲精神的人,在大河上漂流时,他处处照顾哈克,尽可能不让孩子受惊受苦;当汤姆中弹受伤时,他不顾自己的安危,留在危险区域协助医生救护孩子。作品通过吉姆一系列高尚热诚的行为告诉我们,黑人在人格上不仅不比白人差,甚至在许多方面还超过了白人,由此彻底粉碎了种族歧视的谬论邪说。通过这一形象的塑造,小说意在表明废除蓄奴制的必要性和迫切性。

哈克是小说的中心人物,也是美国文学史上一个著名的富于正义感和叛逆精神的儿童形象。小说开始时,他虽然活泼好动,爱好自由生活,但因为长期受到种族主义反动说教和社会风气的影响,歧视吉姆,常常捉弄他,一度想写信告发吉姆的行踪。经过与吉姆同行的日日夜夜,他终于认同了吉姆,决心帮助他获得自由。小说以颇具戏剧性的笔触描写了哈克内心斗争的结果:他拿起了那封告发信说道:“好吧,那么,下地狱就下地狱吧”,随后就一下子把信扯掉了。这段非常传神的描写诚如作家所言,是“健全的心灵(即民主理想)与畸形的意识(即种族偏见)发生了冲突,畸形的意识吃了败仗”。哈克的思想转变和多次帮助吉姆渡过难关的行动,说明既然种族主义谬论连一个孩子都蒙骗不了,那么蓄奴制度的崩溃确实是历史的必然，同时也表明了作家提倡白人黑人携手奋斗，共创民主自由新世界的先进思想。

作品主题：

这部小说比较全面地体现了马克·吐温创作的艺术魅力。首先，作品把现实主义的真实性和浪漫主义的抒情性很好地糅合在一起，哈克与吉姆的漂流经历充满了传奇色彩，密西西比河上和沿岸的自然景物在作者笔下也闪烁着奇异壮丽的光华，而沿岸一带的城乡生活描写则翔实真切，具体可感。这种奇妙的融合尤其体现在哈克的思想斗争中，作家既纤毫毕见地呈现了人物意识活动的逻辑轨迹，又不无幽默风趣地调侃嘲弄了宗教谬说给一个孩子造成的荒唐观念。其次，作品采用第一人称叙事方式，从哈克的视角反映生活、刻画形象，亲切生动，引人入胜。再次，作品的语言颇具特色，作家在广泛采用美国南方方言和黑人俚语的基础上，经过精妙地提炼加工，形成了一种富于口语化特征的文学语言，简洁生动，自然含蓄，是英语文学的范本。

在美国19世纪中期，霍桑的《红字》就具有了儿童形象作品的雏形，但到了二三十年后，在马克·吐温的两本历险记《汤姆·索亚历险记》和《哈克贝利·芬历险记》中，儿童才第一次在美国文学中以主人公的形象出现。它以儿童冒险经历为线索，透过一个十三四岁孩子的眼睛，描写了资产阶级生活方式的腐朽和奴隶制度的罪恶。小说中生动真实的社会生活场景和诙谐幽默的言语风格赢得了读者的喜爱。不同凡响的思想性和独特的艺术创造性使小说成为一部杰作。因此，海明威说："一切现代美国文学来自一本书，即马克·吐温的《哈克贝利·芬历险记》……这是我们所有书中最好的。一切美国文学都来自这本书，在它之前，或在它以后，都不曾有过能与之媲美的作品。"

综观整部作品，发现其中的儿童形象有很多特点。在文本的阅读过程中，不难发现，那就是作为小说主人公的哈克，有异于传统文学中成人形象的特殊文学形象，有着成人的眼光无法诠释的特性——就是他的童性。他用他那双童话的眼睛去看这个世界，当他睁开清澈的双眼看到的世界和他从幼儿时代就深烙的童话世界相差如此大时，他会用他童话里的心去分辨是是非非，去思考，直到他发现世界是如此的混沌不堪，于是他的探索逐渐地转变为逃避。通常他会以拒绝成人世界的文明、向往没有开发的自然来作为逃避的方向。他的这种反抗在某种程度上超越一条界线，就很微妙的转变成他对于成人世界的反抗，他也很希望能通过他的反抗来改变这个世界的混沌和黑暗，这种努力常常在成人世界的重重压力之下瓦解，或被同化，或被吞噬。但是这种探索和反抗从来没有断过，在一代又一代的儿童身上重续，也许有一天，他会改变这个世界的色彩，让世界折射出属于太阳的光彩。

一百多年来，这部小说一直受到世界各国人民的热烈欢迎，专家们也好评如潮。英国诗人艾略特认为哈克的形象是不朽的，堪与堂吉诃德、浮士德、哈姆雷特媲美。

现实意义：

《哈克贝利·芬历险记》是马克·吐温笔下的一部经典成长小说，创作于大多数美国人追求金钱的"镀金时代"。作家在小说中记录主人公哈克自身成长的过程中，为读者呈现了现实世界丑恶的一面。

小男孩哈克崇尚自由，厌恶道格拉斯夫人所教授的刻板正经的文明的生活，父亲的虐待更使他下定了离家出走的决心。聪明的哈克走前制造了自己死去的假象，以掩人耳目。后来，他在一个小岛遇到了出逃的黑奴吉姆，于是两人便结伴在密西西比河开始了险象环生的旅程，见证了人世间的丑恶。其中他们就遇到了能说会道的"国王"和"公爵"。后两位是江湖骗子，哈克和吉姆不自觉地听信他们的教唆，助恶行骗。妄称"国王"和"公爵"的两位竟然能骗来看客观看他们荒唐的表演，并且看客挤满了骗子搭起的戏场。

在读到"国王"和"公爵"的丑恶行径时，读者们都会对他们表示憎恶，同时嘲笑那些可怜的受骗者。即使在现代社会，骗子仍旧没有退出人们的生活，而且骗术与时俱进，被骗到手的"看客"不在少数，对于一些智商"高端"的骗子，人们也只能表示无奈。新浪新闻中心在2015年11月23日转载法制网《法制日报》题为"网骗新骗术多与个人信息泄露有关"①的新闻。新闻中报道电信、金融和传销等传统的诈骗活动现已广泛利用信息技术，转移到了网络平台。据360互联网安全中心发布的《现代网络诈骗产业分析报告》统计，在2015年1月到9月间，全国网民在猎网平台②举报的诈骗案件有20 086起，这只是全国网络诈骗案数目的一角。在网络普及大众以前，人们只要将不贪小便宜、保密好账号密码等牢记于心，就可以有效防范被骗。但是随着网络支付方式的普及，如手机支付、快捷支付和网银支付，骗子利用这些新的支付方式，骗取受害人手机上的短信验证码，通过在自己电脑或手机上用受害人的网银或银行卡账号进行转账或快捷支付操作，从而骗取受害人的钱财。在整个过程中，骗子和受害人根本不需要在同一个城市，受害人的钱财就能被骗走。多数网络诈骗案件涉案金额小，取证困难，而骗子可能位于

---

① 于2016年1月15日13:07参阅 http://news.sina.com.cn/o/2015-11-23/doc-ifxkwuxx1717010.shtml.

② 猎网平台：猎网平台于2015年5月12日由北京市公安局网络安全保卫总队和360互联网安全中心联合发起成立。猎网平台是一个面向全体网民开放的网络诈骗信息举报平台，平台致力于建设一个警、企、民联动的反网络诈骗信息系统，充分结合公安机关的刑侦能力、360的云安全技术与全国网民的举报线索，实现诈骗风险的第一时间发现，诈骗行为的第一时间阻拦和诈骗犯罪的第一时间打击。该解释于2016年1月20日11:20引自 http://baike.baidu.com/link?url=v1xmljbuUnoooUVGlgQCy-MUsuvKs3pJpTY0j9Cs4KUdvgiYsmvpALXJfQ8X8QtWx1_Qb1Ft2sx8uSGReAZN3QStv0nv6ANyIfybCLsiGcdzrfUJg7Ln4_Lbhd8oRRh-.

全国甚至世界的某个角落，这都为公安机关破案、追回损失带来了困难。网络诈骗中，受害人的钱财被“莫名其妙”地就被骗走，但有另一类新型诈骗，它通过获取受害人的信任，然后受害人“心甘情愿”地把钱财“送”给骗子。观察者网在2015年12月29日转载《新快报》一则题为“假军人对女硕士等4人骗财骗色，连电视台也被诓”①的新闻。犯罪者冒充军人，通过给受害人观看自己身着军装帮扶困难家庭的新闻视频骗取受害人的信任。5年间，他经历了入狱、出狱、结婚、生子，但诈骗之心不改，先后有4名女子被骗财骗色。受害人中有一位刚硕士毕业，但为了借钱给谎称家中有急事的骗子，她为自己所信任的“男友”向银行申请了一张5万元的信用卡。

骗子一般有着非凡的胆量，聪明的伎俩，人们很容易上当受骗。在现代社会，信息技术十分发达，保护好个人信息非常重要。诱人的手机短信或电脑中弹出的窗口，一定不要凭着一时好奇而降低了防范意识。骗子能想到的骗人招数，人们一般想不到会是陷阱，感觉所遇事情蹊跷，可不予理睬或回避或报警处理，以免上当受骗，悔恨不及。

① 于2016年1月15日15:30参阅 http://www.guancha.cn/society/2015_12_29_346273.shtml.

《塞拉斯·拉帕姆的发迹》

作者简介:

威廉·迪安·豪威尔斯(1837—1920年),美国作家、评论家和编辑。他的小说和评论直接影响了后来的很多现实主义作家。豪威尔斯于1837年3月1日出生在俄亥俄州的马丁斯维尔(现为马丁渡口)。

1840年的时候,他们家搬到了汉密尔顿。在1852年,他在《俄亥俄州日报》发表了一首诗。1856年,他被选为众议院的职员。他没接受过多少正规教育,但他阅读广泛,他曾酷爱许多文学大家的作品并深受其影响,像奥利弗·哥德史密斯、华盛顿·欧文、塞万提斯、海涅、丁尼生,后期主要受简·奥斯汀、乔治·艾略特、屠格涅夫、哈代等人影响。1858年在《俄亥俄州日报》工作,并且对海涅的作品产生了极大兴趣。1860年到波士顿游历,见到了詹姆斯·托马斯·菲尔德、詹姆斯·拉塞尔、老奥利弗·温德尔·福尔摩斯、纳撒尼尔·霍桑、亨利·大卫·梭罗以及拉尔夫·沃尔多·爱默生,他们都成了要好的朋友。在1860年的时候,他已经在《大西洋月刊》上发表了三首诗,他和J·J·皮埃特合著了《两位朋友的诗》(*Poems of Two Friends*)(1860年)。因帮助林肯竞选总统写过一篇成功的传记,1861年被任命为美国驻威尼斯领事,任期4年。1865年,豪威尔斯回到美国,定居在马萨诸塞州剑桥,他为多家杂志都写过文章,其中有当时美国最有影响力的报纸——《大西洋月刊》和《哈泼氏》杂志。在1866年,他在《大西洋月刊》担任首位助理编辑,后来在与报纸协商后得到了不错的薪酬。1871年成功当上报社总编辑,一直干到1881年。1869年结识马克·吐温,便与他结为一生挚友。他与罗威尔、朗费罗、小福尔摩斯成为密友,还与赫赫有名的新英格兰家族小姐埃莉诺·米德结了婚。1886年豪威尔斯加盟《哈泼氏》(*Harper's Magazine*)。期间他离开《哈泼氏》(*Harper's*),在《大都会杂志》(*Cosmopolitan Magazine*)工作了一年(1891—92年),然后又回到《哈泼氏》(*Harper's*)。1902年,豪威尔斯出版了儿童小说The Flight of Pony Baker,这本小说的灵感来源于他自己的童年。豪威尔斯于1920年5月11日午夜在梦中与世长辞,后被葬于马萨诸塞州剑桥。

八年后其女将其信件当作他文学生命的传记进行发表。从1900年直到去世,他一直撰写“安乐椅”专栏。他成为最受人尊敬的美国作家,被称为“美国文坛泰斗”。豪威尔斯在提倡现实主义文学方面有过贡献,后期的作品也接触到一些社会问题,但在“美国例外论”的思想影响下,他的主要倾向是维护资产阶级秩序。在艺术描写方面,他采用误会套误会的手法,人为地制造矛盾冲突。他的作品描写细腻,对话机智,文字流畅。到了20世纪现实主义中豪威尔斯的“微笑”现实主义分支也彻底被盛行的自然主义所取代,他的文学风尚也已经彻底过时了。但时间和历史是公正的，豪威尔斯在美国文学史上的地位还是没有被遗忘的。他至少是美国文学上一位举足轻重的文豪。

小说内容：

《塞拉斯·拉帕姆的发迹》是豪威尔斯的代表作，也是他最有戏剧色彩、最受读者欢迎的作品。小说主要描写了一个经营矿漆生意发迹的商人拉帕姆。他勤勤恳恳、兢兢业业，靠自己的双手"勤俭起家"，终于得到了相应的回报。他成了百万富翁之后，还想跻身于上流社会，于是便着手在波士顿的一处豪华地段建造了一幢豪住宅。但是，就在他春风得意的时候，他的矿漆生意却受到了严峻的挑战，他在竞争中遭受挫折，面临破产。这时他本来可以把自己的厂子卖给一家英国公司，但是考虑到铁路公司的插手会使买主受损，所以他不愿意损人利己，没有把灾难转嫁给他人，而是甘愿自己倾家荡产，最后领着家人回到了乡下。在这里，小说突出表现了作者以伦理道德为重的人生哲学。显然，他不赞成在经济竞争中采取不择手段的做法，而主张"为富"不能"不仁"，还要为他人着想。经商者，钱可以赚，但不能昧着良心，更不能坑害他人。拉帕姆用巨资建造的豪宅象征着物质上的"发迹"，豪宅毁于一旦后他落得一无所有，但他却因此而迎来了另一种"发迹"——他在道德上、精神上得到了升华！

豪威尔斯的重点放在了拉帕姆讲话的方言上，用更多的智慧和技巧为其增光添彩，拉帕姆积极地对抗他想象中的批评家：以大写字母 N 开头的自然界的爱好者，那些谴责任何对"恐怖"景象的亵渎，并断言公众的兴趣存在于对"自然"状态保护中的人。塞拉斯争论说，得益于他自己的悲惨经历，他认为"自然"承担着很少由那些从没有经受自然磨砺的人刻意制造出的悲伤情调的象征。与持万物有灵论信念，能从哪怕是最丑陋的岩石中也能发现上帝的德鲁伊骑兵不同，拉帕姆的信仰在新教工作理论更加现代的神学上。

作品主题：

《塞拉斯·拉帕姆的发迹》(1885)代表了豪威尔斯关于现实主义体现"文艺的正确原则"理念的最高成就。对于现实主义原则，每个作家都会有不同的表述，它来自于美国人在国外生活的一般经验。这本小说处处可见《圣经》的痕迹，体现了豪威尔斯的创作观点也就是小说的首要目的是教诲，而不是娱乐。这本小说主要揭示了主人公拉帕姆道德发展的进程——从圣洁无邪经过诱惑和堕落，而最终获得拯救和新生。跟这一进程并行不悖的是他社会地位的循环——从农村的简朴生活，到经济和社会上的成就，而最终又回到农村的简朴生活。其实拉帕姆道德发展的进程就是一个明显的 U 型结构，豪威尔斯借用 U 型结构这个原型阐释他的处世原则——“为富”不能“不仁”。通过拉帕姆这个主人公来警示世人，要与人为善。小说中也反映了作家的宗教思想，这和他本人所处的时代和家庭背景是分不开的。豪威尔斯通过塑造拉帕姆这样一个榜样人物，唤醒了人们普遍的良知和责任心，达到其道德教育的目的。

现实意义：

在豪威尔斯作品《塞拉斯·拉帕姆的发迹》中，主人公生于贫困的农民家庭，从小勤俭。帕拉姆在做矿漆生意创业期间，吃苦认劳，家庭生活也并不宽裕，但一家人却过得非常幸福。后事业上逐渐发迹，家庭生活已相当宽裕，帕拉姆又通过种种手段壮大了自己的事业，使一家人成为了富人。一家人过上富丽堂皇的物质生活后，竟将家庭贫困时的美德都忘之脑后。不幸随之而来，帕拉姆的企业面临破产。他本可以将企业卖给他人以使自己免遭损失，但他宁愿自己承受灾难。最后，帕拉姆虽然在经济上又是一贫如洗，降到了低端，但其道德水平又上升到了高端。

利益与道德之间存在着复杂的关系。帕拉姆靠着诚实的劳动起家，但为了让自己在竞争中处于优势，他做出了损人利己的事情，冷酷地将合伙人罗杰斯赶出了公司，自己也走上了财富的顶端；后来自己的企业面临危境，在保留财产与保留个人道德的选择上，帕拉姆选择了后者。放弃道德，损人利己的人在物质上会得意一时，由此而来的财富不会持续太久，也不能让心灵获得幸福，高尚的道德所换来的财富才能让人舒心，而道德本身正是人一生中最重要的财富。

当利益主导了一个人的生活时，他生活中的一切都会向金钱看齐、为获得金钱而服务，事实上这时他本人也会成为金钱的仆人，道德更是会被他用各种堂而皇之的理由拒之门外。燕赵都市网在 2015 年 5 月 11 日刊登了一篇主题为“一家医院损人利己”的新闻①。衡水市冀州某镇附近居民当要使用手机打电话时，经常发现手机没有任何信号显示，接着就会受到某医院的广告。冀州警方调查后查明了真相，某医院为省下广告费，雇人驾车运载伪基站设备，向手机用户发送短信广告，所以伪基站附近群众的手机会无法正常使用。医院为了省下运营成本，采用不正当的方式做广告，严重影响了他人的正常生活。

近年来我国发生的食品问题不在少数，如三鹿奶粉三聚氰胺事件、安徽劣质奶粉事件（大头娃娃事件）、苏丹红鸭蛋事件、塑化剂饮料事件和地沟油事件等等，一系列食品安全问题的背后其实是利益与道德的选择问题，不良商家选择了利益，置道德于脑后，损害了他人的身体健康。2016 年 1 月 18 日山西农民报数字报刊出一则关于山西省食药监局 2015 年承担国家食品安全监督抽检工作的新闻②，

---

① 于 2016 年 1 月 18 日 12:11 参阅 http://yanzhao.yzdsb.com.cn/system/2015/05/11/014193002.shtml.

② 于 2016 年 1 月 18 日 12:42 参阅 http://epaper.sxrb.com/shtml/sxnmb/20160105/319490.shtml.

报道中称该局全年抽检 2 768 批次，涉及 20 大类 63 个食品品种，其中，发现禁限用兽药残留超标、微生物污染、超范围超限量使用食品添加剂和品质不达标等四类问题突出。可见，尽管社会中由食品安全所引发的悲剧一次次发生，良心丧失的商家们却丝毫没有收手，仍是一意以个人利益为首要目的。

社会是台机器，由各行各色的人共同运作，当有些人以个人利益为大，做出损人利己的事情，那么这台机器就会问题不断，甚至导致无辜的人在这些问题中丧失生命；人们只有将时刻将社会道德铭记心间，把他人的利益与个人利益同等看待，以促进社会的和谐运转为个人生活的目的，社会中的很多问题也就不会发生或重复发生。

《一位贵妇的画像》

作者简介:

亨利·詹姆斯(1843—1916)的主要作品是小说,此外也写了许多文学评论、游记、传记和剧本。他的小说常写美国人和欧洲人之间交往的问题;成人的罪恶如何影响并摧残了纯洁、聪慧的儿童;物质与精神之间的矛盾;艺术家的孤独,作家和艺术家的生活等。

小说内容:

女主人公伊莎贝尔·阿切尔是一位年轻貌美的美国少女,父母双亡后,被她富有的姨母带出美国一个小城,到她梦魂萦绕的古老欧洲去见识大千世界。她在伦敦郊外的"花园山庄"里暂住,先后拒绝了英国贵族沃伯顿和美国富商戈德伍德的求婚。她的表兄拉尔夫也暗暗爱上她,但他知道自己患不治之症无法结婚,只是说服病危的父亲把一笔巨额遗产留给表妹。伊莎贝尔又结识了高雅华贵、才艺超群的梅尔夫人,对这位已彻底欧洲化了的美国女人十分倾倒。姨父故世后,伊莎贝尔得到遗产去意大利游历。她在陶醉于佛罗伦萨和罗马的历史遗迹的同时,也渐渐进入梅尔夫人精心布下的圈套之中。梅尔夫人介绍她认识了一位长期侨居意大利的美国"半吊子艺术家"奥斯蒙德,此人看来儒雅斯文,富有教养,伊莎贝尔为之动心,还有他那位楚楚动人的女儿帕茜,也引起她的爱怜。她不顾周围亲戚和朋友的一再警告和反对,自作主张地下嫁于他。婚后她渐渐发现自己受了骗,奥斯蒙德确实是一条自私伪善的毒蛇。她还发现梅尔夫人早就是奥斯蒙德的情妇,帕茜便是他们的私生女。在万分痛苦之时,她强作欢颜,对外人隐瞒了婚姻不幸的实情。表兄拉尔夫在英国病危,伊莎贝尔不顾丈夫的反对赶去看他。拉尔夫死后,伊莎贝尔出乎众人的预料,又回到罗马。

作品主题:

以解放黑奴生产力为目标的美国南北战争于1865年结束,从此开始了经济高速度发展的重建时期。三十年后,美国的工业总产值即跃居世界首位。这一时期的美国,资本迅速集中,各行业的"大王"们暴敛钱财、挥金如土,官场和商界贿赂公行、腐败成风,劳苦大众不甘屈辱而奋起反抗,西部的不毛之地似乎遍地黄金……这一幅幅包罗万象的人生图画,为现实主义文学的发展提供了丰富多彩的题材,滋润着多土文学、幽默讽刺文学、揭发黑幕运动等种种文学现象破土而出,一大批来自中西部的作家登上了文坛。美国文学史上的这一巅峰期的成就使之得以跻身于世界文学大国之列。而为这一时期奠定了小说理论和创作方法的则是一对挚友:威廉·狄恩·豪威尔斯和亨利·詹姆斯。如果说前者以其文学评论和编辑的慧眼指导并提携了一批知名作家的话,那么后者则以其多产的精致深刻的作品影响了后代的小说创作。

现实意义:

生活中的亲人和朋友,让一个人感受到家的完整、温暖,让人感到生活的充实,除此之外,亲友们的重要性还在于他们可以在关键之处给予一个人可靠的建议与忠告。来自亲友的建议或忠告只有一个目的,让这个人能够正确地把握人生的方向,让他尽可能幸福的生活。如果置亲友们的真挚言语于不顾,盲目相信自己,固执己见,在生活中势必会吃亏,就像美国作家亨利·詹姆斯作品《一位贵妇人画像》中的主人公,年轻貌美的伊莎贝拉。她在父母去世后跟随姨母来到英国后,固守自己的生活准则,不愿嫁给财富高过自己的人,先后固执地拒绝了两位追求者。但当伊莎贝拉去意大利游玩时却陷入了梅尔夫人设下的圈套,她一步步地深陷入恶人的圈套,实质上也是个人固执己见的后果。梅尔夫人介绍她认识了一位长期侨居意大利的美国艺术家奥斯蒙德。伊莎贝拉为之动心;他那位楚楚动人的女儿帕茜,也引起她的爱怜。她此时不顾周围亲友的一再劝说、警告和反对,自作主张地下嫁于这位看起来斯文且有教养的艺术家。婚后的她醒悟过来,发现了丈夫的虚伪,发现奥斯蒙德和梅尔夫人早有不正当的关系,帕茜即是他们的私生女。此时为时已晚。

定州新闻网2010年6月11日刊载新闻“不听父母良言劝,痴迷女子嫁错郎后悔迟”①。新闻中李某在外打工时认识了邻村的男子张某。李某在与张某交往中为其花言巧语迷惑。李某将自己想要嫁给张某的想法告诉父母后,父母便多方打听张某的情况。原来张某好逸恶劳,品质恶劣。李某父母坚决不同意女儿的婚事,但是,李某听不进父母良言劝告,还试图说服父母。后李某私奔到张某家与其完婚。婚后,可悲的李某认出了张某本质。中国新闻网在2013年6月27日转载《深圳特区报》一则题为“17岁小伙子不听朋友劝阻,独自下海遇险被浪卷走”②的新闻。17岁的杨某与朋友来海边玩耍,当时风浪较大,杨某却听不进朋友的劝阻,执意下海游泳。游出10米后开始呼喊救命,朋友立即下水相救。但风浪过大,朋友在拉回他的过程中体力不支,杨某中被大海吞噬。

亲人和朋友是一个人生活中的一笔精神财富,这笔财富在他的一生中永远不会被透支。但是作为人,一个人总是运用不好这笔财富。

---

① 于2016年1月8日22:42参阅http://www.dingzhoudaily.com/dushi/2012-03-06/3619.html.

② 于2016年1月8日23:05参阅http://www.chinanews.com/sh/2013/06-27/4978507.shtml.

《螺丝在拧紧》

作者简介：

亨利·詹姆斯(1843—1916)，著名小说家、文艺评论家，心理分析小说的开创者，偏爱“国际小说”的题材，尤其擅长描写清白、丰富、民主的美国与古老、腐朽、堕落的欧洲之间的矛盾。他对人物内心世界的刻画使他成为20世纪意识流运动的先驱，他是19世纪至20世纪最伟大的散文作家与文体家之一，也被公认为运用小说艺术最巧妙的大师。

小说内容：

小说讲述了一个发生在伦敦的故事。家庭女教师吉登斯应聘辅导照看两个小孩，哥哥叫迈尔斯，妹妹叫弗洛拉。女教师对自己的工作虽然满意，但却常遇到一些蹊跷的事情。询问管家格鲁斯太太，才知道有两个鬼魂不断骚扰孩子们。一个是前男仆昆特，一个是前女教师杰茜尔。二人生前有染，死后仍想控制两个孩子。女教师想保护孩子，所以想一查到底。两个孩子也知道内情，但被鬼所迷，对女教师的调查并不配合，甚至有时还做鬼的帮手。雇主和管家也漠不关心，致使女教师困难重重。她让管家送走女孩弗洛拉，到亲戚家躲避，自己和已经悔悟的男孩迈尔斯一起与鬼斗争。意外的是，当迈尔斯把一切内情向女教师和盘托出后，却暴死在昆特的魔掌中。

作品主题：

《螺丝在拧紧》是一部哥特式的鬼怪小说。描写了一场夹杂着原始冲动与人性道德，爱与恨，责任与逃避，纯洁与污秽以及绝望与希望的心灵旅程。作品试图通过女家庭教师的经历为我们揭示人类内心世界的复杂性与神秘性。鬼魂的出现最终是由于家庭教师长期对情感和欲望的压抑所产生的一种心理投射和幻象并驱使主人公在梦幻状态下寻求心理及生理的释放。

现实意义：

一位年轻漂亮的家庭女教师吉登斯接受了一份照看两个小孩的工作，由此引发一连串令人毛骨悚然的离奇故事。有善的地方就有恶，这个世界的扑朔迷离虽不能预见，人力也无法控制，但善与恶这场马拉松却是永不停息的。

迈尔斯和妹妹弗洛拉被杰茜尔和昆特的魂魄附体，这就是邪恶在作怪。善良的吉登斯在这神秘的庄园里，感受到紧紧逼近的怪异与恐惧，她内心的疑团像滚雪球一样越滚越大，两个孩子被杰茜尔和昆特的鬼魂附体，行为越来越诡异，格鲁斯太太也不信任她，她好像坠入黑暗的谷底，处在孤立无援的恐惧里，离奇事件接连不断地发生，使她内心的恐惧一次次地涌到喉咙口又被挤冲回体内。两个孩子表面天真懵懂，心里却隐藏着丑恶。

当今世界发展迅速，竞争日趋激烈，与这步步惊心的情节一样令人窒息。大学生面对如此激烈的竞争环境，忐忑不安地前进，进而引发了许多先前无法预测的社会问题。压力越来越大，大学生就业紧迫感越来越强。巨大的竞争压力令许多大学生产生了对社会的恐惧，他们惧怕走出温馨的校园，害怕面对挑战，不敢面对失败，甚至不愿面对真实的自我。另一方面，现在的大学生大多虚荣心太强，过于好面子，担心落后于他人，理想主义者趋多，当真正谈到脚踏实地苦干时，他们往往望而却步，贪图享乐。俗话说得好：种瓜得瓜，种豆得豆。现在许多大学生沉迷于虚拟的网络，荒废学业，忘记了实干，甚至于最后安于享乐，好高骛远，一点点地堕落。但是，好面子也使得大学生内心的恐惧感日益加重，这就是一个无休止的恶性循环。

很多大学生表里不一，浮夸的心态和日益丰富的物质供应更加促使许多大学生越来越擅长用子虚乌有的虚名来伪装自己，可内心的真实和意志却被虚荣的撒旦一步步地掏空、瓦解。外在的美和内心的恶不停地相互撞击，很多的大学生无法承受负荷的压力与忐忑的虚伪而选择走向了极端，这表现出大学生的病态心理。爱是没有国度的，真实的美是无须装饰的，丑陋最终会出局，脚踏实地、兢兢业业做事的姿态是现今大学生需要找寻和持守的。女教师吉登斯面对紧逼的恐惧，仍旧坚持挽救两个孩子，与杰茜尔和昆特的鬼魄对抗到底，这种与黑暗斗争的坚决意志是何等可贵。当代大学生最大的堕落隐患就是心里的惰性，只是空谈理想，这也是能力下滑的根本原因。梦想家林志颖说过这样一句话：梦想如果不去做就是妄想。而这正是当代大学生的真实写照。把梦想付诸实践，在黑暗中迎难而上，才是每位大学生必需的品质。平静的湖面练不出精悍的水手，安逸的环境造不出时代的伟人，在暴风雨中仍旧顶风前行的人才是真英雄。

《嘉丽妹妹》

作者简介：

西奥多·德莱塞(1871—1945)，美国现代小说的先驱和代表作家，被认为是同海明威、福克纳并列的美国现代小说的三大巨头。生于印第安纳州特雷霍特镇。父亲是贫苦的德国移民。他在公立学校接受了早期教育，以后进印第安纳大学学习。一生的大部分时间从事新闻工作。走遍芝加哥、匹兹堡、纽约等大城市，广泛深入地观察了解社会，为日后的文学创作积累了丰富的素材。他21岁成为一位报社记者，29岁发表了他的第一部小说《嘉莉妹妹》。1911年，《珍妮姑娘》问世，接着又发表了《欲望三部曲》的前两部《金融家》(1912)和《巨人》(1914)，奠定了德莱塞在美国文学界的地位。《天才》(1915)是德莱塞自己最满意的一部长篇小说。它通过一青年画家的堕落控诉了资本主义社会对艺术的摧残。以真实的犯罪案件为题材的《美国的悲剧》(1925)是德莱塞的代表作。1944年，德莱塞被美国文学艺术学会授予荣誉奖。《堡垒》(1946)和《斯多噶》(1947)两部长篇小说是在作家死后出版的。这两本书都反映了德莱塞晚年对宗教哲学的兴趣。1945年，他加入美国共产党。1945年12月28日，美国小说家西奥多·德莱塞在加利福尼亚的好莱坞去世，终年七十四岁。他的作品具有广阔的社会画面，丰富曲折的情节，深入细致的心理描述，不同情景的对比手法及独具个性的语言。

小说内容：

故事发生在19世纪80年代末和90年代初的芝加哥和纽约。小说主要围绕女主人公嘉罗琳·米贝(嘉莉)和赫斯特伍德展开。嘉莉出生在芝加哥附近的农村。她家境贫寒，但她虚荣心很强，向往城市的富裕生活。她较为典型地代表了当时一心想往上爬的美国下层人民。然而，她到了芝加哥后马上就成了失业大军中的一员，陷入贫困和疾病的泥潭。这时，嘉莉意识到贫富的极大差异性：一方面是贫困潦倒，另一方面是朱门酒肉臭。她依靠做工获得她幻想的幸福是不可能的了。嘉莉当然不满现状，在这个时候，火车上遇见的杜洛埃出现了，他伸出慷慨之手，经济上给予帮助，随后两人同居。眼下的生活和她原来梦想的有点儿相像，但她发现这种关系名不正，言不顺。之后遇到一家酒店的老板赫斯特伍德，两人你来我往，很快坠入情网，他俩常常穿行在灯红酒绿之中，过着饭来张口衣来伸手的生活，嘉莉这才看见梦境和现实的一致。然而，这样的生活不可能来得这么容易，走过平坦之地，一定要来一段陡坡，甚至是火坑，酒店老板出事了。无奈之际，赫斯特伍德携带嘉莉逃到纽约。之后的生活，酒店老板落魄得像一条狗。她又一次体验到了什么叫艰辛。

在一个偶然的机会,嘉莉妹妹在歌剧院找到了工作,她的美貌和天生一副好嗓子派上了用场,她渐渐走红,渐渐富裕,而赫斯特伍德在她眼前,变得像一架破旧的生了锈的机器。她离开了赫斯特伍德,独自一个人过着荣华富贵的生活。赫斯特伍德逐步潦倒,最后自杀。德莱塞在此小说中还刻意描写了赫斯特伍德。他是美国上层社会的一个成员。在物质上,他过着优裕富足的生活,但在精神上,他却是个十足的贫困儿。他与妻子和子女缺乏交流,没有感情。因此,他遇到嘉莉后立即"感觉到她的青春与朝气……感到神清气爽,好像在烈日炎炎的夏季突然吹过一阵清凉的春风",并对她倾心相爱。他与嘉莉的性关系被发现后,他受到舆论的指责,因此而身败名裂。

赫斯特伍德本是一个令人瞩目的上层人物,圈子广阔,朋友众多,因为自身的才华与魅力,很受人敬仰。按理说,他本该体体面面地享受着自己的人生,却毁在了情欲之上。

嘉莉的出现,眩晕了他的眼睛,爱情是自私的,他不惜背叛朋友,急不可耐地要把朋友的情妇变成自己的情妇。

但谁都不是省油的灯,他虽然做得精巧、隐蔽,却依然逃离不出旁人的眼睛,他的暗度陈仓,注定了会有东窗事发的一天。妻子因为愤怒,封锁了他的财产,并通过律师提出离婚诉讼;杜洛埃因为气愤,揭了他结婚的老底;而嘉莉,因为知晓了他的虚伪,决定与他决裂。他几乎要被逼疯了,不惜铤而走险,卷走巨款;继而耍用手段,骗取嘉莉,与其一块私奔。被侦探找到,为了不被起诉,归还了绝大部分钱款。爱,竟然会让一个如此聪明的人这么疯狂。而疯狂,是注定了要用巨大的代价偿还的。他带着心爱的人,如同丧家之犬,四处奔逃,狼狈万分,往日的风光不再。他并不想沉沦,为了东山再起,他确曾十分努力,但生活是残酷的,好运不会一直对某一个人眷顾。尤其是像他这样丢了基业、又有了一定年岁的人,他注定了要失败。折腾了三年,他破产了,几经碰壁之后,空想、抱怨、沉沦成了家常便饭,嘉莉离开了他。

他成了寄生虫,凄凉地挣扎,苟延残喘。终于在一个寒冷的冬天,因为不堪忍受生存的折磨,在贫民窟里用煤气了结了大起大落的一生。他的陨落,很让人警醒。他曾经为了爱不顾一切,他的做法,值得斟酌。人心的欲念,不能不靠理智的约束。一旦没有了财富,他身上的光环还能存在吗?就像当今的一些中年人,为什么会有年轻貌美的女子爱上他们,一旦他们的财富和地位没了,有几人还能在他们的身边浪费青春。

作品主题:

《嘉莉妹妹》向读者讲述了农村小女孩嘉莉来到繁华大都市芝加哥,在经历了种种磨难和都市人情冷暖的洗礼之后逐步从身体到心灵融入城市生活的故事。嘉莉尽管从小生活在偏远落后的农村,但一直对城市生活无比向往。成年后的嘉莉怀着美丽的梦想迫不及待地前往芝加哥。在那里,为了体面地生活下去,她不得不一次又一次出卖自己的肉体和灵魂,以融入这座纸醉金迷的城市。努力拼搏但内心空虚的嘉莉最终成为百老汇家喻户晓的大明星,成为了有头有脸的城市人。这部文学作品的故事情节并不复杂,但它所蕴含的文学主题却极为深刻,特别是对工业革命之后经济加速发展的美国社会在繁华外表掩盖下人性的纠结与堕落刻画得入木三分,充分表现了19世纪末、20世纪初女性在美国日新月异的社会环境中的生活状态与心理变化主题。

首先是通过底层年轻女性的代表、主人公嘉莉的生活经历和心路历程揭示了这部小说的上述文学主题。嘉莉不甘在农村平庸度过一生,来到芝加哥,希望改变自己的生活和命运。她先是在一家小鞋厂找到了一份收入低微的工作,然后在一次偶然的机会成为推销员杜洛埃的情妇。可杜洛埃只是芝加哥千万人中的普通一员,嘉莉日益增长的生活开销难以靠杜洛埃一人维持。在情妇的位置上正迷茫无助的嘉莉遇见了酒店经理赫斯特伍德,并很快被他的财富及个人魅力吸引。嘉莉不顾一切地决定与赫斯特伍德私奔,无奈好景不长,由于酒店经营不善,赫斯特伍德失去了原本报酬不错的经理职位。嘉莉眼见再也无法从赫斯特伍德身上获得更多的物质保障,便离开他们的欢乐窝,独自一人出去闯荡。虽然是独自闯荡,但嘉莉在做情妇、与人私奔的几年中的生活阅历及形成的人际关系,再加上极有天赋的演艺才华,风情万种、圆滑的个人风格,使其抓住机会一举成为百老汇红人,在走入上流社会的同时也过上了梦寐以求的富裕生活。嘉莉的故事反映了美国社会女性为了生活不仅要自我奋斗,更要依靠、利用男人,但家庭的温馨离她们渐行渐远,精神上的空虚却步步袭来。

其次,中产阶级妇女的生活状态、经历与心理变化也是这部小说的文学主题之一。例如四十出头的赫斯特伍德夫人原本过着安逸、富足、儿女双全的令人艳羡的生活,但盲目攀比、爱慕虚荣的她越来越忽略对家庭的责任与义务,疏于与丈夫的交流与沟通。当发现丈夫与嘉莉勾搭上之后,赫斯特伍德夫人没有大发雷霆,也没有潸然泪下,而是暗自窃喜,寻思着如何通过法律途径将丈夫的个人财产全部纳入自己囊中。这说明爱情在美国都市人的生活中已经不再重要,金钱才是最重要的。另外还有凡斯夫人,打扮时尚、青春靓丽的她原本与嘉莉以及赫斯特伍德交往很频繁,但当后者突然深陷生活困境时,凡斯夫人毅然决然地中止了他们的朋友关系,拒绝向他们提供帮助。可后来嘉莉成为生活富足、家喻户晓的大明星,凡斯夫人又主动上门与嘉莉套近乎。这一人物充分揭露了美国中产阶级的肤浅、冷漠、无情以及对金钱的无比崇尚,无论家庭生活、人际关系如何变化,唯一不变的只有他们的金钱至上主义。

现实意义：

物物交换自产生以来就没有退出人们的生活，一些人通过与他人互换有无来满足自己的欲望。这些人只进行有利可图的交换，从这层意义上说，这些人已经化身成为了计算器。一笔笔的交易构成了他们的生活，一次次的盈利让他们的欲望得到满足。这些人中，有些人的欲望浮于所得利益之上，欲望水涨船高，永远得不到满足。家是什么，友情是什么，亲情是什么，生活的意义是什么，责任是什么，这些都不存在于计算机的运算指令之中。他们中一部分人赢遍了身边的所有人，到最后只能与空虚做交换。估计这就是大多数人所说的现实。

西奥多·德莱塞的小说《嘉莉妹妹》讲述了一位农村姑娘嘉莉离别家乡来到城市追求"美国梦"的故事。嘉莉一心想过上富裕的生活，摆脱贫穷。刚到芝加哥时，她借住在姐姐家里，在一家小鞋厂当工人，此时仅梦想着一件漂亮的衣服。但劳累的工作、微薄的工资不是自己所梦想的生活。于是她辞去了工作，接受了推销员杜洛埃的援助，与其同居。现在，嘉莉基本的生活有了保障，但这不是梦想中的富裕生活，内心的虚荣并未得到满足。后来她结识了酒店经理赫斯特伍德，和他一起过上了有钱人奢侈的生活。赫斯特伍德迷恋于嘉莉的美貌，抛弃家庭与她私奔到纽约。到纽约后赫斯特伍德事业不顺，家囊日渐羞涩，嘉莉也日渐疏远了他。嘉莉凭借着自己姣好的姿色和嗓音最终在百老汇成为了明星，过上了上层富贵的生活，并始终不满足于已得的富裕生活，而赫斯特伍德以自杀了结了自己潦倒的生活。

在与杜洛埃和赫斯特伍德的交换中，嘉莉始终在积累着自己，最终实现了自己富贵的生活梦想。无数读者在感叹嘉莉的所作所为时，也有读者对之嗤之以鼻。现实生活中，若一个人在心中打着如意算盘，只想通过交换谋得他人利益，这个人得到的远不止他人的嗤之以鼻。腾讯新闻在 2015 年 2 月 4 日转载《环球时报》的一则题为"日媒：许多中国人觉得为了利益欺骗他人没关系"[①]的新闻。文章原载于日本《周刊现代》，内容选自一本名为《中国嫌弃》的书。书的作者是重庆长安铃木汽车公司总经理松原邦久，他在中国商海已打拼 30 年，在书中他向日本的商业人士提出了一些警示。其中还列举了一些反映中国人价值观的观点，如许多中国人都有"为了自己的利益，欺骗他人也没关系"和在回答"你认为骗人与被骗，哪种情况更糟？"时，几乎所有被问者都选择后者。文章中对日商在华经营的建议有："诚意"行不通、不要一味老实、磨炼自身人格及利益高于一切。在与他国商人做生意中，一些中国商人在盈利的情况下也正在丢失着一些非金钱的东西。这些东西不知道能不能在一些中国商人的账簿中计算出价值。

---

① 于 2016 年 1 月 9 日 17:25 参阅 http://news.qq.com/a/20150204/005493.htm.

《珍妮姑娘》

作者简介：

见《嘉丽妹妹》。

小说内容：

在小说中，珍妮的父亲葛哈德、参议员白兰德、富家子弟莱斯特、莱斯特的父亲甘老太爷还有一些着墨不多的人物如珍妮的兄弟姐妹、莱斯特的家人等无不从自己的利益出发不爱或以一种自私的爱来伤害别人。家庭成员之间不是充满爱的亲情关系，而变成了一种冷酷的利益关系。珍妮的父亲葛哈德死板的遵守宗教教条，努力做到正直、诚实，讨上帝的喜悦。因为害怕子女犯过错让他死后受到永远的刑罚，他严密地关注着自己孩子的一举一动，压制子女正常的渴望和享受，只要发现他们稍微流露出一点情欲和弱点，就会断然制止。他不允许珍妮有自己喜欢的人，除非他认可。人们不难发现葛哈德的确爱着自己的家人，希望他们不犯罪孽，死后进入天堂。但这种父爱绝非真正的爱，是不合乎人性的自私的爱。

当他发现珍妮和白兰德来往时，认为白兰德太老了，没有过问珍妮的感受，就反对他们来往。后来发现珍妮未婚先孕时，他十分震怒，立刻把珍妮赶出了家门。从这些做法中都可以看出葛哈德专断独行，不近人情，没有丝毫的父爱和仁慈之心。珍妮的兄弟姐妹能挣钱后不愿意贴补家用，认为家庭是个负担，成年后相继离开了家庭，逃避赡养老人的责任，葛哈德死后，除了珍妮和长子巴斯外没有人出席葛哈德的葬礼。无独有偶，莱斯特的大家庭表面看起来和谐相处，但实际上，莱斯特和他的哥哥罗伯特在做生意上意见不合，明争暗斗。莱斯特的妹妹露易丝发现哥哥和珍妮同居，不惜造谣中伤珍妮。莱斯特的父亲甘老太爷以独断、不理解子女的权威姿态出现。表面看来，甘老太爷精明能干，疼爱子女，最为宠爱莱斯特。然而当他发现莱斯特没有按照他的意愿在上层社会里找一个女子成家立业，而是和平民女子珍妮同居后，很不能理解，进而痛恨莱斯特毁坏了自己家族的名誉。于是用取消遗产继承的手段来控制莱斯特，逼他和珍妮分手。整个家庭害怕莱斯特的越界危害到自己在社会上的名声，都反对莱斯特和珍妮在一起，莱斯特在家里得不到理解和同情，他只有在珍妮那里才能得到爱和安慰。

在物化的消费时代里，很多人为了自己的利益不愿意付出爱或以一种自私的爱来“爱”别人。珍妮姑娘却勇敢而乐观地面对生活，从来没有失去自己的美好品质，不计回报地爱自己的家人和情人，为了家庭和情人牺牲自己，但最终也没有得到美满的婚姻。这种爱的力量感化了父亲葛哈德，也让情人莱斯特死前向她忏悔。从这个意义上来说珍妮是一个伟大的女人。

德莱赛的现实主义作品是美国文学史的转折点,他一改维多利亚时期的“优雅文学”,具有自我意识的“新女性”已经登上了历史的舞台,但是维多利亚时期对女性道德的要求及男权文化依然根深蒂固并发挥作用。珍妮姑娘的美貌、温柔善良并且富有自我牺牲的形象给每一位读者留下深刻的印象,然而,悲剧性的命运又引起了读者深刻的思考。她的一生与三个男人有着紧密的关系——父亲葛哈德,参议员布兰德以及富家子弟莱斯特,他们都是男权文化典型的代表。葛哈德用严酷的宗教教义来约束珍妮,实践着父亲对儿女的绝对权威。布兰德戴上施恩者的面纱,以一个高高在上者的身份,使得他占有珍妮的愿望得以实现。富家子弟莱斯特虽然和珍妮后来已经彼此需要,谁也离不开谁,但由于阶级差别和社会压力的缘故,最终抛弃了珍妮。从这个角度来看,不得不说珍妮的悲剧很大一部分是由她所生活的时代——男权文化占主导地位的时代所造成的。

作品主题:

小说以珍妮的悲惨遭遇为主要线索,描写了美国大城市中日趋严重的失业和贫困现象,着重刻画了资产阶级上流社会奢侈无度、荒淫糜烂的生活,昭示给人贫富之间不可逾超的鸿沟。一方面,歌颂了劳动人民勤劳、正直和勇于自我牺牲的优秀品质;另一方面,鞭笞了物欲横流、金钱万能的社会中的种种罪恶现实。整篇小说构思新颖、精巧,情节安排自然合理、紧凑,毫无人工雕琢之嫌。人物形象的塑造趋于典型化。珍妮是集贫穷、善良、吃苦耐劳和自我献身精神于一身的美丽化身,对人世间满怀着情爱,却得不到半点的回报。在她身上充分体体现出资本主义制度是劳动人民生活悲剧的深刻根源。德莱塞早年的坎坷经历,使他对下层人民的生活体察入微,因而对小说人物的塑造入木三分,栩栩如生,人物形象跃然纸上。

现实意义:

西奥多·德莱塞的另一部小说《珍妮姑娘》中的主人公珍妮的命运比他第一部小说中的嘉丽要曲折、悲惨得多。珍妮最大的心愿是通过自己的劳动让全家都获得温饱。当她在哥伦布市的一家旅馆当服务生时,偶然遇见了州议员布兰德,她的美貌深深吸引了布兰德,他对珍妮不断施与帮助,后承诺会娶她为妻且诱奸了她。父亲不同意女儿的婚事,不久布兰德却暴病死去。珍妮生下了与布兰德的女儿维斯塔之后到克利维兰的一个富贵人家当帮佣,又遇到了富家子弟莱斯特。在后者的诱惑下,两人相爱,珍妮与莱斯特同居。莱斯特家人反对两人的关系,其父用取消莱斯特财产继承权的方式逼迫他与珍妮分手。莱斯特最终抛弃了珍妮,留给她一笔赡养费。珍妮不得不回到乡村隐居。造成珍妮悲剧原因有社会上的等级制度和贫富悬殊的差距存在,此外,但就珍妮本身来说,根本原因是她迫切想要摆脱个人及家庭的贫困,故而屈服了自己纯洁的人格,陷入权力与金钱的玩弄。

2016 年 1 月 6 日江苏新华报业网刊登了一篇关于女大学生当"外围女"[①],以卖淫谋求经济暴利,后被泰州警方抓获的新闻[②]。案件中,李某某、刘某某等都是名校的女大学生,其中李某某 1992 年出生,在学校专业成绩名列前茅,但她却喜欢跟同学攀比衣食住行。起初她只是陪富豪吃饭,一晚赚取几千元"小费",后来开始走上卖淫的不法道路,进入"外围圈",经过专业公司的包装,摇身成为了"明星",一夜可赚取"客人"10 多万元。泰州警方破获的这起特大组织介绍卖淫案,犯罪嫌疑人多达 3 500 余人,涉及全国 15 省市,涉案金额达数千万元,其中三名"女明星"被泰州警方刑拘。泰州公安局副局长董维华介绍,卖淫女中也不乏高学历者。一些女孩为了出名、获利,于是在虚荣心作用下假冒"明星",进行卖淫。

上述案例中的女性,为了过上富贵的生活、享受奢华的生活,表面上走上了不正当的道路,本质上她们丢失了自己纯洁的人格,向金钱跪下了双膝。

---

① 外围女:2013 年,海南三亚的"海天盛筵"让"外围女"一跃成为热词。所谓"外围女",其实就是游走在演艺圈边缘的一群人,她们并非从事真正的演艺工作,而是打着模特、演员的旗号招揽皮肉生意,收入不菲。一些自身条件优越而又希望不劳而获一夜暴富的女性往往会踏上这条道路。于 2016 年 1 月 10 日 23:56 引自中国聚财网 http://www.91jucai.com/mrjd/2016-01-07/43646.html.

② 于 2016 年 1 月 10 日 23:56 参阅 http://js.xhby.net/system/2016/01/06/027572641.shtml.

《野性的呼唤》

作者简介:

杰克·伦敦(1876—1916),原名为约翰·格利菲斯·伦敦,美国著名的现实主义作家,生于旧金山。在一个既无固定职业又无固定居所的家庭中长大。24岁开始写作,去世时年仅40岁。从1900年起,他连续发表和出版了许多小说,讲述美国下层人民的生活故事,揭露资本主义社会的罪恶。他的作品大都带有浓厚的社会主义和个人主义色彩。他的一生著述颇丰,16年中留下了19部长篇小说、150多篇短篇小说以及大量文学报告集,还写了3个剧本以及相当多的随笔和论文。最著名的有《马丁·伊登》、《野性的呼唤》、《白牙》、《热爱生命》、《海狼》、《铁蹄》等小说。因此被誉为商业作家的先锋,是最受中国读者欢迎的外国作家之一。

小说内容:

巴克是一条圣伯纳犬和牧羊犬混种的大狗,野性、灵敏。这是只狼性很重的狗,拉雪橇时尽职卖力,战斗时机智勇猛。它本来在一个大法官家里过着优裕的生活,它和孩子们一同散步,在水中嬉戏,冬天的时候它就坐在主人的炉火边取暖。但是在1897年,人们在育空河发现了金矿,在美国很快掀起了一股淘金热。许多美国青年来到阿拉斯加这个冰雪世界,希望能淘到属于自己的黄金。于是狗成了淘金旅途中不可缺少的伙伴和工具,他们需要像巴克这样的狗。强壮的巴克被法官的园丁偷走,辗转卖给邮局,又被送到阿拉斯加严寒地区去拉运送邮件的雪橇。

巴克最初被卖给两个法裔加拿大人。这些被买来的狗不仅受到了冷酷的人类的虐待,也在那里学会了拉雪橇,在冰天雪地中日复一日地跋涉,他学全了偷食以慰饥肠,破冰取水解渴。而且狗之间为了争夺狗群的领导权,也无时不在互相争斗、残杀。巴克还是天生的领导者,由于体力超群、机智勇敢,绝不愿久居人下。它觊觎领队狗的位置,一面拉拢犬党,充实自己的实力和政治资本,一面养精蓄锐,伺机而动。最后巴克终于击败领队狗史必兹,成为新的领队。它似乎很能发挥管理人才,恩威并使,把狗队治理得井然有序,使得每天的行程因而大增。巴克的世界里再也没有怜悯和仁慈,它信奉的是很简单的原则:杀,或是被杀;吃,或是被吃。捕猎与杀戮是为了果腹和自卫,就像呼吸那么必要和自然,绝对没有错与对的考虑。

巴克先后换过几个主人,最后被约翰·索顿收留。那是在巴克被残暴的主人哈尔打得遍体鳞伤、奄奄一息时，索顿救了他，并悉心为他疗伤。在索顿的精心护理下，巴克恢复得很快，由此他们之间产生了真挚的感情。巴克对索顿非常忠诚，他两次不顾生命危险救了索顿的命，不幸的是，在淘金的过程中，索顿被印第安人杀死。狂怒之下，巴克咬死了几个印第安人，为主人报了仇。这时恩主已死，他觉得对这个人类社会已无所留恋。最终，他回应自身野性的呼唤，进入森林，从此与狼为伍，过着原始动物的生活。但他不忘旧谊，仍然定期到主人的葬身之处去凭吊。

作品主题：

小说以狗作为主人公，在一定程度上是对“人乃万物之灵长”这一观念的挑战。作者对人类的中心主义行为是带有批判性质的。小说中狗的形象与人的形象形成鲜明对比。狗（巴克）勇巴、警良、忠诚、感恩，具备超强的适应力，卓越高超的领导能力，而人类大部分是虚伪、残暴的。小说中的狗是有着生命自主赏识的。狗，不再是传统意义上简单的工具和附庸，而是具有自身价值和意义的生命强者。作者在写巴克时多次强调了自尊，当巴克发现自己被贩卖时，感到的是受伤的自尊，它认为自己的尊严受到了侵犯。在这里，狗充分展现了它的主体意识，它也拥有自己的尊严和骄傲，并不是任由人类主宰命运的傀儡。巴克身上充满了炽热的生命力量，散发出了汹涌澎湃的生命气息。

在现实主义这一点上，《野性的呼唤》具有更深刻的揭示作用。生存环境的变迁，使巴克从一个文明社会的宠物变成了一个荒野深处的狼群之王，这是巴克的本性使然；同时这也是美国社会现实生活的真实写照。人与人之间尔虞我诈，弱肉强食，适者才能生存，竞争无处不在。这就是美国社会的现实。杰克·伦敦在这方面，对这一社会现实进行了无情的鞭挞。由于他对人类文明的失望与冷漠。在小说中他毫不宽恕他笔下亦即巴克眼中的红衣人、哈尔等两条腿的“人们”道德原则的丢失和“人性”的沦丧。对资产阶级的虚伪道德进行了无情地揭露和批判。把狗眼中的世界、人类的本质特别是美国社会的现实本质刻画得淋漓尽致。

现实意义：

“改变你所能改变的，遵守你所不能改变的。”这就是我们应该奉行的准则。

杰克·伦敦借助《野性的呼唤》描绘了狗的故事，但这其中折射出来的却是我们人类社会中的种种规则。文中写道巴克初到北方目睹科莉被杀。这不就是我们人类社会中的暴力嘛，现在的社会宣扬法律在约束着每个人的所作所为，然而，很多情况下暴力仍然是解决问题的不二选择。譬如说巴克在他的法官家庭里时显然不需要用暴力来解决问题。在那样一个知书达理的家庭里，任何矛盾都可以通过谈判来解决。但是巴克到北方后,哪里有什么道理可讲,有的是血腥的争斗,谁能战胜对方谁就获得尊敬,仿佛原始社会一般。如同站在斗兽场中的勇士如果能杀死对方就会获得欢呼,不论它使用的手段多么残忍多么卑鄙。在这种情况下,我们唯有奋力一搏去赢得每一场搏斗的胜利。心里哪怕只生出一丁点的怵意就会让我们死无葬身之地。

除此之外,道德问题也无法藏身。巴克这样的狗在北方干着最重的体力活而有时却没有足够的食物。要填饱肚子怎么办?作者给出了我们答案——偷!这是一种极不道德的行为,这是一种损人利己的行为。或许我们可以找出世界上最低贱的语句来形容这样的行为。但是当生命都无法保证的时候,道德还真的这么重要吗?当违反道德成为了“规则”的时候,遵守道德还是每一个人的义务吗?社会永远是现实的,它有各种各样的规则。我们在这个社会里生活,就得遵守各种各样的“规则”。社会永远尊敬有成就的人,没有成就而又迂腐的讲什么大道德只会贻笑大方。人皆言“百无一用是书生”,落魄的读书人为了生活或许也曾干了些见不得人的勾当,但是为了自己读书人的所谓的尊严,又不肯和那些粗人为伍,因此众人皆知的孔乙己成为了“穿着长衫而站着喝酒的唯一的人”,他自己最终也是穷困潦倒,悄无声息的死去,甚至连他经常赊账的酒店的老板也是在盘点账目的时候才发现孔乙己已经“许久没有来过了”。像孔乙己这样悲惨的人物可能得到社会的尊敬吗?显然是不可能的。巴克是一只识时务的狗,他懂得北方的规则是什么,因此他在那里混得是如鱼得水。文章让我们再一次思考了当下社会。其实人类本身也是一种动物,我们有着比其他动物更加发达的大脑,上帝给予这些事让我们来思考、来琢磨的。

我们应该做的,也必须去做的一切都是有别于“动物世界”的。

《了不起的盖茨比》

作者简介：

弗朗西斯·斯科特·基·菲茨杰拉德(1896—1940),20世纪美国最杰出作家之一。父亲是家具商。他年轻时试写过剧本。读完高中后考入普林斯顿大学。在校时曾自组剧团,并为校内文学刊物写稿。后因身体欠佳,中途辍学。1917年入伍,终日忙于军训,未曾出国打仗。退伍后坚持业余写作。20世纪20年出版了长篇小说《人间天堂》,从此出了名,小说出版后他与吉姗尔达结婚。婚后携妻寄居巴黎,结识了安德逊、海明威等多位美国作家。1925年《了不起的盖茨比》问世,奠定了他在现代美国文学史上的地位,成了20世纪20年代"爵士时代"的发言人和"迷惘的一代"的代表作家之一。菲兹杰拉德成名后继续勤奋笔耕,但婚后妻子讲究排场,后来又精神失常,挥霍无度,给他带来极大痛苦。他经济上入不敷出,一度去好莱坞写剧本挣钱维持生计。1936年不幸染上肺病,妻子又一病不起,使他几乎无法创作,精神濒于崩溃,终日酗酒。1940年12月21日并发心脏病,死于洛杉矶,年仅44岁。

菲兹杰拉德不仅写长篇小说,短篇小说也颇有特色。除上述两部作品外,主要作品还有《夜色温柔》(1934)和《末代大亨的情缘》(1941)。他的小说生动地反映了20世纪20年代"美国梦"的破灭,展示了大萧条时期美国上层社会"荒原时代"的精神面。

小说内容：

尼克和盖茨比相识,故事就这样开始了。尼克对盖茨比充满探究的兴趣。探究的结果是:尼克了解到盖茨比内心深处有一段不了之情。年轻时的盖茨比并不富有,他是一个少校军官。他爱上了一位叫黛茜的姑娘,黛茜对他也情有所钟。后来第一次世界大战爆发,盖茨比被调往欧洲。似是偶然却也是必然,黛茜因此和他分手,转而与一个出身于富豪家庭的纨绔子弟汤姆结了婚。黛茜婚后的生活并不幸福,因为汤姆另有情妇。物欲的满足并不能填补黛西精神上的空虚。盖茨比痛苦万分,他坚信是金钱让黛茜背叛了心灵的贞洁,于是立志要成为富翁。几年以后,盖茨比终于成功了。他在黛茜府邸的对面建造起了一幢大厦。盖茨比挥金如土,彻夜笙箫,一心想引起黛茜的注意,以挽回失去的爱情。

尼克为盖茨比的痴情所感动,便去拜访久不联系的远房表妹黛茜,并向她转达盖茨比的心意。黛茜在与盖茨比相会中时时有意挑逗。盖茨比昏昏然听她随意摆布,并且天真地以为那段不了情有了如愿的结局。然而真正的悲剧却在此时悄悄启幕。黛茜早已不是旧日的黛茜。黛茜不过将她俩的暧昧关系,当作一种刺激。尼克终于有所察觉,但为时已晚。一次黛茜在心绪烦乱的状态下开车,偏偏轧死了丈夫的情妇。盖茨比为保护黛茜,承担了开车责任,但黛茜已打定主意抛弃盖茨比。在汤姆的挑拨下,致使其情妇的丈夫开枪打死了盖茨比。盖茨比最终彻底成为了牺牲品。盖茨比至死都没有发现黛茜脸上嘲弄的微笑。盖茨比的悲剧在于他把一切都献给了自己编织的美丽梦想,而黛茜作为他理想的化身,却只徒有美丽的躯壳。尽管黛西早已移情别恋,尽管他清楚地听出"她的声音充满了金钱",却仍不改初衷,固执地追求重温旧梦。人们在为盖茨比举行葬礼,黛茜和她丈夫此时却早已在欧洲旅行的路上。不了情终于有了了结。尼克目睹了人类现实的虚情寡义,深感厌恶,于是怀着一种悲剧的心情,远离喧嚣、冷漠、空洞、虚假的大都市,黯然回到故乡。

作品主题:

"美国梦"从开始落地生根,一直是美利坚民族的理想与追求,它本该具有强大的生命力,却何以会走向了幻灭呢?盖茨比的故事告诉我们,如果一种梦想,有的只是对物质的追求以及对成为"大人物"的渴望,却缺乏对为什么要拥有财富和拥有了财富后究竟应该怎样生存这样一些具有人类终级意义的问题的思考,这样的梦想终究是海市蜃楼,也必定是短视和没有延续力的梦想。

当金钱代表一切的时候,美国梦中原来包含的理想成分早已经不在。物质的美国梦虽然并不尽然是一个全部表达了美国精神的梦想,但美国梦的物质一面给予人们这样的思考:在美国梦的物质梦想实现以后,究竟应该如想的精神梦想?其内涵究竟应该包含一些什么样的原则?没有一个社会能够仅仅依靠高水平的物质生活去长期维持人们的生活意义和兴趣,人究竟要过的是精神生活,只有精神生活才是具有无限丰富发展的空间。这恐怕是一个有关人类生存意义的根本性的问题,包含对物质追逐的梦想就是一个没有前途的梦想,是终将会幻灭的梦。

以向他人炫耀、希望得到虚荣和声望为特征的消费文化观使个人难以成功。成功人士要炫耀自己,就要体现出比别人高出一筹,也就是比别人更有钱,更有地位,更有智慧,甚至不惜夸大事实。他们希望其他人对自己卑躬屈膝吗?但下层人物面对这种虚伪的炫耀,有的会尽量回避,不愿意示弱;有的会产生歆慕,甚至嫉妒;有的会看不起这种虚伪的表现,而且会极力诋毁,在合适的时候把他们击倒。上层人物更是不愿意有人与他们平起平坐,对这些人百般打击。

这种人与人的关系中,美国梦必将被击得粉碎。以盖茨比为代表的底层人物的表现消费,表面上融入了上层社会,但事实上他们难以真正成为上流人物。盖茨比等人的表现消费是以模仿为基础的,这是由他们天生的自卑感造成的。盖茨比编造自己的过去就体现了这种自卑感,这使得他们只能在上流社会中寻找自己心理上的归属。而这种自卑感令他们永远难以摆脱从祖辈继承下来的肤色、方言、口音、习惯、风俗、生活方式和行为举止，给他们带来种种的不适，使得他们难以融入上流社会。盖茨比可以模仿，但却难以弥补与上流社会的差距。

盖茨比的死亡，是他一生的终结、梦想的破灭，“他……献身于一种博大、庸俗、华而不实的美”。同时也暗示了当时美国青年人盲目追求梦想的破灭。当时的美国社会，金钱至上，阶级森严，下层人，即使是暴发户，想挤入上流社会也不能被接受。虽然盖茨比乔装打扮，仿照上层人生活，外表、举止俨然上流人物模样，但他根深蒂固的下层人出身，蒙骗不了上流人“雪亮的眼睛”。而他不顾残酷的现实，一味地沉溺在梦想之中，是注定会以失败而告终的。

黛西对财富的热爱胜过对爱情的追求，为保护自己，她可以改弦易辙，决不陷入感情的困扰和义务当中，自私与无情是黛西的本性。作者对黛西性格的准确刻画，进一步揭示了主题。很多青年对黛西的外表无限倾心，也就是对“美国梦”的无限追求和向往。黛西的美使“美国梦”更具吸引力和诱惑力。黛西的华而不实、自私冷酷、浅薄无聊，预示着“美国梦”的废芜和不现实性，以及“美国梦”的无价值以及追求者的盲目性。冷酷无情、追求奢侈与财富是黛西的悲哀，无疑也就是所有上层人的悲哀。

美国20世纪20年代的“规范消费文化”以人与国家机构、社会组织的关系变成了消费关系为特征，正义和公正被扭曲了，国家机器不能给“逐梦人”一个公平的环境。“规范消费文化”是指“受某种价值规范支配的，传达某种集体意识或欲意识的消费行为方式”，就是说消费行为方式受到价值和规范系统的支配和调节。

不仅是盖茨比，任何一个想实现自己美国梦的人在当时的美国社会都受到三种消费观的深刻影响，即用消费来纵情享乐；用消费来炫耀自己的地位和财富；用消费不择手段达到自己的目的。但这三种消费观念会选成严重的后果，形成三大矛盾：

1. 自身的矛盾。实现美国梦需要有精神和智力支持，但享乐主义只重物质，不重精神，使人失去了发展的动力；

2. 个体与个体的矛盾。即需要别人的共同努力和合作，却又得不到；

3. 个体与社会的矛盾。个人的美国梦的实现而要有个公平竞争的环境。

但在腐蚀了的社会又得不到。这三大矛盾严重地阻碍了个人的成功，甚至阻碍着整个社会的进步。

现实意义：

“宁愿坐在宝马车里哭，也不愿坐在自行车后笑。”近些年来，这样一句“名言”可谓是街头巷尾，妇孺皆知。我想，这样的价值观很能代表一批人，“拜金”的一批人。

在第一次世界大战后，美国有这样的一个代表性文学流派——迷惘的一代，菲兹杰拉德当属其中重要的人物。即说“迷惘”，可知在那个时代背景下，人们的精神世界是不知去从的，大战结束后，最初浪漫而理想的“美国梦”究竟充斥了多少物质和浮华，看过《了不起的盖茨比》的人，不难从中窥得一二。那么，回到最初，中国当下只追求物质享受，忘却精神本真的那一批“拜金”男女，究竟如何呢？

佛家有这样一个典故，有人问禅师，“如何解脱自在？”禅师反问，“谁缚汝？”现代年轻人，时常挂在嘴边上得一句话，“现在生活压力太大了。”压力何来？——生活。生活为何压的人喘不过气？大概只有“名枷利锁”才能将人压迫如此吧。我们执着于金钱名利，心就被套牢了，做一切工作，交一切人脉，都仅是为了“钱权”二字，如此过活，怎能不累？

看书时，很多次都为盖茨比觉得压抑，乔装打扮，奢靡聚会，昨日种种为的不过是让别人高看自己一眼，时时能享受他人的卑躬屈膝吗？然而结果呢？最终的葬礼，再无人问津，那些受他帮携，甚至是被他爱过的黛西都无一不以冷漠回报之。

有人会说，攫取物质财富也是实现自我价值的一种体现，人各有志，不能就评判这样的人没有理想与抱负。只是，生财有道，与其解释为得财有办法，更应该回归初衷，讲求一个生财要有道义。“宁做宝马哭”的女子追求的说到底是别人的财，现今有多少有钱人真正是承自贵族，合乎规矩的挣钱谋利？

盖茨比，非法贩卖，攫取暴利，挥霍金钱，自以为挤入了上流社会，然而徒有物质难以使起摆脱固有的口音、习惯以及生活方式，仅是模仿上流社会的表现消费，终究无法缩短他与贵族人之间的差距。

黛西，无论时代如何变迁，依然算得很多女性的代表，虚情假意，追名逐利。追求财富，又忍不了精神的空虚，为着短暂的激情利用他人。说到底，盖茨比追求的财富，也是黛西所追求的，都是一种没有根基，只重享受的华丽泡沫，而非人生价值。

如今的青年人有太多活在这样的泡沫中，以为名利，金钱是让自己变得瞩目的华丽外衣，殊不知得来的并非肯定的目光，而是冷漠与鄙夷。

金钱与名利弄的太多人蝇营狗苟，活的喘不过气，何不使自己解脱，少去在意别人艳羡的目光，借由物质而靠拢你的人绝非真实，在你看不到的地方，有着多少“黛西”给予你的是“嘲弄”还非“爱慕”呢？

《老人与海》

作者简介：

欧内斯特·米勒尔·海明威(1899—1961)，美国作家和记者，被认为是20世纪最著名的小说家之一。出生于美国伊利诺伊州芝加哥市郊区的奥克帕克，晚年在爱达荷州凯彻姆的家中自杀身亡。海明威一生中的感情错综复杂，先后结过四次婚，是美国"迷惘的一代"作家中的代表人物，作品中对人生、世界、社会都表现出了迷茫和彷徨。

在海明威一生之中曾荣获不少奖项。他在第一次世界大战期间被授予银制勇敢勋章；1953年，他以《老人与海》一书获得普利策奖；1954年，《老人与海》又为海明威夺得诺贝尔文学奖。2001年，海明威的《太阳照样升起》与《永别了，武器》两部作品被美国现代图书馆列入"20世纪中的100部最佳英文小说"中。

海明威一向以文坛硬汉著称，他是美利坚民族的精神丰碑。作为一位作家，他以其独特的艺术风格和高超的写作技巧创造了一种简洁流畅、清新洗练的文体，净化了传统文风，在欧美文学界产生了巨大的影响。

主要作品有：《非洲的青山》、《太阳照常升起》、《永别了，武器》、《第五纵队·西班牙大地》、《曙光示真》、《不固定的圣节》、《过河入林》、《战地钟声》、《丧钟为谁而鸣》、《危险的夏天》、《老人与海》、《伊甸园》、《丧钟为谁而鸣》、《死在午后》《岛在湾流中》、《有钱人和没钱人》、《乞力马扎罗的雪——海明威短篇小说精选集》。

小说内容：

桑提亚哥是古巴的一个老渔夫，他年轻时非常出色，强健有力，曾经和一个黑人比赛掰腕子，比了一天一夜，最后终于战胜了对手。到了晚年，他的精力和反应都不如从前，老婆死后，他一个人孤独地住在海边简陋的小茅棚里。

有一段时间，老渔夫独自乘小船打鱼，他接连打了84天，但一条鱼也没有捕到。本来一个叫曼诺林的男孩子总是跟他在一起，可是日子一久曼诺林的父母认为老头悖运，吩咐孩子搭另一条船出海，果然第一个星期就捕到三条好鱼。孩子见到老头每天空船而归，心里非常难受，总要帮他拿拿东西。

老人和孩子相约第二天，也就是第85天一早一起出海。半夜醒后他踏着月光去叫醒孩子，两人分乘两条船，出港后各自驶向自己选择的海面。

天还没有亮，老头已经放下鱼饵。鱼饵的肚子里包着鱼钩的把子，鱼钩的突出部分都裹着新鲜的沙丁鱼。鱼饵香气四溢，味道鲜美。

正当桑提亚哥目不转睛地望着钓丝的时候，他看见露出水面的一根绿色竿子急遽地附入水中。他用右手的大拇指和食指轻轻捏着钓丝。接着钓丝又动了一下，拉力不猛。老头明白，一百英寸之下的海水深处，一条马林鱼正在吃鱼钩上的沙丁鱼。他感觉到下面轻轻地扯动，非常高兴。过了一会儿他觉得有一件硬邦邦、沉甸甸的东西，他断定这是一条大鱼。这激起他要向它挑战的决心。

老人和大鱼一直相持到日落，双方已搏斗了两天一夜，老头不禁回想起年轻时在卡萨兰卡跟一个黑人比赛掰手的经历。他俩把胳膊肘放在桌上划粉笔线的地方，前臂直，两手握紧，就这样相持了一天一夜。八小时后每隔四个钟头就换一个裁判，让他们轮流睡觉。他和黑人的手指甲里都流出血来。赌注给黑人的渔民喝了朗姆酒使出全身力气，竟把他的手压下去将近三英寸，但桑提亚哥又把手扳回原来的位置，并且在第二天天亮时奋力把黑人的手扳倒，从此他成了人们心目中的"冠军"。

老人和大鱼的持久战又从黑夜延续到天明。大鱼跃起十二次后开始绕着小船打转。老人头昏眼花，只见眼前黑点在晃动，但他仍紧紧拉着钓丝。当鱼游到他身边时，他放下钓丝踩在脚下，然后把鱼叉高高举起扎进鱼身。大鱼跳到半空，充分展示了它的美和力量，然后轰隆一声落到水里，浪花溅满老头一身，也溅湿了整条小船。

鱼仰身朝天，银白色的肚皮翻上来，从它心脏流出来的血染红了蓝色的海水。老头把大鱼绑在船边胜利返航。可是一个多小时后鲨鱼嗅到了大鱼的血腥味跟踪而至抢吃鱼肉。老头见到第一条游来的鲨鱼的蓝色的脊背。他把鱼叉准备好，干掉了第一只鲨鱼。几小时后又两条鲨鱼逼近船尾去咬大鱼的尾巴，老头将刀系在船桨上杀死了两条来犯的鲨鱼，但在随后的搏斗中刀也折断了，他又改用短棍。然而半夜里鲨鱼成群结队涌来时，他已无力对付他们了，但他坚持搏斗，甚至把船舵都打断了，最后鲨鱼还是吃光了老人两天的辛劳，只剩下鱼头和鱼尾……

船驶进小港，老人回到窝棚，天亮后人们看见船旁硕大无比的白色鱼脊骨，大家都惊叹老人桑提亚哥。

第二天早上，孩子来看望老头，见到他疲倦得熟睡不醒时不禁放声大哭。老头醒来后，孩子给他端来一杯热气腾腾的咖啡。两人相约过几天一起去打鱼，孩子说他还有很东西要学。孩子离去后，老头睡着了，他又梦见非洲的狮子……

作品主题：

老人每取得一点胜利都付出了沉重的代价，最后遭到无可挽救的失败。但是，从另外一种意义上来说，他又是一个胜利者。因为，他不屈服于命运，无论在怎么艰苦卓绝的环境里，他都凭着自己的勇气、毅力和智慧进行了奋勇的抗争。大马林鱼虽然没有保住，但他却捍卫了“人的灵魂的尊严”，显示了“一个人的能耐可以到达什么程度”。他是一个胜利的失败者，一个失败的英雄。

在海明威看来，人生是一场打不赢的战争，尽管海明威笔下的老人是悲剧性的，但他身上却有着尼采“超人”的品质，泰然自若地接受失败，沉着勇敢地面对死亡，这些“硬汉子”体现了海明威的人生哲学和道德理想，即人类不向命运低头，永不服输的斗士精神和积极向上的乐观人生态度。海明威用象征性的寓言向我们昭示了跨越时空的人类永恒的自我求证意识。

现实意义：

一个人可以被毁灭，但不能给打败。

海明威的名著《老人与海》讲述的就是老人桑提亚哥出海挑战大海的时候，勇于挑战和渴望征服浩瀚的大海，渴望和一条真正的鲨鱼面对面的挑战；一条船，一个老人，一片浩瀚的大海；老人抖擞精神，和鲨鱼进行着殊死搏斗，一场征服和反征服的搏斗，“大块的鱼肉”和后来的争夺，局部的胜利之后，当老人感觉胜利在握的时候，“鲨鱼忽然 ……”老人最后是空着双手，幸运地“凯旋”。

读完此作，感触颇多。老人的身上，折射出了我们每个人生命中所必须经历的一些东西。而老人最终还是一个失败的英雄，而现实中大多数的我们，确实一败涂地的失败者。

八十四天如白驹过隙般转瞬即逝，老人毫无所获，人们开始议论纷纷，当整个世界都不再相信他时，他仍能够看破放下，处之泰然，真正的生活中的你我，又有几人能有老人这般心态？老人具有的坚韧不拔的毅力告诉自己“这点霉运还打不倒我们的圣地亚哥”。反过来审视我们自己，面对同样的问题，有些人可以坦然地接受，而有些人却选择逃避，差距也就在这时拉开。坚持到最后的人才是胜者。这使我又想起了老人年轻的时候曾与一位黑人运动员比手劲比了整整一天一夜，但还是老人坚持到了最后。在船上，一个人孤独落寞的时候想起这样的美好时光，给自己勇气，给自己安慰，我还不老，没什么能够战胜我的，这就是老人，一个永远不服输并能找到让自己快乐的理由。相较于老人，真心自愧不如啊。什么是失败？失败就是要跌倒了重新鼓起勇气爬起来，再一次跌倒再一次爬起，永远不要失去了对生活的希望，不要失去了自己人生的梦想。什么是英雄，英雄就是敢于面对挫折，挑战挫折，战胜自己，战胜挫折的人，他们有勇气完成自己也许失败了很多次的梦想，这才算得上是英雄。很喜欢海明威的《老人与海》，也了解到海明威的生平也有诸多坎坷，经历了战争，经历了疾病和精神的折磨，其实他一次又一次地勇敢过了，可惜最后，他还是选择了以自杀来结束了自己的生命，也许他有自己的理由,但是他却违背了《老人与海》中对失败和英雄的阐述,这是一个遗憾。失败并不可怕。可怕的是自己对失败屈服,一旦屈服,那么所有梦想都不会实现,这在现实生活中有着很重要的意义,我觉得人生就像老人出海捕鱼一样,会出现那样勇敢地去面对,即使没有成功,也不会因为没有努力而给人生留下遗憾,我们也会是生活的强者,我们的生命也会因为我们付出了努力而精彩。

《太阳照样升起》

作者简介：

见《老人与海》。

小说内容：

杰克·巴恩斯是一名美国记者，战争毁掉了他的性能力。他爱上了一名英国护士勃莱特·艾希利，后者也倾心于他，但他们无法结合。美国作家罗伯特·柯恩——一个对生活有颇多虚妄与浪漫幻想的人也爱上了勃莱特，但她并不喜欢他。这一群历经沧桑的青年，战后浪迹欧洲大陆，整日无所事事，聚饮、争吵或殴斗。战争夺取了他们的亲人，给他们留下了肉体上和精神上的创伤，他们对战争极度厌恶，对公理、传统价值观产生了怀疑，对人生感到厌倦、迷惘和懊丧。

作品主题：

这本小说的主要价值在于它的潜台词，亦即潜在水下的主题。小说中的人物过着病态的畸形生活，没有理想，没有光明。他们回顾过去感到一片漆黑，展望未来看到的是满天阴霾，只能在昏暗中沉浮，在绝望中挣扎。巴恩斯和勃莱特作为资产阶级新一代的代表，既是帝国主义战争的受害者，又是腐朽没落的资本主义精神文明的产物。因此小说的潜台词就在于对帝国主义战争和资本主义社会危机的揭露。但是他在小说中只摆出“迷惘的一代”的生活现象，不挖掘产生的原因，脱离了社会生活去孤立地描写他们的寻欢作乐，酗酒调情、钓鱼斗鱼。不管他如何声明他并不想歌颂“迷惘的一代”，但客观上所讴歌的是酗酒和美女，狂欢和遁世，所肯定的是人生无常，及时行乐的思想。

现实意义：

《太阳照样升起》是海明威的第一部长篇小说，发表于 1926 年。所讲的也是一个时代的缩影，他们都是迷惘的一代，经历了战争的残酷洗礼，那一代人普遍生活得漫无目的、奢华迷醉，之于爱情，也是一团纠结。作者海明威也借此成为“迷惘的一代”的代言人，并以此书开创海明威式的独特文风。

这本书初读时并不十分理解，里面诸多闲散而又细腻的谈话时而把人带到其中，之后有点不知所以，而实则这正是作者探究深入而不露的“冰山原则”的体现，同时也是“迷惘一代”的生活与情感体现，一定程度上与当代中国青年人有几分相似。虽未经历相一战的那种残酷战争的洗礼，但青年人的迷茫与困惑却与书中的迷茫困惑十分相似。

其中科恩曾说“一想到我的生命消逝得这么迅速，而我并不是在真正地活着，我就受不了。”这与我们精神上内在的困惑似乎是一致的。当代社会经济快速发展，物质水平得以提高的同时，物欲横流，追名逐利，人心格外浮躁，同时由于缺少应有的沉淀，造成了精神上的空虚。只要静下来细思，变不免恐惧，人忙忙碌碌，究竟是为了追逐什么，得到什么，所做的一切是自己想要的吗？而我们又为什么以现在的这种姿态活着？这些问题有时候于我们是无解的，因为人人好像都会有迷惘的时候。就像这本书里的人们，究其一生，怎样辗转，欢乐或忧思，或纵情欢乐，或者寻求各种惊险刺激，但终究没有明白自己到底想要什么，又或者放弃不了现在的某种状态去得到真正意义上的生活。

事实上，一个人真正明白自己一生所求，摆脱他人期望的目光并没有那么容易，至少突破自身樊篱就并非易事。而这一切也恰恰是构成人们迷惘的因素所在。而这对于我，或者我们青年很有启示意义，因为从中我们可以体味到相似的困惑纠结与时常的悲观失望。每一代青年或任何有思想的人都是敏感的，任何想对生命负责，追求自我的都是充满希望与渴求的，但同时又是易于失望的。有些变得拘谨尴尬然后逃避所谓的生活，视作命运，而这些正是掏空精神的罪魁祸首。而一旦我们想清楚了，并能去突破这些，那么我们就更接近了真正的我们，接近了想过的生活与渴望的生命。

很多人都说青春的迷茫是正常的，但一代人的迷惘则是一个悲剧。无疑海明威所写的这“迷惘的一代”是战争的悲剧与惨痛，战争的伤痛使他们丢失了信仰与追求，对生命与生活产生了质疑。有些人明明渴求爱，却不能放弃物质的追求，不能够为了单纯的精神需要远离世间的繁华。即便是纸醉金迷，即便是只能在醉酒狂欢、在观赏斗牛的暴力中寻找到暂时的乐趣，即便是醒后空虚、深夜里无法入眠辗转反侧的折磨，也不能抛弃这样的生活。这里永远没有确切的答案，一如沉入人海丢失了的我们自己。而其实即便怎样荒度也改变不了生活本身无味的令人窒息的本质，所以其中启示意义是多层次的多方位的。

自始至终太阳照常升起都是一个充满希望的名字，也是满是鼓励与淡定的名字。不管大地如何，不管地上的人们怎样地活着，太阳总是会升起的。所以不论我们多么迷茫或多么失望，不论以后发生什么，也都要相信一切都会好的，就像照常升起的太阳一样。

《永别了，武器》

作者简介：

见《老人与海》。

小说内容：

作品描述了一个年轻的战士从参战到逃脱的经历，从中反映出人类厌恶战争，渴望和平的重大主题。

第一次世界大战爆发后，美国青年亨利志愿参军，被派往意大利。在意大利认识了英国护士凯瑟琳·巴克莱。亨利在战斗中负伤，送到后方米兰医院。正好遇到了凯瑟琳。在医院中两个人进入了热恋。凯瑟琳怀了孕。亨利伤愈后重返前线。此时意军节节败退，士兵反战情绪日增，宪兵开始逮捕开小差的官兵，一律枪决。亨利就在被捕的官兵中。有幸的是，他得到了一个逃跑的机会，跳进河里捡了一条命。逃生后他挂念的是凯瑟琳。于是又返回米兰。凯瑟琳已经不在医院了。之后在边境的一个小城中找到了她。二人对重逢感到十分幸运。为了躲避意大利警察的追捕，他们又逃往瑞士。最后凯瑟琳因难产死了，只剩下亨利。

作品主题：

《永别了，武器》描写的是一战，通过对战争的直接描写，揭示了造成“迷惘的一代”的原因。作品具有明显的自传色彩。《永别了，武器》以反对帝国主义战争为主题，控诉了战争毁灭人的理想和幸福，残害人们的心灵，并使千百万无辜者生灵涂炭。在这部小说中，海明威通过描写男情女爱，悲欢离合，脉络清晰，从一连串的线性故事中，揭示出一代青年人的悲剧命运和反战主题。

现实意义：

莎士比亚曾经说过“真实爱情的途径并不平坦”。特别是在战争环境下，虽然在百般磨炼后得到了真实美好的爱情，但是最后依旧无法敌得过战争的残酷。在经历了如此噩梦之后，作为该书作者的海明威，也深刻的体会到了战争的残酷以及对逝去爱情的惋惜。

战争作为20世纪比较典型的主题之一，在该作中不仅仅是造成主人公爱情悲剧的原因，也是造成战后“迷惘的一代”出现的根源。文中开头在描写当时景色时，仅仅用了几个平淡无奇的形容词，便定下了全文的基调，也在不断地暗示着整篇文章悲剧的结尾。

其中在谈及巴克莱小姐手里她未婚夫的遗物时,她曾感慨本想等他回来就会结婚,所以也并未着急在走之前举办婚礼,然而现在二人已是生死相隔,唯一留下的也只有那个类似马鞭的细藤条。战争给这位巴克莱小姐带来的不仅仅是颠沛流离,更是对她生活的一个毁灭。然而主人公看似很是顺利地逃离刑场,前往瑞士,也和他的妻子暂时过上了幸福美满的生活。可是事与愿违,最后他的妻子还是因为难产而亡,留下了主人公一个人。这种巨大的反差,更是证明了战争为人们带来的不仅仅是肉体上的伤痛,更是一种精神上的折磨。我们有理由相信这场婚姻的终结最终要归结到战争身上。在战争面前,人们甚至连去爱的机会都会变得很小。

人们之所以认为战争成为了“迷惘的一代”的根源,主要是因为战争使他们失去了一切,现实也使他们感到失望,未来使他们感到迷茫,他们失去了自己的方向,也彻底摧毁了他们的精神支柱。他们曾一度相信美国提出的“拯救世界民主”这一个让他们为帝国主义卖命的幌子,在真正发现上当受骗后,他们那美好的理想成为了泡影,在看到如此残酷的现实之后,心灵深处也留下了无法医治的创伤。人们为了追求自己的幸福,自己的生活,不惜冒着生命危险去争取。而战争却在最后夺取了一切美好的事物。

这部小说作为一部典型反对战争的经典,其中也不乏凄美的爱情故事。战争的残酷和美好的爱情的对比,加深了作者对战争的憎恶。然而生活还是要继续,我们也只能以一个积极乐观的态度来面对生活。古人有云“相离莫相忘,且行且珍惜”。珍惜现在的美好生活,对过去充满回忆,对现在充满信心,对未来充满希望,无论时隔多久,我们都要珍惜曾经一起度过的时光。

战争的残酷无须多言,我们也在尽可能避免战争,我们相信,在众多力量的牵制下,战争将会得以避免,人们将会用更加和平的方式来解决争端问题。永别了,武器,这不仅仅是作者海明威对战争的厌恶,也是全人类所希望看到的美好的未来。永别了,武器!

《愤怒的葡萄》

作者简介：

约翰·斯坦贝克(1902—1968)，美国著名作家、诺贝尔文学奖获得者。“人类已被证明具有伟大的心灵和精神——面临失败的勇气，勇敢无畏的精神，宽恕和仁爱之心。作为一名作家，必须宣扬和赞颂这些。我认为，一个作家如果不能热忱地相信人类有自我提高的能力，就不会献身于文学，也不能算是文学界的一员。”这是约翰·斯坦贝克在1962年接受诺贝尔文学奖奖金时所说的话。约翰·斯坦贝克的许多作品以美国的土地和人民为题材。他替穷苦人说话，为被压迫者申辩。他的小说刻画了富于同情心和人情味的真实可信的人物形象，展现了他们生活时世的广阔壮丽的图景。

他的父亲是个磨坊主，母亲曾经当过教师。正是在母亲的熏陶下，小约翰有了对读书的强烈爱好和对写作的兴趣。学生时期，他很早就读了许多世界文学名著，还经常给他中学的报纸写文章。不过，他的许多课余时间却是在室外度过的，或在农场干活，或在加州的山岭谷地中漫游。这些地方后来就成为他的小说的背景。1920年，约翰毕业于萨利纳斯中学，入加州斯坦福大学就读。由于生性好动，加之对自己的职业举棋不定，他还长期离开学校到农场、制糖厂和修路队去干活。最后在1925年，他没有获得学位就离开了斯坦福大学。年轻的斯坦贝克决意要当作家，并认为纽约市是自己起步之处，因而启程东行。在纽约，他做过各种工作，包括在《纽约日报》当记者。但是，没过多久，他就对记者这种职业感到失望和厌烦。于是，他返回加州，投身到自己的创作中去。斯坦贝克的第一部小说《金杯》发表于1929年。这是一部描写17世纪加勒比海海盗的历史小说。这本书虽然不成功，但毕竟为他挣得一笔钱，足够他1930年和卡罗尔·亨宁结婚的开销。不久以后，他又写了两部小说。这两部小说比起前一部来，更为逊色。不过，巧遇良机，其中名为《天堂牧场》的那一部为他的作家生涯奠定了根基。有一天，一位乘火车出门远行的纽约出版商帕斯卡尔·科维西，偶然间买了本《天堂牧场》在火车上看。这本书给他留下深刻的印象，于是他立即与这位年轻的作者取得联系。他得知斯坦贝克还写好了另一部小说，但是已经有七家出版商拒绝给他出版，科维西便把小说要去看了。这部小说就是《煎饼坪》，1935年由科维西出版，这本书成为斯坦贝克第一部大获成功的作品。1936年，他又发表了《胜负未决的战斗》。这是一部描写加州采果工人罢工的现实主义小说，饱含着辛酸苦楚。斯坦贝克最优秀的小说之一《人与鼠》发表于1937年，写的是两个流离失所的农业工人的故事。斯坦贝克开始动笔时写的是剧本，但后来改变了主意，写成了一部小说。大获成功之后，他又把小说改编成剧本。斯坦贝克因《人与鼠》而获得1937年纽约戏剧评论家奖金,被誉为"触及了真正扎根于美国生活的主题"。这部小说使斯坦贝克的名字在美国家喻户晓。两年后,斯坦贝克写的又一本书《愤怒的葡萄》给他带来国际声誉。这是他的杰作,是一部饱含着愤怒的长篇小说,写的是贫苦农民从风沙迷漫的俄克拉荷马州平原流落到富庶的加利福尼亚州谷地的悲惨故事。1940 年,《愤怒的葡萄》作为当年的最佳小说,使他获得普利策奖金。但是,对斯坦贝克个人来说,这部小说也带来了成名之后的苦恼。他喜欢过简朴安静的生活,不喜欢参加文艺界聚会、应邀讲话和亲笔签名。他觉得与农民、采果工人和工厂工人这样的普通百姓在一起最自在。在美国参加第二次世界大战后,斯坦贝克以《纽约先驱论坛报》战地记者的身份去过英国、北非和意大利。斯坦贝克战后写的第一部小说《罐头工厂街》又是以他的故乡加利福尼亚为背景。随后,他于 1947 年发表了《不如意的公共汽车》。但是这两本书都不大成功,于是斯坦贝克就把注意力转到写作电影剧本和戏剧方面去了。其后,他在 1951 年发表了《伊甸园以东》。他自认为这是他一生写得最好的一本书。《伊甸园以东》是一部长篇小说,写的是在加州开拓新生活的两家人在美国南北战争到第一次世界大战期间的经历。在 20 世纪 50 年代,斯坦贝克继续写作。但是,评论家们认为他这一时期的大多数作品都不是上乘之作,有些人甚至说斯坦贝克大概已经开始从作家生涯的顶峰走下坡路了。然而在 1961 年,斯坦贝克却随着《我们不满的冬天》的发表而东山再起。在这部小说里,他描述了一个出身于新英格兰世家的男子如何由于为安全问题提心吊胆而背弃了他的理想主义。这本书博得许多评论家的好评,尤其给瑞典文学院的评选委员们留下深刻的印象。正是这些评选委员在 1962 年给斯坦贝克颁发了闻名世界的诺贝尔文学奖。同年,斯坦贝克发表了《同查利旅行》,描写了他和爱犬在美国的游历。这是迄今对美国最生动的描述之一。1966 年初,斯坦贝克作为纽约报纸《新闻日报》的战地记者前往南越。斯坦贝克返回美国后,继续在家中写作。但是,在 1968 年 5 月,他的身体开始垮下来。1968 年 12 月 21 日,他因心脏病发作逝世,终年六十六岁。

小说内容:

汤姆·乔德从俄克拉荷马州立监狱中释放出来,他是由于自卫杀人在那座监狱里服刑的。他穿过一片由干旱和沙暴造成的荒凉不毛的地区。在旅途中,他遇到了吉姆·凯西,一名前传教士。他们两人结伴来到汤姆家人的住处时,发现乔德老家已经无人居住。正当他们对情况捉摸不透时,一个顽固的名叫莫利·格雷夫斯的佃农走来,从他口中得知,这一带所有的人家都已经或正打算去加利福尼亚。莫利还告诉他们说汤姆的亲属也已经搬到一个亲戚那里准备到西部去。莫利是唯一留下不走的佃农。由于土地银行、天气和机器耕作等种种原因,南方所有中西部各州无法谋生的农民不是卖掉了土地,便是被迫退出他们租佃的土地。

经营废旧品和推销旧汽车的商人在他们这些人身上发了横财。成千上万的家庭踏上了通向希望之乡——加利福尼亚的大路。汤姆和凯西在约翰叔叔家里找到乔德一家人,看到他们也正忙于打点动身去加利福尼亚。约好一起动身的人当中有乔德爸和乔德妈、他们那个脑筋迟钝的儿子诺亚,有汤姆和诺亚还未成年的小弟弟艾尔,有汤姆的妹妹沙伦玫瑰和妹夫康尼;还有乔德家的孩子们罗瑟和温菲尔德;乔德奶奶和乔德爷爷。艾尔买了一辆古老的卡车好载着他们一路到西部去。这家人请吉姆·凯西和他们一道走。一路上看到许多传单说加利福尼亚迫切需要农业工人。受到这个消息的鼓舞,乔德一家乘着一辆老掉牙的车子与成千上万的人家一起沿着曲折的道路,超过平原走向山区。他们第一天停下来过夜的时候,爷爷突然中风死了。苦难的事还不止这些,折回来的流民告诉乔德一家说在加利福尼亚根本找不到什么活干,那儿的情况甚至比俄克拉荷马州还要糟。然而,对富饶的西海岸的梦想激励着乔德一家继续前进。当他们接近加利福尼亚州的州界时,停下来在一条河里洗澡。诺亚觉得自己成了别人的一个累赘,就悄悄地溜走了。就是在这个地方,乔德这家人第一次听到人家管他们叫作欧开伊,这是对流浪农业工人的另一种称呼。在穿过沙漠的当天晚上,奶奶死了。他们埋葬好了奶奶之后,走进了一个胡佛村,这是流民宿营地的一个别名。在那儿,他们听说找工作几乎是一件办不到的事。一个包工头来到营地要招工到另一个县里去摘水果,当这些欧开伊们要他拿出执照来看时,这个包工头把几个欧开伊头头交给陪他同来营地的治安队员。汤姆被卷进随后发生的冲突中,他逃脱了。凯西代替汤姆投案自首。这时候,怀着身孕的沙伦玫瑰的丈夫康尼突然离开大家走了。这家人在艰难困苦面前眼看就要四分五裂了。乔德妈尽她所能把全家团结在一起。乔德一家人离开了胡佛村去到一所政府为过路的流动农业工人设立的营地。自从他们来到加利福尼亚以后,这是乔德一家子第一次觉得他们被当作人对待。然而,环境终于迫使这家人离开营地,因为这个地区实在找不到工作。他们驱车来到一处正需要劳工的大农场。在那里他们发现有人在进行宣传鼓动,想要劝阻流民不去上工,因为农场所给的工资不公道。但是,一心只考虑填饱肚子的乔德一家人,却由骑着摩托车的警察护送进入农场。全家人摘桃子,五分钱一箱,可是干一整天赚的钱只能买一顿饭。汤姆想起在营地外面的罢工纠察队员,趁夜晚溜出去打听情况。他碰到凯西,凯西这时已经是那些鼓动家的头头了。他们俩正在说话的时候,被一直在搜寻凯西的治安队员所包围。两人夺路逃跑,可是不幸身陷重围。凯西被杀死,汤姆头上挨了一刀,不过他总算先用斧柄打倒了一名治安队员。家里人把汤姆藏在窝棚里。在这段时间里,摘桃子的工钱跌到了两分半一箱。汤姆的危险处境,同时摘桃子又实在无法维持生活,于是乔德这一家人只好重新上路,将受伤的汤姆藏在卡车后面的垫子底下。最后,这家人看到有一群流民在一条小河边几辆被遗弃的棚车里安营扎寨。他们加入了这一伙,不久就找到摘棉花的临时工作。乔德妈意识到汤姆处境不安全,就打发他走了。秋雨开始了。不久,流经营地的河水四处泛滥,漫进了棚车。在这种简直活不下去的情况下,沙伦玫瑰生下了一个死婴。涨上来的水使这家人再也无法忍受。连日大雨使他们那辆老汽车全无用处,一家人只好徒步离开那个营地。他们路过一处谷仓,便在那里同一个男孩和他正在挨饿的父亲挤在一起。失掉自己婴儿的沙伦玫瑰用她的乳汁喂养那个快要饿死的男子。穷人们就这样在大萧条的岁月里相依为命。

作品主题:

《愤怒的葡萄》是他的代表作。20 世纪 30 年代美国经济恐慌期间,大批农民破产逃荒,作家曾跟随俄克拉荷马州的农民一路流浪到加利福尼亚,沿途所见使他震惊不已,“五千户人家即将饿死,情势尖锐紧迫。”他以写实的笔触,在书中详尽透彻地展现了美国历史上那一段令人无法忘怀的特殊时期。作品一问世便引起当时各州权贵阶层的恐慌,许多州禁止小说发行,甚至有一本名为《快乐的葡萄》的小说出版以示针锋相对。这一切都无法改变《愤怒的葡萄》的巨大影响,时至今日,它仍在美国现代文学史上占有不可动摇的重要地位。

在《愤怒的葡萄》一书中,斯坦贝克不时打断故事的叙述,插进一些简练的、印象式的段落,取得有趣的对位衬托效果,仿佛是在用一架电影照相机做纪录似的,很快从一幕场景换为另一幕场景,从一个焦点转到另一个焦点。这本小说是对我们的资本主义经济的强烈控诉、也是对西南部农民糟蹋土地的尖锐批评。《愤怒的葡萄》的特色在于它逼真地,详细地,虽然有时是自作多情地,描绘了 20 世纪 30 年代中期大沙窝地区美国农民的情况。

现实意义:

这是一部描写美国农民处境的小说。故事发生在 20 世纪 20 年代末 30 年代初,美国经济危机爆发后,一些农民遭受了自然灾害而破产,为了生存,他们不得不向西部城市挺进。小说以乔德一家为代表,记述了他们一家十二口从俄克拉荷马州向加利福尼亚州逃荒的艰难经历。他们将家中的一切变卖后,换来一辆破旧的汽车,一家坐车向西逃荒。然而在这里,他们遭受了更为残忍地对待。于是这些农民愤怒了,他们团结起来,奋起抗争。

曾经看过一篇深度好文,《我奋斗了十八年,不是为了和你一起喝咖啡》。读后心情久久不能平复,字字句句,穿透有力。是,我也奋斗了十八年!这十八年来,我一直在做一件事,念书。一件事做了十八年,大概是厌倦了的,可是为什么从来就没有过怀疑。或许有过的,即使付出了比别的家境好的同学一样甚至更多的努力,却依然和他们存在着不可逾越的差距。拿毕业季工作这件事来说,总会发现有那么几个人，既不用考研，也不用着急地穿梭于人才市场找工作，他们玩着魔兽世界，植物大战僵尸。哪天问起，他们会很轻松地告知：工作吗？家里都给安排好了啊。然后继续玩着魔兽。

古代十年寒窗苦读，博来一个考取功名的机会，是为“鲤鱼跃龙门”。在教育更加普及、机会更加公平的今天，作为农家子弟的我们需要十八年，甚至更长，才有可能来改变我们的命运，祖祖辈辈务农的命运。我曾经问过妈妈，最为我感到骄傲的瞬间，她说考上大学的那一年。我想我理解她的骄傲，在这样一个世代为农的家庭里，好不容易出了个大学生——这个通往“中层阶级”的社会“身份”标志——该是多么荣耀门楣的一件事。

我曾经骄傲的认为，我和那些初高中就辍学的同学不一样，他们注定碌碌无为一生，所有对于生活和命运的挣扎，只能留待下一代去完成。这样一种认知形成的是一种盲目的自信。我总以为不管怎样，我已经是很不错的一个年轻人了，就算现在停止奋斗，也可以谋得一个不错的前程。然而我错了！

停止努力比从未努力更可怕，因为我的人生将处在一个十分尴尬的位置。我曾经以为的优秀和高人一等，不过是因为我的视野太狭隘了。当父母拿着两千多块的工资条放到我面前，让我帮他们算算税后工资是否正确时。我愣然了，心情再也不能平复了。我知道个人所得税的起征点早就是 3 500 元，而这些克扣的企业家至今还在每月压榨着我父母两千多块的工资税。我还认为上了大学就等于成功吗？不，如果说上大学给了我一张通往好工作的门票，那么在无编号位置有限的“社会”剧院找不找得着自己的位置，则还要看我自己的本事。

十年后，或许通过自己不懈地努力，能够在这个社会上赢得一席之地。我们的孩子，某天随着我们的偶然相遇，能够手拉手，一起天真无忧地一起玩耍。街角的咖啡店，大家一起说说笑笑，没人会主动谈起过往。其实谈不谈过往又有什么打紧，重要的是我的孩子和你的孩子，他们现在可以站在同一起跑线上了。其实这又有什么要紧呢？三十年来的奋斗，养成了今天的一种生活姿态：生活优雅与否，不取决于所坐的位置、所持的器皿、所付的茶资。它取决于品茗的态度。我想，葡萄曾经是愤怒过的，好在这种愤怒随着内在的奋斗和社会的进步而化解。

《玻璃动物园》

作者简介：

托马斯·拉尼尔·威廉斯三世(1911—1983)，美国剧作家，以笔名田纳西·威廉斯闻名于世。田纳西·威廉斯生于一个混乱不安的家庭，这样的环境也因此激发了他许多的写作灵感。田纳西·威廉斯是美国20世纪最伟大的三大戏剧家之一，同时也是全世界范围内最重要的剧作家之一。威廉斯在1945年、1948年、1955年和1962年这四年中，先后获得四次纽约剧评界奖；在1948年和1955年这两年中，又两度获得普利策奖；1996年获得美国文学研究院金质奖；1979年又获得纽约肯尼迪艺术中心艺术奖。1976年成为美国艺术学院院士。

小说内容：

该剧发生在1937年的美国圣路易斯，这里是作者曾经生活的地方，剧中的情节与作者本人的经历十分相似。剧中有五位出场人物：天生残疾脆弱的姐姐劳拉、想要离家寻求梦想的弟弟汤姆、被丈夫抛弃的母亲阿曼达和被寄予希望的来访者吉姆，以及以照片形式出现的父亲，他们在剧中都是彻头彻尾的现实逃避者。《玻璃动物园》的背景是在经济大萧条之际，也由于经济的不景气，现实的困境便显得尤为难以跨越。该故事由汤姆的回忆展开。描写了一家三口的生活，汤姆·温菲尔德和母亲阿曼达及姐姐劳拉住在无人管理、破旧不堪的公寓里。父亲温菲尔德先生16年前就辞去工作，离家出走，现在只有一张照片挂在起居室的墙上。母亲阿曼达常沉浸于对昔日的怀念，回忆少女时代登门造访的翩翩君子。女儿劳拉是瘸腿的残疾人，由于行动不便而没有工作，回避现实世界，她喜欢整日收集一些玻璃做成的小动物摆在家里。本就感到自卑的她又被母亲以爱的名义下不断给予压力，导致劳拉更是把自己蜷缩在自己的角落之中。在这个家庭里，她几乎与其他人没有交集，虽然她也爱着她的母亲和弟弟，但由于严重的自闭，导致其在行动上，竟是更关心她的玻璃动物们。母亲平时靠给顾客打电话征订杂志赚点钱，因此生活的重担都压在汤姆的肩上。懂事的汤姆勤奋地工作，他是个有理想的青年，他想成为诗人，但由于现实生活的窘迫，不得不去工厂上班。于是，看电影成为他逃避的唯一方式，而他与母亲阿曼达之间的矛盾也是最深的。

父亲的缺席成为一种意象，作为男权和家庭顶梁柱的象征，他抛妻弃子而去。他的妻子阿曼达越是期待他的出现，就越是活在回忆之中，也因此想当然觉得女人只有找个男人才有依靠，这也导致了劳拉的悲剧。母亲对劳拉的婚事寄托了很大的希望，但女儿却连男朋友都没有。母亲要求汤姆为姐姐物色婚姻对象。汤姆带同事吉姆回家吃饭。见到吉姆，劳拉大吃了一惊，并表现得十分紧张：原来他们是中学同学，那时吉姆是单纯的劳拉心中的偶像。吉姆唤醒了劳拉压抑的热情，使她暂时走出了她的玻璃世界，然而吉姆却早已有了未婚妻。最后，他温柔地向劳拉告别。绝望的劳拉送给吉姆一只断了角的玻璃独角兽作为纪念。阿曼达责怪儿子，使他愤然离家出走，但却始终无法忘却姐姐那闪烁着微光的玻璃动物园。

作品主题：

该剧通过描写一个普通的美国工人家庭的悲剧，揭示了经济大萧条时期美国社会中下层劳动人民在幻想和现实中逃避的无奈与挣扎，具有深刻的现实意义。

玻璃动物园里面的每个人物都生活在自己幻想的世界里，这反映出二战和经济大萧条时期，美国中下层劳动人民面对残酷现实都在以不同的方式努力着，但无论是留恋往事，害怕地躲起来，还是勇敢地走出去，甚至是彻底地逃避，结果都是在现实和虚幻间挣扎，无法逃脱这悲剧的命运。美好的幻想和玻璃动物们一样美丽，但也一样不堪一击。

现实意义：

幻想从现实出发，如同放风筝一般，收放自如才能得心应手。然而，如果给它画上翅膀让它飞起来，与现实脱节，那么它就如同痴人说梦，荒诞可笑。

《玻璃动物园》讲述的是希望破碎和美梦幻灭的一出戏。剧情发展过程中很多东西都破碎了：代表好运气的玻璃独角兽摔成了碎片，劳拉的心碎了，阿曼达的梦幻灭了，这个家庭的希望也破碎了。回忆中的美好往事也被现实砸得“永恒黑暗”、“神秘宇宙”粉碎。剧中三个人生活在各自的世界里，以不同的方式逃避现实，这恰也证明了幻想往往不同于现实世界。

面对幻想与现实的冲突，现实生活中的人们各自创造着属于自己的梦想王国，可事与愿违，王国成为现实的屈指可数，梦想只是一个可以让人得到暂时歇息的地方，现实却是必须面对并且挣扎、生存的地方。既要现实而又要活得无比高尚，这就是时下人们所面临的生存困境。倘若要解决这一幻想与现实的冲突，人们唯有面对现实，并从根源上来调整自己的精神理念，否则永远都会处于一种作茧自缚的状态，得不会到真正的解放。就如同彩虹——人间最美丽的景象，人们坚信：亲眼看见彩虹的人一定是世界上最幸运、最幸福的人，因为彩虹不仅绚烂多彩，而且是通向天堂的唯一桥梁。

在当今竞争激烈的社会，无数郁郁不得志的人，选择了逃避，选择固封在自己的世界里，幻想着大展宏图、一显身手的场景。网络世界也为这些人提供了肆意幻想、无限虚构的空间，在虚拟的世界里，他们可以逃脱现实的束缚、摆脱精神的枷锁,幻想着自己是一方之主,幻想着驰骋疆场、纵情挥洒的人生。然而彩虹色围巾纵然颜色绚烂多彩,到头来也只是魔术师手里的一个道具而已,令人眼花缭乱,却只能带来不真实的幻影。

电影里时常有呆望着天花板自由幻想的场景,那时的人是最快乐的,不用再为人烦恼的事所缠绕。有人说:一颗沙子里可以看出一个世界,那么他们从一个天花板中更可以看出一个世界。这个世界没有名利之争,没有一切丑恶的东西。这个世界比天堂还要令人激动,令人神往。

幻想到底只是幻想,终究会被现实打破。

《蝇　王》

作者简介：

威廉·戈尔丁，英国小说家，诗人。在西方被称为“寓言编撰家”，运用现实主义的叙述方法编写寓言神话，承袭西方伦理学的传统，着力表现“人心的黑暗”这一主题，表现出作家对人类未来的关切。由于他的小说“具有清晰的现实主义叙述技巧以及虚构故事的多样性与普遍性，阐述了今日世界人类的状况”，1983 年凭借《蝇王》获诺贝尔文学奖，也奠定了戈尔丁的世界声誉。

小说内容：

《蝇王》小说描述了一个骇人听闻的故事：在未来第三次世界大战中的一场核战争中，一架飞机带着一群男孩从英国本土飞向南方疏散。飞机被击落，孩子们乘坐的机舱落到一座世外桃源般的、荒无人烟的珊瑚岛上。

岛上有充足的淡水、丰美的食物、湛蓝的海水和绵长的沙滩，呈现出一幅如同人之初亚当和夏娃栖息的伊甸园一般的图景。在这样一个与世隔绝的生存环境下，充满新鲜感的孩子们开始了新的生活。起初孩子们身上还带着文明社会的习惯和印痕，还能够按照文明社会的理性和秩序来运转他们那个“小社会”。在他们自发召开的第一次全体会议上，拉尔夫就规定，谁持有“海螺”，谁才有发言权。会后孩子们分成小组去采集食物，用树枝建造房屋，还点燃一堆烟火向海上传递求救的信号。但好景不长，有序很快转为无序。搭建住棚和看守火堆这些文明社会中所应担负的责任很快让孩子们觉得限制了个人自由，最后选择跟随杰克去打猎，因为那样让他们感到刺激，既无拘无束，又可以吃肉。

孩子们分为两帮，分别以拉尔夫和杰克为首。为了争夺对小社会的统治支配权，建立可以发号施令的权威，两派开始明争暗斗。在随之而来的斗争较量中，拉尔夫和猪崽子一方被杰克和罗杰一方打得大败。失去了文明世界的理性和秩序，没有了纲纪规则，没有了互助合作，这群孩子完全堕落成一群嗜血的“野兽”。权力争斗的愈演愈烈及欲望和责任的冲突很快使孩子们文明有序的社会走向分裂。故事的结尾处，当杰克和他的猎手们认定拉尔夫是仅剩的唯一叛逆者时，罗杰狰狞地削尖了木棒的两端，准备用对付野猪一样的手段来除掉拉尔夫。可怜的拉尔夫被追捕得四处乱窜，无处藏身，直到英国皇家海军舰艇经过荒岛相救，才幸免于难。故事的结局处，荒岛呈现出这样一幅悲伤凄惨的景象：“海岛已经全部烧毁，像块烂木头”，“拉尔夫的眼泪不禁如雨水般流了下来……他为童心的泯灭和人性的黑暗而悲泣”。故事以崇尚本能的专制派压倒了讲究治理的民主派而告终。

作品主题：

《蝇王》的一个突出的主题就是揭示人性恶，强调人的天性中潜藏着不可克服的恶意识的作品，这种意识会不断膨胀，在缺乏约束的情况下会产生巨大的破坏力。《蝇王》的主题思想：即在承认人性恶的同时，呼唤人性中善的回归。由于赎救主题的存在，人性恶主题的揭示又在辩证的意义上逆向地指明了人性趋向至善、人类精神获得拯救的道路。

现实意义：

人的本性是什么样的？中国的《三字经》中，如是说："人之初，性本善。"而在基督教看来，人自出生以来，就有了罪的痕迹。

那么，孰对孰错？在笔者看来，都对。我们都知道，圣经中有"偷食禁果"的故事，当耶和华发现伊甸园中禁止食用的果子被亚当与夏娃偷食后，他们纷纷表示，是别人引诱了自己。这里面我们可以看出，人本性确实有善的一面，会首先做出正确的选择，然后本性中也有罪的痕迹，被引诱后，表露无遗。

威廉·戈尔丁的《蝇王》中，也描画了一个如伊甸园一般的生存环境，当孩子们降落到这个世外桃源又荒无人烟的岛上后，当一切失去了文明世界的理性和秩序后，一切都变了。有人说是环境促使人堕落，也有人说，是人的原罪彰显彻底。戈尔丁在书中揭示的是"人性恶"的主题，这一点毫无疑问，但原本如乐园一般的珊瑚岛成为了罪恶杀戮的战场，究竟是人性使然，还是秩序的丧失？

正如《圣经》中箴言所述，"耶和华所恨恶的有六样，连他心所憎恶的共有七样，就是高傲的眼，撒谎的舌，流无辜人血的手，图谋恶计的心，飞跑行恶的脚，吐谎言的假见证，并弟兄中布散纷争的人。（箴言 6：16—19）"珊瑚岛上的孩子们将这些表现得淋漓尽致，自私、狭隘、放纵、逃避责任、迷恋暴力以及对自身的无知，等等。

有罪恶，即有救赎，人类因一人得罪，而从此有了罪，也因一人得义，从此也有了义。书中西蒙这一角色，就如耶稣一般，是用自身的磨难去救赎众生的。现实世界中，血腥暴力比比皆是，无论出于何种目的，这个纷繁复杂的社会从未出现过真正的乌托邦。

所以，人们去制定法律，维护秩序，义是人性的准绳，但放纵绝不是救赎的方式。我们不能因秉着"人之初，性本善"的美好初衷，就对人施予放纵，那样反倒是害了他（她）。每一个犯罪的人并不是生来就会犯罪，教育的缺失，管束的不力，以及社会熔炉的熏染，种种原因，最终酿成今天的后果。

我们试想一下，如果伊甸园里没有邪恶狡猾的蛇，如果珊瑚岛上存在程序正义，那么一切会有不同么？我想，人既然存了原罪的因子，总会有无穷无尽的诱惑去催生恶行，即使有法律存在，也总会有人找到漏洞去侥幸行事。

而真正能从根本去解救人自身的，只有心灵的救赎，人都会犯错，人都可能有邪恶的念头，但只有人自己才能真正于人性深处救赎自己。

《推销员之死》

作者简介：

阿瑟·米勒(1915—2005)，美国最杰出的戏剧大师之一，被誉为“美国戏剧的良心”，出生于美国纽约一个犹太商人家庭。30年代初美国经济的大萧条时期，他的父亲破产，家里生计维艰。中学毕业后，米勒一边打工一边在密歇根大学新闻系和英文系学习，并开始创作剧本。

阿瑟·米勒的作品是现实主义手法的悲剧作品，对于戏剧的理解鲜明而具有个性，他将普通人推向戏剧的主角，用平凡人、小人物的“喜怒哀乐”悲情人生来反映残酷的社会现实。在阿瑟·米勒的作品中，小人物不能主宰世界，他们是时代的牺牲品，在这样的生存环境中用自己的方式去不断挣扎，往往陷入痛苦的泥沼。阿瑟·米勒用独到的视角去审视小人物的生存环境，体现了他对“人的生态意识”的理解。

小说内容：

年逾花甲的推销员威利·洛曼，拎着两只沉重的、装样品的箱子回到家。他极度疲倦，仿佛已经走到了生命的尽头。只有老伴儿琳达了解他、体贴他，尽一切努力来维护他的尊严，希望能给他一些生活下去的勇气和信心。然而，这一切似乎都无济于事……壮年时代的威利，一副精明强干的神气，两个儿子比夫和哈皮，是他的骄傲。尽管比夫的学习成绩不及格，也没有引起做父亲的重视，因为，他确认比夫将来完全可以当一名体育明星。然而，事与愿违，大儿子比夫多次离家出走，宁愿去当农业工人，也不愿留在充满竞争与欺诈的大城市里。在沉重的压力下，威利的精神恍惚不定。为了拯救威利，琳达呼吁孩子们要怜爱父亲，甚至把威利要自杀的企图告诉了他们。这时，小儿子哈皮想出一个办法，让比夫向朋友借钱，由洛曼兄弟自家独立经营，以期干出一番事业来。这个令人振奋的设想，使全家人抱着新的希望进入了梦乡……为了预祝未来理想的实现，父子们约定在餐馆中聚会。而就在他们见面时，双方带来的都是不幸的消息：比夫没有借到钱，威利也被公司开除了。这使得父子间又发生了激烈的争吵，然而，他们谁也没搞清楚，生活不下去的社会原因。最终，威利还是自杀了……

作品主题：

立足现实，反映现实，反省现实，一部现实主义作品为了增强艺术表现力、借鉴了大量的现代派的表现手法，如象征，电影蒙太奇技巧等，本强调的丛林象征人类社会，威利要种的种子象征他对于未来的希望，而在黑夜里播种象征着他的绝望中挣扎。他运用灯光音乐来换景，打破了时间和空间的限制，甚至打破了逻辑，这在传统现实主义戏剧中无法出现，但它们的运用使戏剧的表现力、感染力大大增强。而且，一切现代派技巧由于深深植根于现实之中，使它们痕迹变淡，甚至不着痕迹，例如第一幕中威利和他的妻子琳达在谈论威利的相貌，威利沾沾自喜地照着镜子，随着音乐声起，威利一语双关地说："在旅途中——在旅途中我往往想要一下子搂住你，吻得你死去活来。"既可以看作是威利对妻子琳达的回答，也可以看作他对此刻想起的女人的倾诉。它是现实和想象的分界线，自然流畅，由此女人出现(之前还有笑声铺垫)，观众不但不会感到唐突，还会产生更大的心灵震颤。朴实的语言，威利向琳达说的怎不是真心话，他是爱琳达的，他说："琳达，你可知道，只有你最好，真是个好伴。"但是紧接着，他强调"在旅途中"，这为他的出轨说明了原因，由于一个人远离家庭，孤独工作，想妻子的欲望不得满足只好从她人处得到心灵慰藉。同时，也为后来他与女人私会被儿子发现做了伏笔。可见作者用笔之精炼和严谨。正因为如此，我们对威利更多的是同情，我们可以看出他内心的矛盾和斗争，他的浮华掩饰和畸形获取自尊之后那颗脆弱的心。看似作者无意之笔，实则用心良苦。内容需要形式来表达，作者打破三一律，借用现代派，采用了较新的形式，同时，作者还赋予这种形式独特的意义和价值。意识流般的换景正是表现了威利心中的纷乱和绝望以及当时社会的浮躁和残酷。

看似平淡，琐碎的生活世事，作者把情节安排得奇巧，结构安排得相当紧凑。又如第二幕，比夫哈比兄弟请父亲威利吃饭，威利在失去工作后几乎崩溃，他把一切希望寄托在两个儿子上，结果却是更大的失望，两个儿子居然跟着女人走了，而且甚至两儿子都不在两个女孩面前认他为父亲。威利绝望中又产生幻觉，他想起那女人和自己被儿子发现在一处的旧事。既表现出威利的极端失望，又交代儿子这样做的一些缘由，两者对比，产生的不是读者对儿子或是威利的憎恨，而是悲悯。紧接着，威利勉强支持没有立即死去，而是想要种些胡萝卜和豌豆，也照应前文，他在绝望中依旧想为家人做些什么，虽然是自欺欺人，依旧可以从中感到温暖。甚至他的死也在他的幻想之中。作者以点带面，截取威利一小段生活，精当选材和布置，却展现了他的一生，他一生的生活环境和轨迹，甚至展现了当时社会的一些特征风貌。

现实意义：

成功，永远不是某个时代特有的符号。任何时代的人们，都渴望成功，在走向成功的道路上挣扎过。这也是《推销员之死》经久不衰的一个重要原因。

"推销员"威利生活的时代和文化背景已距今遥远，但活在当下的人们，总能在推销员身上找到很多自己的影子，人们对“成功”的定义，因社会的变迁，有许多不同，人与人之间对成功的内涵以及走向成功的途径也大相径庭。然而，作为时代中蝼蚁般的小人物，人们与“推销员”为生存而承受的磨难却如出一辙。生活中，人们见多了富有的人、奢靡的生活，我们通过网络、电视，一直观看着名流、明星们有意或无意展示出的生活状态，而这些恰好是普通人难以企及的。人们受物欲驱使，在追名逐利的道路上越走越远，归根结底，这是一种不正常且充满浮躁的生活状态。

除了“拜物主义”与“拜金主义”，阿瑟·米勒还为世人点醒了一个错误的思想。威利，作为一名推销员，他一直错以为自己与儿子们有着良好的外在，这是拥有“好人缘”的重要条件。他甚至向儿子灌输，念书成绩好，但人缘不好，进了商界一样吃不开。现代人同样受这样错误的价值观蛊惑，年轻人“整容、整形”，为了靠皮囊博人眼球，只空有其表，甚至有人整容上瘾，直到毁容为止。这种社会生存的价值观可以说是病态的。威利儿子伯纳德正是凭借着刻苦的学习，成为一名出色的律师，最终进入最高法院去辩论。而威利和其他儿子，仅是凭借他们出色的“好人缘”，反倒走向失败。

英俊的外表，美丽的容颜这些并不是人人都能拥有的，但外在永远有着保质期，总会有年老色衰的一天，若是不学无术，你所向往的任何圈子，都无法长久立足。

推销员威利，并不是所有小人物的代表，很多人依然在兢兢业业，踏实过活。有些人也许穷其一生，都无法实现自己的梦想，也许他最大的价值只能留给后世人去景仰，但这些又有何遗憾，你的头脑是充实的，你的精神是富足的，不用去委身讨好他人，不用为了侥幸而战战兢兢，在获得成功的那一刻也不会沾沾自喜，因为，这些成功和收获都是你应得的。

《推销员之死》以悲剧收场，但现代的我们，仔细品读这样的经典，一定能多少抚平内心的浮躁，避免威利所遭受的悲剧。

《麦田里的守望者》

作者简介：

杰罗姆·大卫·塞林格(1919—2010)享年91岁，父亲是做奶酪和火腿进口生意的犹太商人，家境相当富裕。塞林格十五岁的时候，被父母送到宾夕法尼亚州一个军事学校里住读，据说《麦田里的守望者》中关于寄宿学校的描写，很大部分是以那所学校为背景的。1936年，塞林格在军事学校毕业，取得了他毕生唯一的一张文凭。从1940年在《小说》杂志上发表他的头一个短篇小说起，到1951年出版他的长篇小说《麦田里的守望者》止，在十余年中他共发表了二十多个短篇。有些短篇还在《老爷》、《纽约人》等著名刊物上发表，使他在文学界有了名气。《麦田里的守望者》使他一举成名。作者借鉴了意识流的写作方法，充分探索了一个十几岁少年的内心世界。

小说内容：

该书的主人公霍尔顿是个中学生，出生于富裕的中产阶级家庭。他虽只有16岁，但比常人高一头，整日穿着风衣，戴着猎帽，游游荡荡，不愿读书。他对学校里的一切——老师、同学、功课、球赛，等等，全都腻烦透了，曾是学校击剑队队长，3次被学校开除。又一个学期结束了，他又因5门功课中4门不及格被校方开除。他丝毫不感到难受。在和同房间的同学打了一架后，他深夜离开学校，回到纽约城，但他不敢贸然回家。当天深夜住进了一家小旅馆。他在旅馆里看到的都是些不三不四的人，有穿戴女装的男人，有相互喷水、喷酒的男女，他们寻欢作乐，忸怩作态，使霍尔顿感到恶心和惊讶。他无聊之极，便去夜总会厮混了一阵。回旅馆时，心里仍觉得十分烦闷，糊里糊涂答应电梯工毛里斯，让他叫来了一个妓女(十五块钱到第二天，五块钱一次)。他一看到妓女又紧张害怕，给了妓女五块钱打发她走了，可妓女要十块钱。毛里斯得知霍尔顿的行为后打了他一顿，拿走了妓女要的另外五块钱。

第二天是星期天，霍尔顿上街游荡，遇见两个修女，捐了10块钱。后来他和女友萨丽去看了场戏，又去溜冰。看到萨丽那假情假义的样子，霍尔顿很不痛快，两人吵了一场，分了手。接着霍尔顿独自去看了场电影，又到酒吧里和一个老同学一起喝酒，喝得酩酊大醉。他走进厕所，把头伸进盥洗盆里用冷水浸了一阵，才清醒过来。可是走出酒吧后，被冷风一吹，他的头发都结了冰。他想到自己也许会因此患肺炎死去，永远见不着妹妹菲苾了，决定冒险回家和她诀别。

霍尔顿偷偷回到家里，幸好父母都出去玩了。他叫醒菲苾，向她诉说了自己的苦闷和理想。他对妹妹说,他将来要当一名“麦田里的守望者”:“有那么一群小孩子在一大块麦田里做游戏。几千几万个小孩子,附近没有一个人——没有一个大人,我是说——除了我。我呢,就在那混帐的悬崖边。我的职务是在那儿守望,要是有哪个孩子往悬崖边奔来,我就把他捉住——我是说孩子们都在狂奔,也不知道自己是在往哪儿跑。我得从什么地方出来,把他们捉住。我整天就干这样的事。我只想当个麦田里的守望者。”后来父母回来了,霍尔顿吓得躲进壁橱。等父母去卧室,他急忙溜出家门,到一个他尊敬的老师家中借宿。可是睡到半夜,他发觉这个老师有可能是个同性恋者,于是只好偷偷逃出来,到车站候车室过夜。

霍尔顿不想再回家,也不想再念书了,决定去西部谋生,装作一个又聋又哑的人,但他想在临走前再见妹妹一面,于是托人给她带去一张便条,约她到博物馆的艺术馆门边见面。过了约定时间好一阵,菲苾终于来了,可是拖着一只装满自己衣服的大箱子,她一定要跟哥哥一起去西部。最后,因对妹妹劝说无效,霍尔顿只好放弃西部之行,带她去动物园和公园玩了一阵。菲苾骑上旋转木马,高兴起来。这时下起了大雨,霍尔顿淋着雨坐在长椅上,看菲苾一圈圈转个不停,心里快乐极了,险些大叫大嚷起来,霍尔顿决定不出走了。

回家后不久,霍尔顿就生了场大病,又被送到一家疗养院里。出院后将被送到哪所学校,是不是想好好用功学习?霍尔顿对这一切一点儿也不感兴趣。

作品主题:

《麦田里的守望者》从1951年出版以来给全世界无数彷徨的年轻人带来心灵的慰藉。小说一问世,霍尔顿这个对虚伪的周围环境深恶痛绝的少年形象竟然被千万读者看成是迷人的新英雄,文中的崇尚自由的亲切语言受到热烈欢迎。并且这本小说反映了二战后美国青少年矛盾混乱的人生观和道德观,代表了当时相当一部分人的思想和处境。主人公霍尔顿那种没有清楚目的的反抗,是当时学生和青少年的典型病症。此书领导了美国文学创作的新潮流,它使得思想贫乏、感情冷淡的20世纪50年代的美国人为之倾倒,这个时期完全可以称作超于文学定义的“塞林格时代”。

现实意义:

每当读到霍尔顿的经历,人们应该都有共同的感受,这个主人公身上有很多年轻一代的影子。作为富裕中产阶级家的少年,霍尔顿没有生活上的苦,但他却看不惯周围的一切,他想要逃离现实世界,苦闷、彷徨、自欺欺人,他以种种叛逆的表现来表达他对资本主义社会种种丑恶的反抗。他不屑于成人世界的虚伪,但最终依然向现实社会低头妥协。这正是每一代叛逆青年人的成长历程。

写到这里，突然想聊一个曾经的网络红人——沉珂，她曾经可以算作叛逆的代表，被很多人视作是非主流的先驱。父母离异对她缺乏关心，正值青春期的沉珂开始借由叛逆来抒发自己的孤独失落，性格愈发孤僻极端。其实她心底是对亲情充满渴望的。当时，网上流传，沉珂自杀离世了，作为许许多多懵懂叛逆的青少年们心中的偶像，这一消息，使他们伤痛和遗憾。然而，就在前不久，沉珂通过微博告知大家，她还在。与七年前不同的是，她已成家育女，与家人相伴，生活的幸福快乐，在她身上，再也找不到曾经叛逆的影子。

正如华声在线上的评论所言，无论她消失与否，这种现实的背后都有着无法抹去的意义，我们在为她的经历叹息之余，是不是应该好好去思考，这个社会对孩子们是不是少了许多关心与爱护，成人世界的冷漠与物质是不是留给了孩子们太多的无奈与悲哀。

如书中写道，“孩子们都是在狂奔，也不知道自己是在往哪儿跑。我得从什么地方出来，把他们捉住。我整天就干这样的事，我只想做个麦田里的守望者。”

无论是叛逆的 80 后，还是张扬的 90 后，而立之前，都曾经历过对世界的彷徨与不安。年轻一代的叛逆无非是希望得到他们所盼望的瞩目和关怀，人生的路很宽，努力疾跑的他们看不清哪里是悬崖，哪里有绊石。长辈，社会都应尽力成为麦田里的守望者，在他们迷惘之时，张开臂膀，不要斩断他们飞行的翅膀，只在他们需要的时候，寄予一个温暖的怀抱。不要让更多的“霍尔顿”用叛逆颓废的生活反抗虚伪的成人世界，也不要让更多的“沉珂”重演，以惩罚自己，惩罚这个世界。

如沉珂说的一样，“总有一天，什么都会好起来。”

《第二十二条军规》

作者简介：

约瑟夫·海勒(1923—1999)美国黑色幽默派及荒诞派代表作家，出生于纽约市布鲁克林一个俄裔犹太人家庭。第二次世界大战期间曾任空军中尉。战后进大学学习，1948 年毕业于纽约大学，获文学学士学位。1949 年在哥伦比亚大学获文学硕士学位后，得到富布赖特研究基金赴英国牛津大学深造一年。1950 到 1952 年在宾夕法尼亚州立大学等校任教。此后即离开学校，到《时代》和《展望》等杂志编辑部任职。1961 年，长篇小说《第二十二条军规》问世，一举成名，当年即放弃职务，专门从事写作。

除《第二十二条军规》外，海勒还发表过长篇小说两部：《出了毛病》(1974)和《像高尔德一样好》(1979)。前者通过对美国中产阶级经理人员日常生活的描写，反映了他们苦闷、彷徨的精神世界；后者用诙谐嘲讽的笔法，通过一个试图涉足官场的犹太知识分子的生活经历，描绘了一幅有关美国政治、社会生活的讽刺画。海勒也曾写过剧本，如《我们轰炸了纽黑文》等，但影响不大。

海勒的小说取材于现实生活，通过艺术的哈哈镜和放大镜，反映了美国社会生活的若干侧面，具有一定的认识价值和审美价值。当然，他的作品也带有黑色幽默派文学的一些通病，如对社会现实流露出无可奈何的心情等。

小说内容：

第二次世界大战期间，美国的一个飞行大队驻扎在地中海的“皮亚诺扎”岛上。这是个光怪陆离的“世界”。大队指挥官卡思卡特上校一心想当将军，为了要达到自己的目的，千方百计博取上级的欢心。他一次次任意增加部下的轰炸飞行任务，意欲用部下的生命来换取自己的升迁。这支部队里还有两个“出类拔萃”的人物。一个是一本正经而野心勃勃的沙伊斯科普夫少尉。他毕业于预备军官训练队，大战爆发他颇为高兴，因为战争使他有机会可以每天穿上军官制服，用清脆、威严的嗓音对那些就要去送死的小伙子大喊口令，而他自己由于视力不佳，且有瘘管病，所以没有上前线的机会。他为了邀宠上级，飞黄腾达，就发疯似的专心训练自己的中队，求得在检阅中获胜。由于他研究出不挥动双手的行进队列，被人称为“名不虚传的军事天才人物”，从此迅速步步高升，最后当上了中将司令官。另一个是食堂管理员米洛，他貌似“忠厚老实”，可是赚钱有术，以伙食采购为名，大搞投机倒把，办起了一个跨国公司。他用大批飞机走私，甚至还雇用敌人的飞机为公司运输，向敌人承包保卫桥梁，等等。后来居然成为国际知名人物，当上欧洲不少城市的市长和马耳他的副总督。

本书主人公约赛连就生活在这个绕着战争怪物旋转的光怪陆离的世界里。他是这个飞行大队所属的一个中队的上尉轰炸手。他满怀拯救正义的热忱投入战争,立下战功,被提升为上尉。然而慢慢地,他在和周围凶险环境的冲突中,亲眼目睹了那种种虚妄、荒诞、疯狂、残酷的现象后,领悟到自己是受骗了。他变严肃诚挚为玩世不恭,从热爱战争变为厌恶战争。他不想升官发财,也不愿无谓牺牲,他只希望活着回家。看到同伴们一批批死去,内心感到十分恐惧,又害怕周围的人暗算他,置他于死地。他反复诉说“他们每个人都想杀害我”。他渴望保住自己的生命,决心要逃离这个“世界”。于是他装病,想在医院里度过余下的战争岁月,但是未能如愿。根据第二十二条军规,疯子才能获准免于飞行,但必须由本人提出申请;同时又规定,凡能意识到飞行有危险而提出免飞申请的,属头脑清醒者,应继续执行飞行任务。第二十二条军规还规定,飞行员飞满上级规定的次数就能回国,但它又说,你必须绝对服从命令,要不就不准回国。因此上级可以不断给飞行员增加飞行次数,而你不得违抗。如此反复,永无休止。最后,约赛连终于明白了,第二十二条军规原来是个骗局,是个圈套,是个无法逾越的障碍。这个世界到处都由第二十二条军规统治着,就像天罗地网一样,令你无法摆脱。他认为世人正在利用所谓“正义行为”来为自己巧取豪夺。最后,他不得不开小差逃往瑞典。

作品主题:

这部小说是一个现代主义文学流派黑色幽默的代表作品。它比较集中地表现了黑色幽默流派的特点。该小说的作者也是公认的黑色幽默派的代表作家。

作者在小说中摒弃了传统的现实主义创作手法,使整个作品没有一条完整的情节发展线索,也没有突出的人物形象,充满着混乱、喧闹、疯狂的气氛。但作者同时强调的是一种“严肃的荒诞”。小说显然以美军来比喻整个美国社会,从它内部的肮脏、腐败、堕落可以判断出它的本质,尤其是那些高踞众人之上的官僚们。所以,小说的特殊艺术形式和内容并非为了卖弄荒诞的技巧,而是为了更好地表达它的主题。正如哈里斯在《美国当代荒诞派小说家》(1971)一书中所指出的:“海勒的小说尽管技巧上有所创新,事实上却在遵循特定的文学传统。《第22条军规》归根到底是一部激进的抗议小说,像《愤怒的葡萄》和《美国的悲剧》一样,他的抗议是指向美国的现行权力中心。”

作者在不经意的调侃之中,显露出锐利的讽刺锋芒,直指荒诞的要害,初看忍俊不禁,细品余味深长。作者常常将相互矛盾或褒贬义相对的词汇与句子故意搭配使用,如德里德尔将军夸口:“我唯一的缺点就是没有缺点”。丹尼卡医生说:“救命可不是我的事”。某上校说“发觉自己仍然无能,而感到十分自豪”,迈洛说:

“我这人从不说谎,只是在需要时才说谎”,等等。

现实意义:

今天无意之间看到了一则故事,讲的是两只青蛙掉到了两只牛奶桶里,一只拼命地挣扎,一只挣扎了几下就绝望地接受了溺水的命运。那只拼命挣扎的青蛙最终将牛奶搅成了奶酪,得到了生存。由这则故事我联想到了人生,其实在每个人的生命中,矛盾、挑战无处不在,无时不有。公平正义是相对的,并不是每件事都可以讲公平、讲道理。因此要想获得舒适的生活就得不断地奋斗,否则就只能任凭命运的摆布。

美国当代作家约瑟夫·海勒的代表作《第二十二条军规》堪称文学流派黑色幽默的经典之作。小说看似是一部战争题材的作品,实际上影射的是美国当代社会中一种专横的、灭绝人性的制度。给我印象最深的就是书中反复出现的“第二十二条军规”,军规规定,“凡在面对迫在眉睫的、实实在在的危险时,对自身的安危表现出的关切,是大脑的理性活动过程。奥尔疯了,可以允许他停飞,只要他提出要求就行;可是一旦他提出要求,他就不再是一个疯子,就得再去执行飞行任务。如果奥尔继续执行飞行任务,他便是疯子,但假如他就此停止飞行,那说明他神志完全正常。然而,要是他神志正常,那么他就必须去执行飞行任务。假如他执行飞行任务,他就是疯子,所以不必去飞行;但如果他不想去飞行,那么他就不是疯子,于是便不得不去。”事实上“二十二条军规”只是一个圈套,一个由人约定俗成来制约人的规则。该小说的主人公尤索林最终也明白了,第二十二条军规原来是个骗局,是个圈套,是个无法逾越的障碍。这个世界到处都由第二十二条军规统治着,就像天罗地网一样,令你无法摆脱。尤索林就如同文章开头我提到的那则故事中用于向命运挑战的那只老鼠一样,尤索林通过各种办法,装病,装疯卖傻来使自己免于一次又一次的飞行任务,最终他找到机会逃到了没有战争的瑞典。尤索林通过自己的努力摆脱了困境,他是强者。

在《第二十二条军规》中还有两个人物让我印象深刻,卡斯卡特上校和科恩中校,约塞连中队的直接领导,用“狼狈为奸”来形容他们最合适不过了,他们的目的就是:做更大的官,掌握更大的权力。他们为了自己的权势丝毫不会顾及士兵们的安危。这不由得让我想到了 2015 年 8 月份的天津滨海大爆炸事件,至今还记得新闻发布会时,当记者问到“危险品仓库按照规定应该离居民区多远”时,台上的官员们面面相觑。根据相关规定,危险化学品仓库与周边建筑的安全距离为 1000 米,而在住宅项目旁设立大中型危险化学品仓库又要受到多重限制。但是现实的情况是当时发生爆炸的地点,天津瑞海物流危险品仓库方圆 3 公里内分布的住宅小区数量多达 15 个以上,因此爆炸的后果不堪设想。天津滨海新区正处于发展时期,一些官员为了更快的发展创造出业绩,获得荣誉,不惜牺牲老百姓的利益甚至生命,从而进行大规模的造城式开发。最终酿成恶果也是不足为奇的。因此,作为即将步入社会的我们来说,对于"权势"应该有正确的理解,不管以后的我们会选择从事什么工作,都应谨记不要做损人利己之事更不要以权谋私,而要更多的提高自身价值,奉献社会。

在现实生活中,我们也会时常遭遇大大小小的"第二十二条军规"。举个最现实的例子,作为毕业生的我们马上就会面临找工作这一关,而现在大部分公司会要求应聘者需必备相关的经验以及相关的知识等要求,这一切要求有应聘单位来制定。而刚刚踏入社会的我们又缺乏相关的工作经验,这就出现了大学生毕业找不到工作的问题。同时这也告诉我们,当今,早已不是凭借一张大学文凭就可以闯天下的时代了。作为当代大学生,我们在保证学业的前提下,还要多多地和社会接触,如可以利用课余时间去做兼职工作,从而增加一些社会经验。

在现实生活中没有绝对的公平正义,面对周围的环境我们需要做的就是不断适应,不断改变提高自己,命运掌握在我们自己手里,我们要成为命运的强者。我的人生由我来做主。

第三部分

精彩段落欣赏

《威尼斯商人》[1]精彩段落欣赏

安东尼奥:跟夏洛克讲理是没有用的。别再等待了。对我宣判吧,把夏洛克想要得到的东西给他。

巴萨尼奥:我将付给你六千块钱,用来归还安东尼奥借的那三千块钱。

夏洛克:即使你愿意我六倍于你刚才提出的钱数,我仍然要拿我应得的那一磅肉。把那一磅肉判给我!

公爵:先生们,请安静。夏洛克,如果你不宽恕别人,你自己怎能希望得到别人的宽恕呢?

夏洛克:我并没有做错事,我不怕审判。我要求给我应得的那一磅肉。

正当公爵不知道应该怎么办的时候,尼莉莎打扮成一个律师的书记员,带着鲍西娅刚拜访过的那位著名的律师的一封信,来到法庭。当公爵与尼莉莎谈话时,夏洛克准备好要从安东尼奥身上割下他应得的一磅肉。

这时,当庭宣读了律师的信。"我重病缠身。收到你的信时,我正同一位从罗马来的很有学问的年轻博士在一起。我把夏洛克与安东尼奥之间的争执对他讲了。我们研究了很多法典,因此他知道我想要说的话。我请您让他替我做出判决。他很年轻,但是,我还从来不知道有这么年轻又这么聪明的人。"

这封信当庭宣读之后,鲍西娅穿着律师的衣服进屋来了。她作为法官就座了。

公爵;您好,博学的法官!我并不羡慕您的职业。这是一个最麻烦的案子。

鲍西娅:您好!请坐下。你叫安东尼奥吗?这是你与夏洛克签订的借约吗?

安东尼奥:是的。

鲍西娅:那么,夏洛克可得大发慈悲才是。他可得宽恕安东尼奥啊!

夏洛克:为什么我必得宽恕他呢?请告诉我这一点!

鲍西娅:慈悲带来益处。慈悲像甘露从天空中降到地面上,它不但赐福施予的人,而且赐福于受施的人。我们应该学会宽恕他人。你还要求得到这一磅肉吗?

夏洛克:我要求得到根据法律属于我的东西。

巴萨尼奥:我愿出十倍于安东尼奥的借款,请您把法律稍为变更一下,使我们能够救出安东尼奥的生命。

鲍西娅:请用你的脑袋想一想,先生。我们不能变更法律,要是变更了一条法

---

① 威廉·莎士比亚著,朱生豪译.《威尼斯商人》[M].北京:中国画报出版社,2014.

律，那么人们还会要变更别的法律的。

夏洛克：噢，聪明年轻的法官啊！

鲍西娅；让我看一看借约，就是安东尼奥向你许下的诺言。

夏洛克：给您。

鲍西娅：我明白了。根据法律，夏洛克可以得到一磅肉，由他从最靠近安东尼奥心脏的部位割下来。

夏洛克；噢，博学的法官！噢，聪明的年轻人！

鲍西娅：你带来了称肉的器具吗？

夏洛克：是的。我把一切都准备好了。

鲍西娅：夏洛克，你是否请了医生来给安东尼奥止血呢？

夏洛克：借约上可没有这一条。

巴萨尼奥：你这只狐狸！

鲍西娅：安东尼奥，你还想说什么吗？

安东尼奥：我只想说一点。巴萨尼奥，永别了。不要为我悲伤。

巴萨尼奥：让我拥抱你一下，说声再见吧。（他哭了。）

夏洛克：我们是在浪费时间。

鲍西娅：割走你要的那一磅肉吗！我宣布法庭许可你（这样做），法律（把它）判给你。

（夏洛克走向安东尼奥，准备动他的刀子。）

鲍西娅：且慢！事情还没完。安东尼奥许诺给你他身上的一磅肉。但是他并没有答应给你他身上的任何一滴血。要是你让他身上的血流下一滴，你将失去你所有的土地和财产。

夏洛克：法律上是这样说的吗？

鲍西娅：这就是法律。你要求公正，那么就让你得到公正，比你要求的还要多。

夏洛克：我愿意要钱。请给我加三倍还给我安东尼奥向我借的钱。

巴萨尼奥：钱在这儿。（他满怀喜悦地喊了出来。）

鲍西娅：别忙！夏洛克先前已经拒绝要钱了。他所要求的只是公正。这是他现在所能得到的一切。你必须割下整一磅肉，不准多也不准少。而且不准流一滴血。

（夏洛克转过身，要离开法庭。）

鲍西娅：等一等，夏洛克。威尼斯的法律规定任何企图杀害或谋害任何威尼斯公民的人，他所有的一切必须被没收。他的钱和财产的一半必须给威尼斯城，另一半必须给他企图杀害的人。他的生命全凭公爵处置。因此你快快跪下请求公爵开恩吧。

夏洛克:仁慈的先生,我乞求你的饶恕和原谅。

公爵:我将不处死你,但是作为对你的惩罚,你的财产的一半现在是安东尼奥的了。你必须把另一半交给威尼斯城。

夏洛克:把我的命也拿走吧!我的钱财对我就像生命一样宝贵。它们是我唯一的安慰。你们没收了我的财物,也就是要了我的命。

安东尼奥:我将高兴地放弃我应得的夏洛克财产的那一半。夏洛克必须答应在他死后把这笔财产留给他的女儿和女婿。

夏洛克:我答应。现在让我回家吧。我不舒服。

《哈姆雷特》[1]精彩段落欣赏

生存还是毁灭，这是一个值得考虑的问题；默然忍受命运的暴虐的毒箭，或是挺身反抗人世间的无涯的苦难，通过斗争把它们扫清，这两种行为，哪一种更高贵？死了；睡着了；什么都完了；要是在这一种睡眠之中，我们心头的创痛，以及其他无数血肉之躯所不能避免的打击，都可以从此消失，那正是我们求之不得的结局。死了；睡着了；睡着了也许还会做梦；嗯，阻碍就在这儿；因为当我们摆脱了这一具朽腐的皮囊以后，在那死的睡眠里，将要做些什么梦，那不能不使我们，那不能不使我们踌躇顾虑。人们甘心久困于患难之中，也就是为了这个缘故；谁愿意忍受人世的鞭挞和讥嘲、压迫者的凌辱、傲慢者的冷眼、被轻蔑的爱情的惨痛、法律的迁延、官吏的横暴和费尽辛勤所换来的小人的鄙视，要是他只要用一柄小小的刀子，就可以清算他自已的一生？谁愿意负着这样的重担，在烦劳的生命的压迫下呻吟流汗，倘不是因为惧怕不可知的死后，是它迷惑了我们的意志，使我们宁愿忍受目前的折磨，不敢向我们所不知道的痛苦飞去？这样，重重的顾虑使我们全变成了懦夫，决心的赤热的光彩，被审慎的思维盖上了一层灰色，伟大的事业在这一种考虑之下，也会逆流而退，失去了行动的意义。

① 威廉·莎士比亚著，朱生豪译.《哈姆雷特》[M].南京：译林出版社，2013.

《麦克白》[①]精彩段落欣赏

麦克白：要是干了以后就完了，那么还是快一点干；要是凭着暗杀的手段，可以攫取美满的结果，又可以排除了一切后患；要是这一刀砍下去，就可以完成一切、终结一切、解决一切——在这人世上，仅仅在这人世上，在时间这大海的浅滩上；那么来生我也就顾不到了。可是在这种事情上，我们往往逃不过现世的裁判；我们树立下血的榜样，教会别人杀人，结果反而自己被人所杀；把毒药投入酒杯里的人，结果也会自己饮酖而死，这就是一丝不爽的报应。他到这儿来本有两重的信任：第一，我是他的亲戚，又是他的臣子，按照名分绝对不能干这样的事；第二，我是他的主人，应当保障他身体的安全，怎么可以自己持刀行刺？而且，这个邓肯秉性仁慈，处理国政，从来没有过失，要是把他杀死了，他的生前的美德，将要像天使一般发出喇叭一样清澈的声音，向世人昭告我的弑君重罪；"怜悯"像一个赤身裸体在狂风中飘游的婴儿，又像一个御气而行的天婴，将要把这可憎的行为揭露在每一个人的眼中，使眼泪淹没叹息。没有一种力量可以鞭策我实现自己的意图，可是我的跃跃欲试的野心，却不顾一切地驱着我去冒颠簸的危险。

麦克白夫人上。

麦克白：啊！什么消息？

麦克白夫人：他快要吃好了；你为什么从大厅里跑了出来？

麦克白：他有没有问起我？

麦克白夫人：你不知道他问起过你吗？

麦克白：我们还是不要进行这一件事情吧。他最近给我极大的尊荣；我也好容易从各种人的嘴里博到了无上的美誉，我的名声现在正在发射最灿烂的光彩，不能这么快就把它丢弃了。

麦克白夫人：难道你把自己沉浸在里面的那种希望，只是醉后的妄想吗？它现在从一场睡梦中醒来，因为追悔自己的孟浪，而吓得脸色这样苍白吗？从这一刻起，我要把你的爱情看作同样靠不住的东西。你不敢让你在行为和勇气上跟你的欲望一致吗？你宁愿像一头畏首畏尾的猫儿，顾全你所认为生命的装饰品的名誉，不惜让你在自己眼中成为一个懦夫，让"我不敢"永远跟随在"我想要"的后面吗？

麦克白：请你不要说了。只要是男子汉做的事，我都敢做；没有人比我有更大的胆量。

麦克白夫人：那么当初是什么畜生使你把这一种企图告诉我的呢？是男子汉就应当敢作敢为；要是你敢做一个比你更伟大的人物，那才更是一个男子汉。那

---

① 威廉·莎士比亚著，朱生豪译.《麦克白》[M].南京：译林出版社，2013.

时候，无论时间和地点都不曾给你下手的方便，可是你却居然决意要实现你的愿望；现在你有了大好的机会，你又失去勇气了。我曾经哺乳过婴孩，知道一个母亲是怎样怜爱那吮吸她乳汁的子女；可是我会在它看着我的脸微笑的时候，从它的柔软的嫩嘴里摘下我的乳头，把它的脑袋砸碎，要是我也像你一样，曾经发誓下这样毒手的话。

麦克白：假如我们失败了——

麦克白夫人：我们失败！只要你集中你的全部勇气，我们决不会失败。邓肯赶了这一天辛苦的路程，一定睡得很熟；我再去陪他那两个侍卫饮酒作乐，灌得他们头脑昏沉、记忆化成一阵烟雾；等他们烂醉如泥、像死猪一样睡去以后，我们不就可以把那毫无防卫的邓肯随意摆布了吗？我们不是可以把这一件重大的谋杀罪案，推在他的酒醉的侍卫身上吗？

麦克白：愿你所生育的全是男孩子，因为你的无畏的精神，只应该铸造一些刚强的男性。要是我们在那睡在他寝室里的两个人身上涂抹一些血迹，而且就用他们的刀子，人家会不会相信真是他们干下的事？

麦克白夫人：等他的死讯传出以后，我们就假意装出号啕痛哭的样子，这样还有谁敢不相信？

麦克白：我的决心已定，我要用全身的力量，去干这件惊人的举动。去，用最美妙的外表把人们的耳目欺骗；奸诈的心必须罩上虚伪的笑脸。

（同下。）

《鲁滨逊漂流记》精彩段落欣赏

于是我就像一个没有头脑的傻瓜一样进行起造船的工作。我对于这个计划非常满意,再也不去研究一下它是否可以实行。其实我并不是没想到过下水的困难,不过我对于自己的怀疑总是用这种愚蠢的答案挡回去:“让我先把它做成了再说;做成之后,我敢保一定可以想出个什么办法来解决它。”这是一个最荒谬的办法。但是我心里已经着迷,便不顾一切地去进行工作。我砍倒了一棵杉树。我相信连所罗门造耶路撒冷的圣殿时也没有用过这样大的木料。在靠近树根,它的直径是五尺一寸,在二十二尺的末端,它的直径是四尺十一寸,然后慢慢细下去,分成一些枝子。我费了无数的劳力,才把这棵树砍倒,我花了二十二天的工夫去砍它的根部。又花了十四天的工夫,使用了大小斧子和一言难尽的劳力,才把它的树枝和它那四面张开的巨大树顶砍了下来、然后,我又花了一个月的工夫把它刮得略具规模,成为船底的形状,使它可以船底朝下浮在水里。又花了将近三个月的工夫把它的内部挖空,把它做得完全像一只小船。我做这一步的时候,并不用火去烧,只用槌子和凿子把它一点点地凿空,一直把它造成一个很体面的独木舟,其大可以容纳二十六个人,因此可以把我和所有的东西装进去,我完成这个工程之后,对它非常满意……

《傲慢与偏见》[①]精彩段落欣赏

凡是有钱的单身汉，总想娶位太太，这已经成了一条举世公认的真理。这样的单身汉，每逢新搬到一个地方，四邻八舍虽然完全不了解他的性情如何，见解如何，可是，既然这样的一条真理早已在人们心目中根深蒂固，因此人们总是把他看作自己某一个女儿理所应得的一笔财产。

有一天班纳特太太对她的丈夫说："我的好老爷，尼日斐花园终于租出去了，你听说过没有?"

班纳特先生回答道，他没有听说过。

"的确租出去了，"她说，"朗格太太刚刚上这儿来过，她把这件事的底细，一五一十地告诉了我。"

班纳特先生没有理睬她。

"你难道不想知道是谁租去的吗?"太太不耐烦地嚷起来了。

"既是你要说给我听，我听听也无妨。"

这句话足够鼓励她讲下去了。

"哦！亲爱的，你得知道，郎格太太说，租尼日斐花园的是个阔少爷，他是英格兰北部的人；听说他星期一那天，乘着一辆驷马大轿车来看房子，看得非常中意，当场就和莫理斯先生谈妥了；他要在'米迦勒节'以前搬进来，打算下个周末先叫几个佣人来住。"

"这个人叫什么名字?"

"彬格莱。"

"有太太的呢，还是单身汉?"

"噢！是个单身汉，亲爱的，确确实实是个单身汉！一个有钱的单身汉；每年有四五千磅的收入。真是女儿们的福气！"

"这怎么说？关女儿们什么事?"

"我的好老爷，"班纳特太太回答道，"你怎么这样叫人讨厌！告诉你吧，我正在盘算，他要是挑中我们一个女儿做老婆，可多好！"

"他住到这儿来，就是为了这个打算吗?"

"打算！胡扯，这是哪儿的话！不过，他倒兴许看中我们的某一个女儿呢。他一搬来，你就得去拜访拜访他。"

"我不用去。你带着女儿们去就得啦，要不你干脆打发她们自己去，那或许倒

---

① 简·奥斯汀著，孙致礼译.《傲慢与偏见》[M].北京：外语教学与研究出版社，2013.

更好些，因为你跟女儿们比起来，她们哪一个都不能胜过你的美貌，你去了，彬格莱先生倒可能挑中你呢？”

“我的好老爷，你太捧我啦。从前也的确有人赞赏过我的美貌，现在我可不敢说有什么出众的地方了。一个女人家有了五个成年的女儿，就不该对自己的美貌再转什么念头。”

“这样看来，一个女人家对自己的美貌也转不了多少念头喽。”

“不过，我的好老爷，彬格莱一搬到我们的邻近来，你的确应该去看看他。”

《双城记》[1]精彩段落欣赏

那是最美好的时代,那是最糟糕的时代;那是智慧的年头,那是愚昧的年头;那是信仰的时期,那是怀疑的时期;那是光明的季节,那是黑暗的季节;那是希望的春天,那是失望的冬天;我们全都在直奔天堂,我们全都在直奔相反的方向——简而言之,那时跟现在非常相像,某些最喧嚣的权威坚持要用形容词的最高级来形容它。说它好,是最高级的;说它不好,也是最高级的。

英格兰宝座上有一个大下巴的国王和一个面貌平庸的王后;法兰西宝座上有一个大下巴的国王和一个面貌姣好的王后。对两国支配着国家全部财富的老爷来说,国家大局足以万岁千秋乃是比水晶还清楚的事。

那是耶稣纪元一千七百七十五年。灵魂启示在那个受到欢迎的时期跟现在一样在英格兰风行一时。骚斯柯特太太刚满了她幸福的二十五岁,王室卫队一个先知的士兵已宣布这位太太早已作好安排,要使伦敦城和西敏寺陆沉,从而为她崇高形象的出现开辟道路。即使雄鸡巷的幽灵在咄咄逼人地发出它的预言之后销声匿迹整整十二年,去年的精灵们咄咄逼人发出的预言仍跟她差不多,只是少了几分超自然的独创性而已。前不久英国国王和英国百姓才得到一些人世间的消息。那是从远在美洲的英国臣民的国会传来的。说来奇怪,这些信息对于人类的影响竟然比雄鸡巷魔鬼的子孙们的预言还要巨大。

法兰西的灵异事物大体不如她那以盾和三叉戟为标志的姐妹那么受宠。法兰西正在一个劲儿地往坡下滑,印制着钞票,使用着钞票。除此之外她也在教士们的指引下建立些仁慈的功勋,寻求点乐趣。比如判决一个青年斩去双手,用钳子拔掉舌头,然后活活烧死,因为他在一群和尚的肮脏仪仗队从五六十码之外他看得见的地方经过时,竟然没有跪倒在雨地里向它致敬。而在那人被处死时,生长在法兰西和挪威森林里的某些树木很可能已被“命运”这个樵夫看中,要砍倒它们,锯成木板,做成一种在历史上以恐怖著名的可以移动的架子,其中包含了一个口袋和一把铡刀。而在同一天,巴黎近郊板结的土地上某些农户的简陋的小破屋里也很可能有一些大车在那儿躲避风雨。那些车很粗糙,溅满了郊野的泥浆,猪群在它旁边嗅着,家禽在它上面栖息。这东西也极有可能已被“死亡”这个农民看中,要在革命时给它派上死囚囚车的用场。可是那“樵夫”和“农民”尽管忙个不停,却总是默不作声,蹑手蹑脚,不让人听见。因此若是有人猜想到他们已在行动,反倒会被看作是无神论和大逆不道。

英格兰几乎没有秩序和保障,难以为民族自夸提供佐证。武装歹徒胆大包天的破门抢劫和拦路翦径在京畿重地每天晚上出现。有公开的警告发表:各家各

---

① 狄更斯著,张玲,张扬译.《双城记》[M].上海:上海译文出版社,2011.

户,凡要离城外出,务须把家具什物存入家具店的仓库,以保安全。黑暗中的强盗却是大白天的城市商人。他若是被他以“老大”的身份抢劫的同行认了出来,遭到挑战,便潇洒地射穿对方的脑袋,然后扬长而去。七个强盗抢劫邮车,被押车卫士击毙了三个,卫士自己也不免“因为弹尽援绝”被那四个强盗杀死,然后邮件便被从从容容地弄走。伦敦市的市长大人,一个神气十足的大员,在特恩安森林被一个翦径的强徒喝住,只好乖乖地站住不动。那强盗竟当着众随员的面把那个显赫人物掳了个精光。伦敦监狱的囚犯跟监狱看守大打出手;法律的最高权威对着囚犯开枪,大口径短枪枪膛里填进了一排又一排的子弹和铁砂。小偷在法庭的客厅里扯下了贵族大人脖子上的钻石十字架。火枪手闯进圣·嘉尔斯教堂去检查私货,暴民们却对火枪手开枪。火枪手也对暴民还击。此类事件大家早已习以为常,见惯不惊。在这样的情况之下刽子手不免手忙脚乱。这种人无用胜于有用,却总是应接不暇。他们有时把各色各样的罪犯一大排一大排地挂起来。有时星期二抓住的强盗,星期六就绞死;有时就在新门监狱把囚犯成打成打地用火刑烧死;有时又在西敏寺大厅门前焚烧小册子。今天处决一个穷凶极恶的杀人犯,明天杀死一个只抢了农家孩子六便士的可怜的小偷。

诸如此类的现象,还加上一千桩类似的事件,就像这样在可爱的古老的一千七百七十五年相继发生,层出不穷。在这些事件包围之中,“樵夫”和“农民”仍然悄悄地干着活,而那两位大下巴和另外两张平常的和姣好的面孔却都威风凛凛,专横地运用着他们神授的君权。一千七百七十五年就是像这样表现出了它的伟大,也把成千上万的小人物带上了他们前面的路——我们这部历史中的几位也在其中。

《远大前程》[①]精彩段落欣赏

天黑得很快,偏巧这天又是下弦月,月亮不会很早升起。我们就稍稍商量了一下,可是也用不着多讨论,因为情况是明摆着的,再划下去我们一遇到冷落的酒店就得投宿。于是他们又使劲打起桨来,我则用心寻找岸上是否隐隐约约有什么房屋的模样。这样又赶了四五英里路,一路上好不气闷,大家简直不说一句话。天气非常冷,一艘煤船从我们近旁驶过,船上厨房里生着火,炊烟缕缕,火光荧荧,在我们看来简直就是个安乐家了。这时夜已透黑,看来就要这样一直黑到天明,我们仅有的一点光亮似乎不是来自天空,而是来自河上,一浆又一浆的,搅动着那寥寥几颗倒映在水里的寒星。

① 狄更斯著,王科一译.《远大前程》[M].上海:上海译文出版社,2011.

《雾都孤儿》[①]精彩段落欣赏

诺亚以最快速度在大街上狂奔,一口气跑到济贫院门口。他在那儿歇了一两分钟,以便酝酿精彩的抽噎,堆上一脸令人难忘的眼泪与恐惧,然后砰砰砰地冲着小门敲起来。开门的是一个上了年纪的贫民,即便是在他自己的黄金时代里,看到的也只是一张张惆怅哀怨的面孔,可骤然见到这么一副苦脸,也惊得连连后退。

"唉,这孩子准出了什么事。"老人说道。

"邦布尔先生!邦布尔先生!"诺亚喊了起来,一副失魂落魄的样子,声音又响亮又激动,不光是一下就钻进了邦布尔本人的耳朵里——真巧,他就在附近——还吓得他连三角帽也没顾得上戴,便冲进了院子——这可是一种稀罕而又值得注意的情形,证明哪怕是一名教区干事,在某种突如其来的强力刺激下,也会有一时半会显得张皇失措,并且忘记个人的尊严。

"喔,先生,邦布尔先生。"诺亚说道,"奥利弗,先生——奥利弗他——"

"什么?什么?"邦布尔先生迫不及待地插了进来,他那金属一般的的眼睛里闪过一道欢乐的光彩。"他该没有逃走吧?诺亚,他没溜掉吧,是不是?"

"不,先生,不,溜是没溜,但他发疯了。"诺亚答道,"先生,他想杀死我,接着又想杀夏洛蒂,再往下,就是老板娘了。喔!痛死我啦!这有多痛,您瞧瞧。"说到这里,诺亚把身子扭来绞去,做出各种各样的姿势,跟鳗鱼似的,好让邦布尔先生明白,奥利弗·退斯特的血腥暴行造成他严重的内伤,此刻正忍受着最最剧烈的疼痛。

诺亚眼看邦布尔先生完全被自己报道的消息吓呆了,便大叫他被打得遍体鳞伤,声音比刚才大了十倍,更增强了原有的效果。他又看见一位身穿白背心的绅士正从院子里走过,料定自己轻而易举就可以把这位绅士吸引过来,并激起他的义愤。他的哀歌唱得越发凄惨了。

这位绅士的注意力果真很快就被吸引住了,他刚走了三步,便怒气冲冲地转过身,问那个小杂种在嚎什么,邦布尔先生干吗不给他点颜色瞧瞧,那样一来倒是很可能使这一连串号哭弄假成真。

"先生,这是一个可怜巴巴的免费学校的学生,"邦布尔先生回答,"他差一点惨遭杀害——先生,只差一点点——就被小退斯特杀死了。"

"真有这事?"白背心绅士骤然停住脚步,大声说道,"我早就知道了。从一开始我就觉察到一种奇怪的预兆,那个厚颜无耻的小野人迟早会被绞死。"

"先生,他还想杀掉家里的女佣呢。"邦布尔先生面如死灰地说。

"再加上老板娘。"克雷波尔先生插了一句嘴。

---

① 狄更斯著,黄雨石译.《雾都孤儿》[M].北京:人民文学出版社,2001.

"诺亚,你好像说还有老板,是吗?"邦布尔先生添上了一句。

"不,老板出门去了,要不然他没准已经把他给杀了,"诺亚回答,"他说过想这么干。"

"啊?竟然说他想这么干,是不是,我的孩子?"白背心绅士问。

"是的,先生。"诺亚答道,"先生,老板娘想问一声,邦布尔先生能不能匀出时间马上去一趟,抽他一顿——因为老板不在家。"

"当然可以,我的孩子,当然可以,"白背心绅士亲切地微笑起来,在个子比自己还高出三英寸左右的诺亚头上拍了拍,"你是一个乖孩子——一个非常乖的孩子。这个便士是给你的。邦布尔,你这就带上你的藤杖到苏尔伯雷家去,你就看着办好了,邦布尔,别轻饶了他。"

"哦,我不会轻饶了他,您放心。"干事一边回答,一边整理着缠在藤杖末梢上的蜡带,这根藤杖是教区专门用来执行鞭刑的。

"也叫苏尔伯雷别放过他。不给他弄上点伤瘢和鞭痕制服不了他。"白背心绅士说。

"我记住了,先生。"干事答道。这功夫,邦布尔先生已经戴上了三角帽,藤杖也整理好了,这两样东西的主人感到很满意,这才与诺亚·克雷波尔一起,直奔苏尔伯雷的棺材铺而来。

在这一边,局势仍不见好转。苏尔伯雷现在还没回来,奥利弗一个劲地踢着地窖的门,锐气丝毫未减。既然苏尔伯雷太太和夏洛蒂把凶残的奥利弗说得那么可怕,邦布尔先生认为还是先谈判一番,再开门进去为妙。他在外边照着门踢了一脚,以此作为开场白,然后把嘴凑到锁眼上,用深沉而又颇有分量的声音叫了一声:

"奥利弗!"

"开门,让我出去!"奥利弗在里边回答。

"奥利弗,你听出声音来没有?"邦布尔先生说。

"听出来了。"

"先生,你就不怕吗?我讲话的时候,难道你连哆嗦都没打一个,先生?"邦布尔先生问。

"不怕!"奥利弗毅然答道。

答话与邦布尔先生所预期的以及他素来得到的相差太大了,他吓了一大跳。他从锁眼跟前退回去,挺了挺身子,惊愕地依次看了看站在旁边的三个人,没有吱声。

"噢,邦布尔先生,您知道,他准是发疯了,"苏尔伯雷太太说道,"没有哪个孩子敢这样跟您说话,连一半也不敢。"

"夫人,这不是发疯,"邦布尔沉思了半晌,答道,"是肉。"

"什么?"苏尔伯雷太太大叫一声。

“是肉,夫人,是肉的问题,”邦布尔一本正经地回答,“夫人,你们把他喂得太饱啦,在他身上培养了一种虚假的血气和灵魂,夫人,这和他的身份极不相称。理事们,苏尔伯雷太太,都是些注重实际的哲学家,他们会告诉你的。贫民们要血气或者是灵魂来干什么?让他们的肉体活着已经绰绰有余了。要是你们让他尽吃麦片粥的话,这种事情绝不会发生。”

“天啦,天啦!”苏尔伯雷太太失声叫了起来,一双眼睛虔诚地仰望着厨房的天花板。“好心好意反得了这么个结果。”

苏尔伯雷太太对奥利弗的好心就是把各种龌龊不堪的、别人都不吃的残羹剩饭慷慨地施舍给他。面对邦布尔先生的严词责难,她都抱着温柔敦厚、自我奉献的态度。其实平心而论,苏尔伯雷太太无论在想法上,说法上,还是在做法上都是无可非议的。

“啊!”邦布尔先生待那位女士的目光重又落到地面上才说道,“依我所见,目前唯一办得到的事就是让他在地窖里关一两天,等他饿得有几分支不住了再放他出来,从今儿个起,直到他满师都只给他吃麦片粥。这孩子出身下贱,天生一副猴急相,苏尔伯雷太太。照看过他的护士、大夫告诉我,他母亲吃尽了苦头,费了好大力气,才跑到这儿来,换上随便哪一个正派女人,早就没命了。”

邦布尔的议论进行到这儿,奥利弗听出,接下来的嘲讽又会冲着他母亲去了,便又开始狠命地踢门,把别的声音全压住了。就在这个节骨眼上,苏尔伯雷回来了。两位女士将奥利弗的罪行逐一道来,她俩专挑最能激起他上火的言辞,大肆添油加醋。老板听罢立刻打开地窖,拎住奥利弗的衣领,一眨眼就把造反的学徒拖了出来。

奥利弗的衣衫在先前挨打的时候就被撕破了,脸上青一块,紫一块,抓伤了好些地方,头发乱蓬蓬地搭在前额上。然而,满面通红的怒容仍没有消失,他一被拉出关押的地方便瞪大眼睛,无所畏惧地盯着诺亚,看上去丝毫没有泄气。

“瞧你个兔崽子,你干的好事,是不是?”苏尔伯雷搡了他一下,劈头就是一记耳光。

“他骂我妈妈。”奥利弗回答。

“好啊,骂了又怎么样,你这个忘恩负义的小混蛋?”苏尔伯雷太太说道,“那是你妈活该,我还嫌没骂够哩。”

“她不是那样的。”奥利弗说道。

“她是。”苏尔伯雷太太宣称。

“你撒谎!”奥利弗说。

苏尔伯雷太太放声大哭,眼泪滂沱而下。

面对太太洪流一般的泪水,苏尔伯雷先生不得不摊牌了。每一位有经验的读者保准都会认定,倘若他在从严惩罚奥利弗方面稍有迟疑,按照夫妻争端的先例,他就只能算是一头畜生,一个不通人情的丈夫,一个粗人;就男子汉的标准而言,只能算一件拙劣的赝品。各色各样合适的名目太多了,本章篇幅有限,无法一一细说。讲句公道话,他在自己的权力范围内——这个范围并不太大——对这孩子还算厚道,这也是由于利益所在,也可能是由于老婆不喜欢奥利弗。不管怎么说吧,这洪水般的眼泪使他无计可施,他当即拳脚齐下,把奥利弗痛打了一顿,连苏尔伯雷太太本人都觉得心满意足,邦布尔先生也完全用不着动用教区的藤杖了。当天余下的时间里,奥利弗被关进了厨房里间,只有一只卿筒和一片面包与他做伴。夜里,苏尔伯雷太太先在门外东拉西扯地说了半天,那番恭维话绝不是为了纪念奥利弗的母亲,诺亚和夏洛蒂一左一右,在一旁冷言冷语,指指点点,接着苏尔伯雷太太往屋子里探头看了一眼,命令奥利弗回到楼上那张阴惨可怕的床铺里去。

黑洞洞的棺材店堂一片凄凉死寂,奥利弗独自待在这里,直到此刻,他才将这一天的遭遇在一个孩子心中可能激起的感情宣泄出来。他曾面带蔑视的表情听凭人们嘲弄,一声不吭地忍受鞭笞毒打,因为他感觉得到,自己内心有一种正在增长的尊严,有了这种尊严,他才坚持到了最后,哪怕被他们活活架在火上烤,也不会叫一声。然而此时,四下里没有一个人看到或者听到,奥利弗跪倒在地,双手捂着脸,哭了起来——哭是上帝赋予我们的天性——但又有多少人会这般小小年纪就在上帝面前倾洒泪水!

奥利弗纹丝不动,跪了很久很久。当他站起来的时候,蜡烛已经快要燃到下边的灯台了。他小心翼翼地看了看四周,又凝神听了一下,然后轻手轻脚地把门锁、门闩打开,向外边望去。

这是一个寒冷阴沉的夜晚。在孩子眼里,连星星也似乎比过去看到的还要遥远。没有一丝儿风,昏暗的树影无声地投射在地面上,显得那样阴森死寂。他轻轻地又把门关上,借着即将熄灭的烛光,用一张手帕将自己仅有的几件衣裳捆好,随后就在一条板凳上坐下来,等着天亮。

第一束曙光顽强地穿过窗板缝隙射了进来,奥利弗站起来,打开门,胆怯地回头看了一眼——迟疑了一下——他已经将身后的铺门关上了,走到大街上。

他向左右看了看,拿不准该往哪儿逃。他想起往常出门曾看到运货的马车吃力地往那边小山开去,就选了这一条路。他踏上一条横穿原野的小路,知道再往前走就是公路了,便顺着小路快步走去。

奥利弗走在这条小路上,脑海里清清楚楚地浮现出邦布尔先生头一次把他从寄养所领出来的情景,那时自己贴在邦布尔的身边,连走带跑地往济贫院赶。这条路一直通向寄养所那幢房子。想到这一层,他的心剧烈地跳起来,差一点想折回去。然而他已经走了很长一段路,这样做会耽误不少时间。再说,天又那样早,不用担心被人看见,因此他继续朝前走去。

奥利弗到了寄养所。大清早的,看不出里边有人走动的迹象。奥利弗停下来,偷偷地往院子里望去,只见一个孩子正在给一处小苗圃拔草。奥利弗停下来的时候,那孩子抬起了苍白的面孔,奥利弗一眼就把自己先前的伙伴认出来了。能在走以前看到他,奥利弗感到很高兴,那孩子虽说比自己小一些,却是他的小朋友,常在一块儿玩。他们曾无数次一起挨打,一起受饿,一起被关禁闭。

“嘘,狄克。”奥利弗说道。狄克跑到门边,从栏杆里伸出一只纤细的胳膊,跟奥利弗打了个招呼。“有人起来了吗?”

“就我一个。”狄克答道。

“狄克,你可不能说你见过我,”奥利弗说,“我是跑出来的。狄克,他们打我,欺负我。我要到很远很远的地方去碰碰运气,还不知道是哪儿呢。你脸色太苍白了。”

“我听医生对他们说,我快死了,”狄克带着一丝淡淡的笑容回答,“真高兴能看到你,亲爱的,可是别停下来,别停下来。”

“是的,是的,我这就和你说再会。狄克,我还要来看你,一定会的。你会变得非常快乐的。”

“我也这么盼着呢,”那孩子答道,“是在我死了以后,不是在那以前。我知道大夫是对的,奥利弗,因为我梦见过好多回天堂和天使了,还梦见一些和气的面孔,都是我醒着的时候从来没有看见过的。亲我一下吧,”他爬上矮门,伸出小胳膊搂住奥利弗的脖子,“再见了,亲爱的。上帝保佑你。”

这番祝福发自一个稚气未尽的孩子之口,但这是奥利弗生平第一次听到别人为他祈祷,他往后还将历尽磨劫熬煎,饱尝酸甜苦辣,但他没有一时一刻遗忘过这些话语。

《简·爱》[①]精彩段落欣赏

仲夏明媚的阳光普照英格兰。当时那种一连几天日丽天清的气候，甚至一天半天都难得惠顾我们这个波浪环绕的岛国。仿佛持续的意大利天气从南方飘移过来，像一群灿烂的候鸟，落在英格兰的悬崖上歇脚。干草已经收好，桑菲尔德周围的田野已经收割干净，显出一片新绿。道路晒得白煞煞仿佛烤过似的，林木葱郁，十分茂盛。树篱与林子都叶密色浓，与它们之间收割过的草地的金黄色，形成了鲜明的对比。

施洗约翰节前夕，阿黛列在海村小路上采了半天的野草莓，累坏了，太阳一落山就上床睡觉。我看着她入睡后，便离开她向花园走去。

此刻是二十四小时中最甜蜜的时刻——“白昼已耗尽了它的烈火，”清凉的露水落在喘息的平原和烤灼过的山顶上。在夕阳朴实地西沉——并不伴有华丽的云彩的地方，铺展开了一抹庄严的紫色，在山峰的一个尖顶上燃烧着红宝石和炉火般的光焰，向高处和远处伸延，显得越来越柔和，占据了半个天空。东方也自有它湛蓝悦目的魅力，有它不事炫耀的宝石——一颗升起的孤星。它很快会以月亮而自豪，不过这时月亮还在地平线之下。

我在铺筑过的路面上散了一会儿步。但是一阵细微而熟悉的清香——雪茄的气味——悄悄地从某个窗子里钻了出来。我看见图书室的窗开了一手掌宽的缝隙。我知道可能有人会从那儿看我，因此我走开了，进了果园。庭园里没有比这更隐蔽，更像伊甸园的角落了。这里树木繁茂，花儿盛开，一边有高墙同院子隔开；另一边一条长满山毛榉的路，像屏障一般，把它和草坪分开。底下是一道矮篱，是它与孤寂的田野唯一的分界。一条蜿蜒的小径通向篱笆。路边长着月桂树，路的尽头是一棵巨大无比的七叶树，树底下围着一排座位。你可以在这儿漫步而不被人看到。在这种玉露徐降、悄无声息、夜色渐浓的时刻，我觉得仿佛会永远在这样的阴影里踯躅。但这时我被初升的月亮投向园中高处开阔地的光芒所吸引，穿过花圃和果园，却停住了脚步，——不是因为听到或是看到了什么，而是因为再次闻到了一种我所警觉的香味。

多花蓓蕾、老人蒿、茉莉花、石竹花和玫瑰花早就在奉献着它们的晚香，刚刚飘过来的气味既不是来自灌木，也不是来自花朵，但我很熟悉，它来自罗切斯特先生的雪茄。我举目四顾，侧耳静听。我看到树上沉甸甸垂着即将成熟的果子，听到一只夜莺在半英里外的林子里鸣啭。我看不见移动的身影，听不到走近的脚步声，但是那香气却越来越浓了。我得赶紧走掉。我往通向灌木林的边门走去，却看见罗切斯特先生正跨进门来。我往旁边一闪，躲进了长满常春藤的幽深处。他

---

① 夏洛蒂·勃朗特著，贾文浩，贾文渊译.《简·爱》[M].西安：陕西师范大学出版社，2010.

不会久待,很快会顺原路返回,只要我坐着不动,他就绝不会看见我。

可是不行——薄暮对他来说也像对我一样可爱,古老的园子也一样诱人。他继续往前踱步,一会儿拎起醋栗树枝,看看梅子般大压着枝头的果子;一会儿从墙上采下一颗熟了的樱桃;一会儿又向着一簇花弯下身子,不是闻一闻香味,就是欣赏花瓣上的露珠。一只大飞蛾嗡嗡地从我身旁飞过,落在罗切斯特先生脚边的花枝上,他见了便俯下身去打量。

"现在,他背对着我,"我想,"而且全神贯注,也许要是我脚步儿轻些,我可以神不知鬼不觉地溜走。"

我踩在路边的草皮上,免得沙石路的咔嚓声把自己给暴露。他站在离我必经之地一两码的花坛中间,显然飞蛾吸引了他的注意力。"我会顺利通过,"我暗自思忖。月亮还没有升得很高,在园子里投下了罗切斯特先生长长的身影,我正要跨过这影子,他却头也不回就低声说:

"简,过来看看这家伙。"

我不曾发出声响,他背后也不长眼睛——难道他的影子会有感觉不成? 我先是吓了一跳,随后便朝他走去。

"瞧它的翅膀,"他说,"它使我想起一只西印度的昆虫,在英国不常见到这么又大又艳丽的夜游虫。瞧! 它飞走了。"

飞蛾飘忽着飞走了。我也局促不安地退去。可是罗切斯特先生跟着我,到了边门,他说:

"回来,这么可爱的夜晚,坐在屋子里多可惜。在日落与月出相逢的时刻,肯定是没有谁愿意去睡觉的。"

我有一个缺陷,那就是尽管我口齿伶俐,对答如流,但需要寻找借口的时候却往往一筹莫展。因此某些关键时刻,需要随口一句话,或者站得住脚的遁词来摆脱痛苦的窘境时,我便常常会出差错。我不愿在这个时候单独同罗切斯特先生漫步在阴影笼罩的果园里。但是我又找不出一个脱身的理由。我慢吞吞地跟在后头,一面在拼命动脑筋设法摆脱。可是他显得那么镇定,那么严肃,使我反而为自己的慌乱而感到羞愧了。如果说心中有鬼——不管是现在还是将来——那只能说我有。他心里十分平静,而且全然不觉。

"简,"他重又开腔了。我们正走进长满月桂的小径,缓步踱向矮篱笆和七叶树,"夏天,桑菲尔德是个可爱的地方,是吗?"

"是的,先生。"

"你一定有些依恋桑菲尔德府了——你有欣赏自然美的眼力,而且很有依恋之情。"

"说实在,我依恋这个地方。"

"而且,尽管我不理解这究竟是怎么回事,但我觉察出来,你已开始关切阿黛列这个小傻瓜,甚至还有朴实的老妇费尔法克斯。"

“是的,先生,尽管性质不同,我对她们两人都有感情。”

“而同她们分手会感到难过。”

“是的。”

“可惜呀!”他说,叹了口气又打住了。“世上的事情总是这样,”他马上又继续说,“你刚在一个愉快的栖身之处安顿下来,一个声音便会叫你起来往前赶路,因为已过了休息的时辰。”

“我得往前赶路吗,先生?”我问。“我得离开桑菲尔德吗?”

“我想你得走了,简,很抱歉,珍妮特,但我的确认为你该走了。”

这是一个打击,但我不让它击倒我。

“行呀,先生,要我走的命令一下,我便走。”

“现在命令来了——我今晚就得下。”

“那你要结婚了,先生?”

“确——实——如——此,对——极——了。凭你一贯的机敏,你已经一语中的。”

“快了吗,先生?”

“很快,我的——,那就是,爱小姐,你还记得吧,简,我第一次,或者说谣言明白向你表示,我有意把自己老单身汉的脖子套上神圣的绳索,进入圣洁的婚姻状态——把英格拉姆小姐搂入我的怀抱,总之(她足足有一大抱,但那无关紧要——像我漂亮的布兰契那样的市民,是谁都不会嫌大的)。是呀,就像我刚才说的——听我说,简!你没有回头去看还有没有飞蛾吧?那不过是个瓢虫,孩子,‘正飞回家去’我想提醒你一下,正是你以我所敬佩的审慎,那种适合你责任重大、却并不独立的职业的远见、精明和谦卑,首先向我提出,万一我娶了英格拉姆小姐,你和小阿黛列两个还是立刻就走好。我并不计较这一建议所隐含地对我意中人人格上的污辱。说实在,一旦你们走得远远的,珍妮特,我会努力把它忘掉。我所注意到的只是其中的智慧,它那么高明,我已把它奉为行动的准则。阿黛列必须上学,爱小姐,你得找一个新的工作。”

“是的,先生,我会马上去登广告,而同时我想——”我想说,“我想我可以待在这里,直到我找到另外一个安身之处”但我打住了,觉得不能冒险说一个长句,因为我的嗓门已经难以自制了。

“我希望大约一个月以后成为新郎,”罗切斯特先生继续说,“在这段时间,我会亲自为你留意找一个工作和落脚的地方。”

“谢谢你,先生,对不起给你——”

“呵——不必道歉!我认为一个下人把工作做得跟你自己一样出色时,她就有权要求雇主给予一点容易办到的小小帮助。其实我从未来的岳母那儿听到一个适合你去的地方。就是爱尔兰康诺特的苦果村,教狄奥尼修斯.奥加尔太太的五个女儿,我想你会喜欢爱尔兰的。他们说,那里的人都很热心。”

“离这儿很远呢,先生。”

“没有关系——像你这样一个通情达理的姑娘是不会反对航程或距离的。”

“不是航程,而是距离。还有大海是一大障碍——”

“离开什么地方,简?”

“离开英格兰和桑菲尔德,还有——”

“怎么?”

“离开你,先生。”

我几乎不知不觉中说了这话,眼泪不由自主夺眶而出。但我没有哭出声来,我也避免抽泣。一想起奥加尔太太和苦果村,我的心就凉了半截;一想起在我与此刻同我并肩而行的主人之间,注定要翻腾着大海和波涛,我的心就更凉了;而一记起在我同我自然和必然所爱的东西之间,横亘着财富、阶层和习俗的辽阔海洋,我的心凉透了。

“离这儿很远,”我又说了一句。

“确实如此。等你到了爱尔兰康诺特的苦果村,我就永远见不到你了,肯定就是这么回事。我从来不去爱尔兰,因为自己并不太喜欢这个国家。我们一直是好朋友,简,你说是不是?”

“是的,先生。”

“朋友们在离别的前夕,往往喜欢亲密无间地度过余下的不多时光。来——星星们在那边天上闪烁着光芒时,我们用上半个小时左右,平静地谈谈航行和离别。这儿是一棵七叶树,这边是围着老树根的凳子。来,今晚我们就安安心心地坐在这儿,虽然我们今后注定再也不会坐在一起了。”他让我坐下,然后自己也坐了下来。

“这儿到爱尔兰很远,珍妮特,很抱歉,把我的小朋友送上这么令人厌倦的旅程。但要是没有更好的主意了,那该怎么办呢?简,你认为你我之间有相近之处吗?”

这时我没敢回答,因为我内心很激动。

“因为,”他说,“有时我对你有一种奇怪的感觉——尤其是当你像现在这样靠近我的时候。仿佛我左面的肋骨有一根弦,跟你小小的身躯同一个部位相似的弦紧紧地维系着,难分难解。如果咆哮的海峡和二百英里左右的陆地,把我们远远分开,恐怕这根情感交流的弦会折断,于是我不安地想到,我的内心会流血。至于你——你会忘掉我。”

“那我永远不会,先生,你知道——”我不可能再说下去了。

“简,听见夜莺在林中歌唱吗?——听呀!”

我听着听着便抽抽噎噎地哭泣起来,再也抑制不住强忍住的感情,不得不任其流露了。我痛苦万分地浑身战栗着。到了终于开口时,我便只能表达一个冲动的愿望:但愿自己从来没有生下来,从未到过桑菲尔德。

“因为要离开而难过吗?”

悲与爱在我内心所煽起的强烈情绪,正占上风,并竭力要支配一切,压倒一切,战胜一切,要求生存、扩展和最终主宰一切,不错——还要求吐露出来。

“离开桑菲尔德我很伤心,我爱桑菲尔德——我爱它是因为我在这里过着充实而愉快的生活——至少有一段时间。我没有遭人践踏,也没有弄得古板僵化,没有混迹于志向低下的人之中,也没有被排斥在同光明、健康、高尚的心灵交往的一切机会之外。我已面对面同我所敬重的人、同我所喜欢的人,——同一个独特、活跃、博大的心灵交谈过。我已经熟悉你,罗切斯特先生,硬要让我永远同你分开,使我感到恐惧和痛苦。我看到非分别不可,就像看到非死不可一样。”

“在哪儿看到的呢?”他猛地问道。

“哪儿? 你,先生,已经把这种必要性摆在我面前了。”

“什么样的必要性?”

“就是英格拉姆小姐那模样,一个高尚而漂亮的女人——你的新娘。”

“我的新娘! 什么新娘呀? 我没有新娘!”

“但你会有的。”

“是的,我会! 我会!”他咬紧牙齿。

“那我得走——你自己已经说了。”

“不,你非留下不可! 我发誓——我信守誓言。”

“我告诉你我非走不可!”我回驳着,感情很有些冲动。“你难道认为,我会留下来甘愿做一个对你来说无足轻重的人? 你以为我是一架机器? ——一架没有感情的机器? 能够容忍别人把一口面包从我嘴里抢走,把一滴生命之水从我杯子里泼掉? 难道就因为我一贫如洗、默默无闻、长相平庸、个子瘦小,就没有灵魂,没有心肠了? ——你不是想错了吗? ——我的心灵跟你一样丰富,我的心胸跟你一样充实! 要是上帝赐予我一点姿色和充足的财富,我会使你同我现在一样难分难舍,我不是根据习俗、常规,甚至也不是血肉之躯同你说话,而是我的灵魂同你的灵魂在对话,就仿佛我们两人穿过坟墓,站在上帝脚下,彼此平等——本来就如此!”

“本来就如此!”罗切斯特先生重复道——“所以,”他补充道,一面用胳膊把我抱住,搂到怀里,把嘴唇贴到我的嘴唇上。“所以是这样,简?”

“是呀,所以是这样,先生,”我回答,“可是并没有这样。因为你已结了婚——或者说无异于结了婚,跟一个远不如你的人结婚——一个跟你并不意气相投的人我才不相信你真的会爱她,因为我看到过,也听到过你讥笑她。对这样的结合我会表示不屑,所以我比你强——让我走!”

“上哪儿,简? 去爱尔兰?”

“是的——去爱尔兰。我已经把心里话都说了,现在上哪儿都行了。”

“简,平静些,别那挣扎着,像一只发疯的鸟儿,拼命撕掉自己的羽毛。”

“我不是鸟,也没有陷入罗网。我是一个具有独立意志的自由人,现在我要行施自己的意志,离开你。”

我再一挣扎便脱了身,在他跟前昂首而立。

“你的意志可以决定你的命运,”他说。“我把我的手,我的心和我的一份财产都献给你。”

“你在上演一出闹剧,我不过一笑置之。”

“我请求你在我身边度过余生——成为我的另一半,世上最好的伴侣。”

“那种命运,你已经做出了选择,那就应当坚持到底。”

“简,请你平静一会儿,你太激动了,我也会平静下来的。”

一阵风吹过月桂小径,穿过摇曳着的七叶树枝,飘走了——走了——到了天涯海角——消失了。夜莺的歌喉成了这时唯一的声响,听着它我再次哭了起来。罗切斯特先生静静地坐着,和蔼而严肃地瞧着我。过了好一会他才开口。最后他说:

“到我身边来,简,让我们解释一下,相互谅解吧。”

“我再也不会回到你身边了,我已经被拉走,不可能回头了。”

“不过,简,我唤你过来做我的妻子,我要娶的是你。”

我没有吭声,心里想他在讥笑我。

“过来,简——到这边来。”

“你的新娘阻挡着我们。”

他站了起来,一个箭步到了我跟前。

“我的新娘在这儿,”他说着,再次把我往身边拉,“因为与我相配的人在这儿,与我相像的人,简,你愿意嫁给我吗?”

我仍然没有回答,仍然要挣脱他,因为我仍然不相信。

“你怀疑我吗,简?”

“绝对怀疑。”

“你不相信我?”

“一点也不信。”

“你看我是个爱说谎的人吗?”他激动地问。“疑神疑鬼的小东西,我一定要使你信服。我同英格拉姆小姐有什么爱可言?没有,那你是知道的。她对我有什么爱?没有,我已经想方设法来证实。我放出了谣言,传到她耳朵里,说是我的财产还不到想象中的三分之一,然后我现身说法,亲自去看结果,她和她母亲对我都非常冷淡。我不愿意——也不可能——娶英格拉姆小姐。你——你这古怪的——你这近乎是精灵的家伙——我像爱我自己的肉体一样爱你。你——虽然一贫如洗、默默无闻、个子瘦小、相貌平庸——我请求你把我当作你的丈夫。”

“什么,我!”我猛地叫出声来。出于他的认真,尤其是粗鲁的言行,我开始相信他的诚意了。“我,我这个人除了你,世上没有一个朋友,——如果你是我朋友的话。除了你给我的钱,一个子儿也没有。"

"就是你,简。我得让你属于我——完全属于我。你肯吗?快说'好'呀。"

"罗切斯特先生,让我瞧瞧你的脸。转到朝月光的一边去。"

"为什么?"

"因为我要细看你的面容,转呀!"

"那儿,你能看到的无非是撕皱了的一页,往下看吧,只不过快些,因为我很不好受。"

他的脸焦急不安,涨得通红,五官在激烈抽动,眼睛射出奇怪的光芒。

"呵,简,你在折磨我!"他大嚷道。"你用那种犀利而慷慨可信的目光瞧着我,你在折磨我!"

"我怎么会呢?如果你是真的,你的提议也是真的,那么我对你的感情只会是感激和忠心——那就不可能是折磨。"

"感激!"他脱口喊道,并且狂乱地补充道——"简,快接受我吧。说,爱德华——叫我的名字——爱德华,我愿意嫁你。"

"你可当真?——你真的爱我?——你真心希望我成为你的妻子?"

"我真的是这样。要是有必要发誓才能使你满意,那我就以此发誓。"

"那么,先生,我愿意嫁给你。"

"叫爱德华——我的小夫人。"

"亲爱的爱德华!"

"到我身边来——完完全全过来。"他说,把他的脸颊贴着我的脸颊,用深沉的语调对着我耳朵补充说,"使我幸福吧——我也会使你幸福。"

"上帝呀,宽恕我吧!"他不久又添了一句,"还有人呀,别干涉我,我得到了她,我要紧紧抓住她。"

"没有人会干涉,先生。我没有亲人来干预。"

"不——那再好不过了。"他说。要是我不是那么爱他,我会认为他的腔调,他狂喜的表情有些粗野。但是我从离别的噩梦中醒来,被赐予天作之合,坐在他身旁,光想着啜饮源源而来的幸福的清泉。他一再问,"你幸福吗,简?"而我一再回答"是的"。随后他咕哝着,"会赎罪的,——会赎罪的。我不是发现她没有朋友,得不到抚慰,受到冷落吗?我不是会保护她,珍爱她,安慰她吗?我心里不是有爱,我的决心不是始终不变吗?那一切会在上帝的法庭上得到赎罪。我知道造物主会准许我的所作所为。至于世间的评判——我不去理睬。别人的意见——我断然拒绝。"

可是,夜晚发生什么变化了?月亮还没有下沉,我们已全湮没在阴影之中了。虽然主人离我近在咫尺,但我几乎看不清他的脸。七叶树受了什么病痛的折磨?它扭动着,呻吟着,狂风在月桂树小径咆哮,直向我们扑来。

"我们得进去了,"罗切斯特先生说。"天气变了。不然我可以同你坐到天明，简。”

“我也一样，”我想。也许我应该这么说出来，可是从我正仰望着的云层里，窜出了一道铅灰色的闪电，随后是喀啦啦一声霹雳和近处的一阵隆隆声。我只想把自己发花的眼睛贴在罗切斯特先生的肩膀上。大雨倾盆而下，他催我踏上小径，穿过庭园，进屋子去。但是我们还没跨进门槛就已经湿淋淋了。在厅里他取下了我的披肩，把水滴从我散了的头发中摇下来，正在这时，费尔法克斯太太从她房间里出来了。起初我没有觉察，罗切斯特先生也没有。灯亮着，时钟正敲十二点。

“快把湿衣服脱掉，”他说，“临走之前，说一声晚安——晚安，我的宝贝！”

他吻了我，吻了又吻。我离开他怀抱抬起头来一看，只见那位寡妇站在那儿，脸色苍白，神情严肃而惊讶。我只朝她微微一笑，便跑上楼去了。“下次再解释也行，”我想。但是到了房间里，想起她一时会对看到的情况产生误解，心里便感到一阵痛楚。然而喜悦抹去了一切其他感情。尽管在两小时的暴风雨中，狂风大作，雷声隆隆，电光闪闪，暴雨如注，我并不害怕，并不畏惧。这中间罗切斯特先生三次上门，问我是否平安无事。这无论如何给了我安慰和力量。

早晨我还没起床，小阿黛列就跑来告诉我，果园尽头的大七叶树夜里遭了雷击，被劈去了一半。

《呼啸山庄》[①]精彩段落欣赏

那天晚上之后,有好几天,希斯克利夫先生避免在吃饭时候遇见我们;但是他不愿意正式地承认不想要哈里顿和凯蒂在场。他厌恶自己完全屈从于自己的感情,宁可自己不来;

而且在二十四小时内吃一顿饭在他似乎是足够了。

一天夜里,家里人全都睡了,我听见他下楼,出了前门。我没有听见他再进来,到了早上我发现他还是没回来。那时正是在四月里,天气温和悦人,青草被雨水和阳光滋养得要多绿有多绿,靠南墙的两棵矮苹果树正在盛开时节。早饭后,凯瑟琳坚持要我搬出一把椅子带着我的活计,坐在这房子尽头的枞树底下,她又引诱那早已把他的不幸之事丢开的哈里顿给她挖掘并布置她的小花园,这小花园,受了约瑟夫诉苦的影响,已经移到那个角落里去了。我正在尽情享受四周的春天的香气和头顶上那美丽的淡淡的蓝天,这时我的小姐,她原是跑到大门去采集些樱草根围花圃的,只带了一半就回来了,并且告诉我们希斯克利夫先生进来了。"他还跟我说话来着,"她又说,带着迷惑不解的神情。

"他说什么?"哈里顿问。

"他告诉我尽可能赶快走开,"她回答。"可是他看来和平常的样子太不同了,我就盯了他一会。"

"怎么不同?"他问。

"唉,几乎是兴高采烈,挺开心的。不,几乎没有什么——非常兴奋,急切,而且高高兴兴的!"

"那么是夜间的散步使他开心啦,"我说,做出不介意的神气。其实我和她一样地惊奇,并且很想去证实她所说的事实,因为并不是每天都可以看见主人高兴的神色的。我编造了一个借口走过去了。希斯克利夫站在门口。他的脸是苍白的,而且他在发抖,可是,确实在他眼里有一种奇异的欢乐的光辉,使他整个面容都改了样。

"你要吃点早餐吗?"我说。"你荡了一整夜,一定饿了!"

我想知道他到哪里去了,可是我不愿直接问。

"不,我不饿,"他回答,掉过他的头,说得简直有点轻蔑的样子,好像他猜出我是在想推测他的兴致的缘由。

我觉得很惶惑。我不知道现在是不是奉献忠告的合适机会。

"我认为在门外闲荡,而不去睡觉,是不对的。"我说,"无论怎么样,在这个潮湿的季度里,这是不聪明的。我敢说你一定要受凉,或者发烧:你现在就有点不大

---

① 艾米莉·勃朗特著,宋兆霖译.《呼啸山庄》[M].上海:上海文艺出版社,2007.

对了!”

“我什么都受得了,”他回答,“而且以极大的愉快来承受,只要你让我一个人呆着:进去吧,不要打搅我。”

我服从了;在我走过他身边时,我注意到他呼吸快得像只猫一样。

“是的,”我自己想着:“要有场大病了。我想不出他刚刚作了什么事。”

那天中午他坐下来和我们一块吃饭,而且从我手里接过一个堆得满满的盘子,好像他打算补偿先前的绝食似的。

“我没受凉,也没发烧,耐莉。”他说,指的是我早上说的话,“你给我这些吃的,我得领情。”

他拿起他的刀叉,正要开始吃,忽然又转念了。他把刀叉放在桌上,对着窗子热切地望着,然后站起来出去了。我们吃完饭,还看见他在花园里走来走去,恩肖说他得去问问为什么不吃饭:他以为我们一定不知怎么让他难受了。

“喂,他来了吗?”当表哥回转来时,凯瑟琳叫道。

“没有,”他回答道,“可是他不是生气。他的确仿佛很少有这样高兴;倒是我对他说话说了两遍使他不耐烦了,然后他叫我到你这儿来;他奇怪我怎么还要找别人做伴。”

我把他的盘子放在炉栅上热着,过了一两个钟头,他又进来了,这时屋里人都出去了,他并没平静多少:在他黑眉毛下面仍然现出同样不自然的——的确是不自然的——欢乐的表情。还是血色全无,他的牙齿时不时地显示出一种微笑;他浑身发抖,不像是一个人冷得或衰弱得发抖,而是像一根拉紧了的弦在颤动——简直是一种强烈的震颤,而不是发抖了。

我想,我一定要问问这是怎么回事;不然谁该问呢?我就叫道:

“你听说了什么好消息,希斯克利夫先生?你望着像非常兴奋似的。”

“从哪里会有好消息送来给我呢?”他说。“我是饿得兴奋,好像又吃不下。”

“你的饭就在这儿”我回答,“你为什么不拿去吃呢?”

“现在我不要,”他急忙喃喃地说。“我要等到吃晚饭的时候,耐莉,就只这一次吧,我求你警告哈里顿和别人都躲开我。我只求没有人来搅我。我愿意自己待在这地方。”

“有什么新的理由要这样隔离呢?”我问。“告诉我你为什么这样古怪,希斯克利夫先生?你昨天夜里去哪儿啦?我不是出于无聊的好奇来问这话,可是——”

“你是出于非常无聊的好奇来问这话,”他插嘴,大笑一声。“可是,我要答复你的。昨天夜里我是在地狱的门槛上。今天,我望得见我的天堂了。我亲眼看到了,离开我不到三尺!现在你最好走开吧!如果你管住自己,不窥探的话,你不会看到或听到什么使你害怕的事。”

扫过炉台、擦过桌子之后,我走开了,更加惶惑不安了。

那天下午他没再离开屋子,也没人打搅他的孤独,直到八点钟时,虽然我没有被召唤,我以为该给他送去一支蜡烛和他的晚饭了。

他正靠着开着的窗台边,可并没有向外望;他的脸对着屋里的黑暗。炉火已经烧成灰烬;屋子里充满了阴天晚上的潮湿温和的空气;如此静,不只是吉默吞那边流水淙淙可以很清楚地听到,就连它的涟波潺潺,以及它冲过小石子上或穿过那些它不能淹没的大石头中间的汩汩声也听得见。我一看到那阴暗的炉子便发出一声不满意的惊叫,我开始关窗子,一扇一扇地关,直到我来到他靠着的那扇窗子跟前。

“要不要关上这扇?”我问,为的是要唤醒他,因为他一动也不动。

我说话时,烛光闪到他的面容上。啊,洛克乌德先生,我没法说出我一下子看到他时为何大吃一惊!那对深陷的黑眼睛!那种微笑和像死人一般的苍白,在我看来,那不是希斯克利夫先生,却是一个恶鬼;我吓得拿不住蜡烛,竟歪到墙上,屋里顿时黑了。

“好吧,关上吧,”他用平时的声音回答着,“哪,这纯粹是笨!你为什么把蜡烛横着拿呢?赶快再拿一支来。”

处于一种吓呆了的状态,匆匆忙忙跑出去,跟约瑟夫说——“主人要你给他拿支蜡烛,再把炉火生起来。”因为那时我自己再也不敢进去了。

约瑟夫在煤斗里装了些煤,进去了,可是他立刻又回来了,另一只手端着晚餐盘子,说是希斯克利夫先生要上床睡了,今晚不要吃什么了。我们听见他径直上楼;他没有去他平时睡的卧室,却转到有嵌板床的那间:我在前面提到过,那间卧室的窗子是宽得足够让任何人爬进爬出的,这使我忽然想到他打算再一次夜游,而不想让我们生疑。

“他是一个食尸鬼,还是一个吸血鬼呢?”我冥想着。我读过关于这类可怕的化身鬼怪的书。然后我又回想在他幼年时我曾怎样照顾他,守着他长成青年,几乎我这一辈子都是跟着他的,而现在我被这种恐怖之感所压倒是多荒谬的事啊。

“可是这个小黑东西,被一个好人庇护着,直到这个好人死去,他是从哪儿来的呢?”在我昏昏睡去的时候,迷信在咕哝着。我开始半醒半梦地想象他的父母该是怎样的人,这些想象使我自己很疲劳;而且,重回到我醒时的冥想,我把他充满悲惨遭遇的一生又追溯了一遍,最后,又想到他的去世和下葬,关于这一点,我只能记得,是为他墓碑上的刻字的事情特别烦恼,还去和看坟的人商议;因为他既没有姓,我们又说不出他的年龄,就只好刻上一个“希斯克利夫”。这梦应验了;我们就这样作的。如果你去墓园,你可以在他的墓碑上读到只有那个字,以及他的死期。

黎明使我恢复了常态。我才能瞅得见就起来了,到花园里去,想弄明白他窗下有没有足迹。没有。“他在家里,”我想,“今天他一定完全好了。”

我给全家预备早餐,这是我通常的惯例,可是告诉哈里顿和凯瑟琳不要等主人下来就先吃他们的早餐,因为他睡得迟。他们愿意在户外树下吃,我就给他们安排了一张小桌子。

我再进来时，发现希斯克利夫先生已在楼下了。他和约瑟夫正在谈着关于田地里的事情，他对于所讨论的事都给了清楚精确的指示，但是他说话很急促，总是不停地掉过头去，而且仍然有着同样兴奋的表情，甚至更比原来厉害些。当约瑟夫离开这间屋子时，他便坐在他平时坐的地方，我便把一杯咖啡放在他面前。他把杯子拿近些，然后把胳臂靠在桌子上，向对面墙上望着。据我猜想，是看一块固定的部分，用那闪烁不安的眼睛上上下下地看，而且带着这么强烈的兴趣，以至于他有半分钟都没喘气。

"好啦，"我叫，把面包推到他手边，"趁热吃点、喝点吧。等了快一个钟头了。"

他没理会到我，可是他在微笑着。我宁可看他咬牙也不愿看这样的笑。

"希斯克利夫先生！主人！"我叫，"看在上帝的面上，不要这么瞪着眼，好像是你看见了鬼似的。"

"看在上帝面上，不要这么大声叫。"他回答。"看看四周，告诉我，是不是只有我们俩在这儿？"

"当然，"这是我的回答，"当然只有我们俩。"

可是我还是身不由己地服从了他，好像是我也没有弄明白似的。他用手一推，在面前这些早餐什物之间清出一块空地方，更自在地向前倾着身子凝视着。

现在，我看出来他不是在望着墙；因为当我细看他时，真像是他在凝视着两码之内的一个什么东西。不论那是什么吧，显然它给予了极端强烈的欢乐与痛苦；至少他脸上那悲痛的，而又狂喜的表情使人有这样的想法。那幻想的东西也不是固定的；他的眼睛不倦地追寻着，甚至在跟我说话的时候，也从来不舍得移去。我提醒他说他很久没吃东西了，可也没用，即使他听了我的劝告而动弹一下去摸摸什么，即使他伸手去拿一块面包，他的手指在还没有摸到的时候就握紧了，而且就摆在桌上，忘记了它的目的。

我坐着，像一个有耐心的典范，想把他那全神贯注的注意力从它那一心一意的冥想中牵引出来；到后来他变烦躁了，站起来，问我为什么不肯让他一个人吃饭？又说下一次我用不着侍候：我可以把东西放下就走。说了这些话，他就离开屋子，慢慢地顺着花园小径走去，出了大门不见了。

间在焦虑不安中悄悄过去：又是一个晚上来到了。我直到很迟才去睡，可是当我睡下时，我又睡不着。他过了半夜才回来，却没有上床睡觉，而把自己关在楼下屋子里。我谛听着，翻来覆去，终于穿上衣服下了楼。躺在那儿是太烦神了，有一百种没根据的忧虑困扰着我的头脑。

我可以听到希斯克利夫先生的脚步不安定地在地板上踱着，他常常深深地出一声气，像是呻吟似的，打破了寂静。他也喃喃地吐着几个字；我听得出的只有凯瑟琳的名字，加上几声亲昵的或痛苦的呼喊。他说话时像是面对着一个人；声音低而真挚，是从他的心灵深处绞出来的。我没有勇气径直走进屋里，可是我又很想把他从他的梦幻中岔开,因此就去摆弄厨房里的火,搅动它,开始铲炭渣。这把他引出来了,比我所期望的还来得快些。他立刻开了门,说:

"耐莉,到这儿来——已经是早上了吗? 把你的蜡烛带进来。"

"打四点了,"我回答。"你需要带支蜡烛上楼去,你可以在这火上点着一支。"

"不,我不愿意上楼去,"他说。"进来,给我生起炉火,就收拾这间屋子吧。"

"我可得先把这堆煤煽红,才能去取煤。"我回答,搬了一把椅子和一个风箱。

时,他来回走着,那样子像是快要精神错乱了;他的接连不断的重重地叹气,一声连着一声,十分急促,仿佛没有正常呼吸的余地了。

"等天亮时我要请格林来,"他说,"在我还能想这些事情,能平静地安排的时候,我想问他一些关于法律的事。我还没有写下我的遗嘱;怎样处理我的产业我也不能决定。我愿我能把它从地面上毁灭掉。"

"我可不愿谈这些,希斯克利夫先生,"我插嘴说,"先把你的遗嘱摆一摆;你还要省下时间来追悔你所做的许多不公道的事哩! 我从来没料到你的神经会错乱;可是,在目前,它可错乱得叫人奇怪;而且几乎是完全由于你自己的错。照你这三天所过的生活方式,连泰坦也会病倒的。吃点东西,休息一下吧。你只要照照镜子,就知道你多需要这些了。你的两颊陷下去了,你的眼睛充血,像是一个人饿得要死,而且由于失眠都快要瞎啦。"

"我不能吃、不能睡,可不能怪我,"他回答。"我跟你担保这不是有意要这样。只要我一旦能做到的话,我就要又吃又睡。可是你能叫一个在水里挣扎的人在离岸只有一臂之远的时候休息一下吗! 我必须先到达,然后我才休息。好吧,不要管格林先生:至于追悔我作的不公道的事,我并没有作过,我也没有追悔的必要。我太快乐了;可是我还不够快乐。我灵魂的喜悦杀死了我的躯体,但是并没有满足它本身。"

"快乐,主人?"我叫。"奇怪的快乐! 如果你能听我说而不生气,我可以奉劝你几句使你比较快乐些。"

"是什么?"他问,"说吧。"

"你是知道的,希斯克利夫先生,"我说,"从你十三岁起,你就过着一种自私的非基督徒的生活;大概在那整个的时期中你手里简直没有拿过一本圣经。你一定忘记这圣书的内容了,而你现在也许没工夫去查。可不可以去请个人——任何教会的牧师,那没有什么关系——来解释解释这圣书,告诉你,你在歧途上走多远了;还有,你多不适宜进天堂,除非在你死前来个变化,这样难道会有害吗?"

"我并不生气,反而很感激,耐莉,"他说,"因为你提醒了我关于我所愿望的埋葬方式。要在晚上运到礼拜堂的墓园。如果你们愿意,你和哈里顿可以陪我去:特别要记住,注意教堂司事要遵照我关于两个棺木的指示! 不需要牧师来;也不需要对我念叨些什么。——我告诉你我快要到达我的天堂了;别人的天堂在我是毫无价值的,我也不稀罕。"

“假如你坚持固执地绝食下去，就那样死了，他们拒绝把你埋葬在礼拜堂范围之内呢？”我说，听到他对神这样漠视大吃一惊。

“那你怎么样呢？”

“他们不会这样做的，”他回答，“万一他们真这样做，你们一定要秘密地把我搬去；如果你们不管，你们就会证明出实际上死者并不是完全灭亡！”

他一听到家里别人在走动了，就退避到他的屋里去，我也呼吸得自在些了。但是在下午，当约瑟夫和哈里顿正在干活时，他又来到厨房里，带着狂野的神情，叫我到大厅里来坐着：他要有个人陪他。我拒绝了；明白地告诉他，他那奇怪的谈话和态度让我害怕，我没有那份胆量，也没有那份心意来单独跟他做伴。

“我相信你认为我是个恶魔吧，”他说，带着他凄惨的笑，“像是一个太可怕的东西，不合适在一个体面的家里过下去吧。”然后他转身对凯瑟琳半讥笑地说着。凯瑟琳正好在那里，他一进来，她就躲在我的背后了，——“你肯过来吗，小宝贝儿？我不会伤害你的。不！对你我已经把自己变得比魔鬼还坏了。好吧，有一个人不怕陪我！天呀！她是残酷的。啊，该死的！这对于有血有肉的人是太难堪啦——连我都受不了啦！”

他央求不要有人来陪他。黄昏时候他到卧室里去了。一整夜，直到早上我们听见他呻吟自语。哈里顿极想进去；但我叫他去请肯尼兹先生，他应该进去看看他。

等他来时，我请求进去，想试试开开门，我发现门锁上了；希斯克利夫叫我们滚。他好些了，愿一个人待着；因此医生又走了。

当晚下大雨。可真是，倾盆大雨一直下到天亮。在我清晨绕屋散步时，我看到主人的窗子开着摆来摆去，雨都直接打进去了。我想，他不在床上：这场大雨要把他淋透了。他一定不是起来了就是出去了。但我也不要再胡乱猜测了，我要大胆地进去看看。

我用另一把钥匙开了门，进去之后，我就跑去打开板壁，因为那卧室是空的；我很快地把板壁推开，偷偷一看，希斯克利夫先生在那儿——仰卧着。他的眼睛那么锐利又凶狠地望着我，我大吃一惊；跟着仿佛他又微笑了。

我不能认为他是死了：可他的脸和喉咙都被雨水冲洗着；床单也在滴水，而他动也不动。窗子来回地撞，擦着放在窗台上的一只手；破皮的地方没有血流出来，我用我的手指一摸，我不能再怀疑了；他死了而且僵了！

我扣上窗子；我把他前额上长长的黑发梳梳；我想合上他的眼睛，因为如果可能的话，我是想在任何别人来看前消灭那种可怕的，像活人似的狂喜的凝视。眼睛合不上；它们像是嘲笑我的企图；他那分开的嘴唇和鲜明的白牙齿也在嘲笑！我又感到一阵胆怯，就大叫约瑟夫。约瑟夫拖拖拉拉地上来，叫了一声，却坚决地拒绝管闲事。

“魔鬼把他的魂抓去啦，”他叫，“还可以把他的尸体拿去，我可不在乎！唉！

他是多坏的一个人啊,对死还龇牙咧嘴地笑!"这老罪人也讥嘲地龇牙咧嘴地笑着。

我以为他还打算要围绕着床大跳一阵呢;可是他忽然镇定下来,跪下来,举起他的手,感谢上天使合法的主人与古老的世家又恢复了他们的权利。

可怕的事件使我昏了头:我不可避免地怀着一种压抑的悲哀回忆起往日。但是可怜的哈里顿,虽是最受委屈的,却也是唯一真正十分难受的人。他整夜坐在尸体旁边,真挚地苦苦悲泣。他握住它的手,吻那张人人都不敢注视的讥讽的、残暴的脸。他以那种从一颗慷慨宽容的心里很自然地流露出来的强烈悲痛来哀悼他,虽然那颗心是像钢一样地顽强。

肯尼兹先生对于主人死于什么病不知该怎样宣布才好。我把他四天没吃东西的事实隐瞒起来了,生怕会引起麻烦来,可我也确信他不是故意绝食;那是他的奇怪的病的结果,不是原因。

我们依着他愿望的那样把他埋葬了,四邻都认为是怪事。恩肖和我、教堂司事,和另外六个人一起抬棺木,这便是送殡全体。那六个人在他们把棺木放到坟穴里后就离去了。我们留在那儿看它掩埋好。哈里顿泪流满面,亲自掘着绿草泥铺在那棕色的坟堆上。目前这个坟已像其他坟一样地光滑青绿了——我希望这坟里的人也安睡得同样踏实。但是如果你问起乡里的人们,他们就会手按着圣经起誓说他还在走来走去:有些人说见过他在教堂附近,在旷野里,甚至在这所房子里。你会说这是无稽之谈,我也这么说。可是厨房火边的那个老头子肯定说,自从他死后每逢下雨的夜晚,他就看见他们两个从他的卧室窗口向外望:——大约一个月之前我也遇见一件怪事。有天晚上我正到田庄去——一个乌黑的晚上,快要有雷雨了——就在山庄转弯的地方,我遇见一个小男孩子,他前面有一只羊和两只羊羔。他哭得很厉害,我以为是羊羔撒野,不听他话。"怎么回事,我的小人儿?"我问。

"希斯克利夫和一个女人在那边,在山岩底下,"他哭着,"我不敢走过。"

我什么也没看见,可是他和羊都不肯往前走;因此我就叫他从下面那条路绕过去,他也许是在他独自经过旷野时,想起他所听过的他父母和同伴们老是说起那些无稽之谈就幻想出鬼怪来。但现在我也不愿在天黑时出去了,我也不愿一个人留在这阴惨惨的房子里。我没办法。等他们离开这儿搬到田庄去时我就高兴了。

"那么,他们是要到田庄去啦?"我说。

"是的,"丁太太回答,"他们一结过婚就去,是在新年那天。"

"那么谁住在这里呢?"

"哪,约瑟夫照料这房子,也许,再找个小伙子跟他做伴。他们将要住在厨房里,其余的房间都锁起来。"

"鬼可以利用它住下来吧?"我说。

“不，洛克乌德先生，”耐莉说，摇摇她的头。“我相信死者是太平了，可没有权利来轻贱他们。”

这时花园的门开了；遨游的人回来了。

“他们什么也不怕，”我咕噜着，从窗口望着他们走过来。

“两人在一起，他们可以勇敢地应付撒旦和它所有的军队的。”

他们踏上门阶，停下来对着月亮看最后一眼——或者，更确切地说，借着月光彼此对看着——我不由自主地又想躲开他们。我把一点纪念物按到丁太太手里，不顾她抗议我的莽撞，我就在他们开房门时，从厨房里溜掉了；要不是因为我幸亏在约瑟夫脚前丢下了一块钱，很好听的当了一下，使他认出我是个体面人，他一定会认为他的同伴真的在搞风流韵事哩。

因为我绕路到教堂去而延长了回家的路程。当我走到教堂的墙脚下，我看出，只不过七个月的工夫，它就已经显得益发朽坏了。不止一个窗子没有玻璃，显出黑洞洞来；屋顶右边的瓦片有好几块地方凸出来，等到秋天的风雨一来，就要渐渐地掉光了。

在靠旷野的斜坡上找那三块墓碑，不久就发现了：中间的一个是灰色的，一半埋在草里；埃德加－林惇的墓碑脚下才被草皮青苔覆盖；希斯克利夫的确还是光秃秃的。

我在那温和的天空下面，在这三块墓碑前流连！望着飞蛾在石南丛和兰铃花中扑飞，听着柔风在草间吹动，我纳闷有谁能想象得出在那平静的土地下面的长眠者竟会有并不平静的睡眠。

《苔丝》[①]精彩段落欣赏

苔丝把事情讲述完了；甚至连反复的申明和次要的解释也做完了。她讲话的声调，自始至终都同她开始讲述时的声调一样，几乎没有升高；她没有说一句辩解的话，也没有掉眼泪。

但是随着她的讲述，甚至连外界事物的面貌也似乎发生了变化。炉桥里的残火露出恶作剧的样子，变得凶恶可怖，仿佛一点儿也不关心苔丝的不幸。壁炉的栅栏懒洋洋的，也似乎对一切视而不见。从水瓶里发出来的亮光，只是一心在研究颜色的问题。周围一切物质的东西，都在可怕的反复申明，它们不负责任。但是自从他吻她的时候以来，什么也没有发生变化；或者不如说，一切事物在本质上都没有发生变化。但是一切事物在本质上又发生了变化。

她讲完过去的事情以后，他们从前卿卿我我的耳边印象，好像一起挤到了他们脑子中的一个角落里去了，那些印象的重现似乎只是他们盲目和愚蠢时期的余音。

克莱尔做一些毫不相干的事，拨了拨炉火；他听说的事甚至还没有完全进入到他的内心里去。他在拨了拨炉火的余烬以后，就站了起来；她自白的力量此刻发作了。他的脸显得憔悴苍老了。他想努力把心思集中起来，就在地板上胡乱地来回走着。无论他怎样努力，他也不能够认真地思考了；所以这正是他盲目地来回走着的意思。当他说话的时候，苔丝听出来，他的最富于变化的声音变成了最不适当和最平常的声音。

“苔丝！”

“哎，最亲爱的。”

“难道要我相信这些话吗？看你的态度，我又不能不把你的话当成真的。啊，你可不像发了疯呀！你说的话应该是一番疯话才对呀！可是你实在正常得很……我的妻子，我的苔丝——你就不能证明你说的那些话是发了疯吗？”

“我并没有发疯！”她说。

---

① 托马斯·哈代著，王忠祥，聂珍钊译.《德伯家的苔丝》[M].武汉：长江文艺出版社，2011.

《儿子与情人》[1]精彩段落欣赏

过去的“地狱街”被“河川区”取而代之，地狱街原是青山巷旁那条溪边的一片墙面凸凹不平的茅草屋，那里住的是在两个区以外小矿井里工作的矿工们。小溪从赤杨树下流过，还没有受到这些小矿井的污染。矿井的煤是使用毛驴吃力地拉着吊车拉上地面的。乡村里到处都是这种矿井，有些矿井在查理二世时期就开始采掘了。为数不多的几个矿工和毛驴像蚂蚁似的在地下打洞，在小麦地和草地上弄出奇形怪状的土堆，地面上涂成一块块的黑色。矿工们的茅屋成片成行到处都是，再加上分布在教区里的零星的庄园和织袜工人的住房，这就形成了贝斯伍德村。

大约六十年前，这里突然发生了变化。小矿井被金融家的大煤矿所排挤。后来，在诺丁汉郡和德贝郡都发现了煤矿和铁矿，便出现了卡斯特——魏特公司。帕尔莫斯勋爵在一片欢呼中，正式为本公司坐落在深坞森林公园旁边的第一家煤矿的开张剪了彩。

大概就在这个时候，臭名昭著的地狱街被烧了个精光，连大堆的垃圾也化为灰烬。

卡斯特——魏特公司吉星高照，从赛尔贝到纳塔尔河谷开采出一个又一个的新矿，不久这里就有六个新矿。一条铁路从纳塔尔开始，穿越森林中高高的砂岩，经过破落了的卡尔特会修道院、罗宾汉泉和斯宾尼公园，到达米恩顿矿，一个坐落在小麦田里的大矿。铁路从米恩顿穿过谷地到达本克尔煤山，然后向北通往可以俯瞰克瑞斯和德贝郡群山的贝加利和赛尔贝。这六个矿就如六枚黑色的钉子镶嵌在田野上，由一条弯弯曲曲的细链子般的铁路串成一串。

为了安置大批矿工，卡斯特——魏特公司盖起了居民区，一个个大大的四合院在贝斯伍德山脚下出现。后来，又在河川的地狱街上，建起了河川区。

河川区包皮括六幢矿区住宅，分成两排，就像六点骨牌似的，每幢有十二间房子。

这两排住宅坐落在贝斯伍德那陡峭的山坡脚下，从阁楼窗口望去，正对着通往赛贝尔的那座平缓的山坡。

这些房子构造坚固、相当大方。靠近谷底的一排房子的背面种着樱草和虎耳草，上面一排房子的阳面种着美洲石竹，窗前的小门厅、阁楼上的天窗收拾得干干净净，小水蜡篱笆修剪得整整齐齐。但是，这只是外表，是矿工的家眷们收拾干净不住人的客厅的景象，卧室和厨房都在房屋的后面，对着另一排房子的背面能看到的只是一片杂乱的后院和垃圾堆。在两排房屋中间，在两行垃圾堆中间，有一

---

① 戴维·赫伯特·劳伦斯著，王巧俐译.《儿子与情人》[M].武汉：长江文艺出版社，2009.

条小巷是孩子们玩耍,女人们聊天,男人们抽烟的场所。因此,在河川区,尽管那房子盖得不错,看起来也很漂亮,可实际生活条件却非常恶劣,因为人们生活不能没有厨房,但厨房面对的却是塞满垃圾的小巷。

莫瑞尔太太并不急着要搬到河川区,她从贝斯伍德搬到山下这间房子时,这间房已经盖了十二年了,而且开始逐渐败落。然而她不得不搬下来。她住在上面一排房子的最后一间,因此只有一家邻居,屋子的一边比邻居多了一个长条形花园。住在这头上的一间,她仿佛比那些住在"中间"房子里的女人多了一种贵族气派,因为她每星期得付五先令六便士房租,而其他却付五先令。不过,这种超人一等的优越感对莫瑞尔太太来说,安慰不大。

莫瑞尔太太三十一岁,结婚已经八年了。她身体玲珑气质柔弱,但举止果断。

然而她和河川区的女人们第一次接触时,不由得有一点胆怯。她七月从山上搬下来,大约九月就怀了第三个孩子。

她的丈夫是个矿工。他们搬到新屋才三个星期就逢着每年一度的假日。她知道,莫瑞尔肯定会尽情欢度这个假日的。集市开始那天是个星期一,他一大早就出了门。

两个孩子,威廉,这个七岁的男孩,吃完早饭就立即溜出家逛集市去了,撇下只有五岁的安妮哭闹了一早晨,她也想跟着去。莫瑞尔太太在干活,她还和邻居不太熟,不知道应该把小姑娘托付给谁,因此,只好答应安妮吃了午饭带她去集市。

威廉十二点半才回家,他是个非常好动的男孩,金色的头发,满脸雀斑,带几分丹麦人或挪威人的气质。

"妈妈,我可以吃饭了吗?"他戴着帽子冲进屋,喊道:"别人说,一点半集市就开始了。"

"饭一做好你就可以吃了。"妈妈笑着回答。

"饭还没好吗?"他嚷道,一双蓝眼睛气冲冲地瞪着她,"我就要错过时间了。"

"误不了。五分钟就好,现在才十二点半。"

"他们就要开始了。"这个孩子半哭半叫着。

"他们开场就要你的命啦,"母亲说,"再说,现在才十二点半,你还有整整一个小时。"

小男孩急急忙忙摆好桌子,三个人立即坐下。他们正吃着果酱布了,突然这孩子跳下椅子,愣愣地站在那儿,远处传来了旋转木马开动声和喇叭声,他横眉冷眼地瞪着母亲。

"我早就告诉你了。"说着他奔向碗柜,一把抓起帽子。

"拿着你的布丁——现在才一点过五分,你弄错了——你还没拿你的两便士钱呢。"母亲连声喊着。

男孩极为失望地转过身来,拿了两便士钱一声不吭地走了。

“我要去,我要去。”安妮边说边哭了起来。

“好,你去,你这个哭个不停地小傻瓜!”母亲说。下午,莫瑞尔太太带着女儿,沿着高高的树篱疲倦地爬上山坡。田里的干草都堆了起来,麦茬田里牧放着牛群,处处是温暖平静的气氛。

莫瑞尔太太不喜欢赶集市。那里有两套木马:一套靠蒸汽发动,一套由小马拉着转。三架手风琴在演奏,夹杂着枪弹零星的射击声,卖椰子的小贩刺耳的尖叫声,投掷木人游戏的摊主的高声吆喝,以及摆西洋镜小摊的女人的招呼声。莫瑞尔太太看到自己的儿子站在西洋镜摊外面出神地看着,那西洋镜里正演着有名的华莱士狮子的画面,这只狮子曾经咬死一个黑人和两个白人。她没管他,自己去给安妮买了一些奶油糖。没多久,小男孩异常兴奋地来到妈妈跟前。

“你从没说过你要来——这儿是不是有很多好东西?——那只狮子咬死了三个人——我已经花光了我的两便士——看!”

他从口袋里掏出两只蛋形杯子,上面有粉红色蔷薇图案。

“我是从那个摊子上赢来的,他们在那儿打弹子游戏。我打了两回就得到了这两个杯子——半便士玩一回。看,杯子上有蔷薇花,我的这种。”

她知道他是为她选的。

“嘿!”她高兴地说,“真漂亮。”

母亲来逛集市,威廉喜出望外,他领着她四处游荡,东瞧西瞅。在看西洋景时,她把图片的内容像讲故事一样讲给他听,他听得都入了迷,缠着她不肯离去。他满怀着一个小男孩对母亲的自豪,一直意气昂扬地跟在她身边。她戴着小黑帽,披着斗篷,向她所认识的妇女微笑示意,没有人比她更像一位贵妇人了。她终于累了,对儿子说:“好了,你是现在就回去呢,还是再待会儿?”

“你这就要走啊?”他满脸不高兴地说道。

“这就走,现在都四点了。”

“你回去要干嘛呀?”他抱怨道。

“如果你不想回去,可以留下。”她说。

她带着她的小女儿慢慢地走了,儿子站在那里翘首看着她,既舍不得放母亲回去,又不愿离开集市。当她穿过星月酒馆门前的空地时听到男人们的叫喊声,闻到啤酒味儿,心想她丈夫可能在酒馆里,于是加快脚步走了。

六点半,威廉回来了,疲惫不堪,脸色苍白,多少还有几分沮丧情绪。他心里感到一丝莫名其妙的痛苦,因为他没陪母亲一起回家,她走了以后,他在集市上再没开心地玩过。

“我爸爸回家了吗?”他问。

“没有。”母亲回答。

“他在星月酒馆帮忙呢,我从窗子上那个黑铁皮洞里看到的,他的袖子卷得高高的。”

“嗯，”母亲简单的应了声，“他没钱，别人或多或少给他些钱，他就满足了。”

天开始暗下来，莫瑞尔太太没法做针线活了，她站起身走到门口，到处弥漫着欢快的节日气氛，这种气氛最终还是感染了她，她情不自禁地走到旁边的花园里。

女人们从集市上回来了，孩子们有的抱着一只绿腿的白羊羔，有的抱着一只木马。

偶尔，也有男人走过，手里拿满了东西。有时，也有好丈夫和全家人一起悠闲地走过，但通常是女人和孩子们走在一起。暮色更浓了，那些在家围着白围裙的主妇们，端着胳膊，站在小巷尽头聊天。

莫瑞尔太太形单影只，但她对此已经习惯了。她的儿子女儿都已在楼上睡了。

表面看来她的家稳固可靠，可是，一想到将要出世的孩子，她便深感不快。这个世界似乎是一个枯燥的地方，至少在威廉长大以前，她不会有别的期望。但是，对她自己来说，只能枯燥的忍耐下去——一直忍到孩子们长大。可是这么多的孩子！她养不起第三个孩子。她不想要这个孩子。当父亲的在酒馆里服务，自己醉醺醺的，她看不起他，可又跟他联系在一起。她接受不了这个即将来临的孩子，要不是为了威廉和安妮，她早就厌倦了这种贫穷、丑恶的庸俗的生活。

她走到宅前的花园里，觉得身子沉重得迈不开步，可在屋里又没法待下去。天气闷得让人喘不过气来。想想未来，展望前程，她觉得自己像是给人活埋了。

宅前的花园是由水蜡树围起来的小块方地。她站在那儿，尽力想把自己融入花香和即将逝去的美丽的暮色中。在园门对面，高高的树篱下面，是上山的台阶。两旁是割过草的草坡沉浸在霞光中。天色变化迅速，霞光转眼就在田野上消失，大地和树篱都沉浸在暮霭里。夜幕降临了，山顶亮起了一簇灯光，灯光处传来散集的喧嚷声。

树篱下那条黑暗的小路上，男人们跌跌撞撞地往家走。有一个小伙子从山头陡坡上冲下来，“嘭”跌倒在石阶上，莫瑞尔太太打了个寒噤。小伙子骂骂咧咧地爬起来，样子可怜兮兮的，好像石阶是故意伤害他。

莫瑞尔太太折身回屋，心里不知道这样的生活能否有变化。但她现在已经认识到这是不会改变的，她觉得她似乎离她的少女时代已经很远很远了，她简直不敢相信如今这个迈着沉重的步伐在河川区后园的女人，就是十年前在希尔尼斯大堤上脚步轻快的那位少女。

“这儿和我有什么关系呢？”她自言自语“这儿的一切都和我有何相干呢？甚至这个即将来世的孩子和我又有何瓜葛呢？反正，没人来体贴我。”

有时，生活支配一个人，支配一个人的身躯，完成一个人的历程，然而这不是真正的生活，生活是任人自生自灭。

“我等待”莫瑞尔太太喃喃自语——“我等啊等，可我等待的东西永远不会来。”

《瑞普·凡·温克尔》[1]精彩段落欣赏

瑞普听到他的家乡和老朋友这些悲惨的变化，发觉只有自己一个人孤孤单单地留在世界上，心都碎了。同时，他们回答的那些话，句句都使他莫名其妙，因为他们一提到经过的时间，都是这么久，所讲的事情也都是他无法理解的：战争——国会——斯东尼角；他再也没有勇气打听另外的那些朋友了，只得绝望地喊道："难道这儿没有人知道瑞普·凡·温克尔了吗？"

"啊！瑞普·凡·温克尔！"有两三个人叫道，"那还有谁不知道！瞧那边，靠着那棵树的就是瑞普·凡·温克尔。"

瑞普向那边一望，看见一个和他自己上山时长得一模一样的人；神气也是那么懒散，身上当然也是同样的褴褛。可怜的瑞普现在完全搞糊涂了。他甚至对自己也有点怀疑了：不知道他究竟是瑞普呢，还是另外变了一个人。正在他觉得糊里糊涂的时候，那个戴三角帽的人又来问他是谁，叫什么名字？

"天知道，"他不知所措地叫道，"我已经不是我自己了——我成了另外一个人——站在那边的那个人才是我——不——那是披着我的皮的另外一个人——昨天晚上我还是我自己，可是我在山上睡着了，他们把我的枪换了，于是一切都变了，连我自己也变了，现在我不能说我叫什么名字，或者我到底是谁！"

这时，看热闹的人一个个你望着我，我望着你，点着头，彼此会意地交换着眼色，用指头轻轻敲着自己的额角。接着，他们又悄悄地议论起来，打算把他的枪夺下，免得这个老家伙闹出乱子来。那个戴三角帽的、妄自尊大的人一听到这种风声，就匆匆溜掉。正在这紧要关头，一个年轻美丽的女人从人群中挤出来，也想看看这个白胡子老头儿。她手里抱着一个脸蛋胖胖的孩子，那孩子一看见瑞普的模样，就哭起来了。"别哭，瑞普，"她叫道，"别哭，你这个小傻瓜；这个老头子不会伤害你的。"孩子的名字，母亲的神态，以及她说话的腔调，这一切在他脑子里引起了一大串回忆。"你叫什么名字，我的好大嫂？"他问道。

"裘狄斯·茄尔顿妮尔。"

"你父亲的名字呢？"

"唉，可怜的人，他名叫瑞普·凡·温克尔，可是，自从他带着他的猎枪出门，已经20年了，一直没有听到他的消息——他的狗却独自回来了，不过他到底是用枪自杀，还是被印第安人捉去了，谁也不知道。那时候，我不过是一个小姑娘呢。"

---

① 华盛顿·欧文著，冷杉，杨立新译.《睡谷的传说；瑞普·凡·温克尔》[M].合肥：安徽人民出版社，2013.

《睡谷的传说》[1]精彩段落欣赏

在哈德逊河东岸有一个小集镇，通常被人们叫作塔里敦。离这个小镇不远，大约两里左右的高山中有一个小山谷。这里是世界上最寂静的地方之一。一条小溪穿流而过，潺潺的溪流声使人昏昏欲睡，只有偶尔小鸟的鸣叫声才打破了山谷的宁静。

我记得，当时是一个小伙子我第一次的辉煌业绩是在遮蔽了半个山谷的大胡桃树林中捕获了几只松鼠。那是一个周日的中午我溜达进了山谷，当时万籁俱寂，响亮的枪声打破了周围的宁静，在山谷久久地回荡。我想要是想逃避尘世的烦恼，安安静静虚度此生，再没有比这小山谷更理想的地方了。

这个山谷的名字由此地的永不宁静产生，来自那些住在那里像他们荷兰祖先曾有的特点。这个山谷因此得名"睡谷"，并且这里的农夫被邻村的人叫作"睡谷人"。一个沉睡的、梦魇般的东西似乎无处不在，无时不有。有人说一个医生曾在荷兰人统治时在那里要过魔术，其他人断言，有一个印第安老酋长精通魔术，曾在得里克.哈得逊船长发现之前控制着这个地区……

不管怎么说，这个地方始终总有一种魔力占据着人们的头脑，使他们行走好像总在睡梦中。他们倾心信奉稀奇古怪的东西。他们常常能看见奇异的光并能听到在空中有音乐和说话的声音。

在这个地区所提到的幽灵中最神奇的那个好像成了这里一切的统治者。在睡谷的人们看来，那幽灵的形状像是骑在马上的一个人——一个无头的家伙。有人说那是在革命战争中被枪打掉了脑袋的士兵的鬼魂。

① 华盛顿·欧文著，冷杉，杨立新译.《睡谷的传说；瑞普·凡·温克尔》[M].合肥：安徽人民出版社，2013.

《汤姆叔叔的小屋》[①]精彩段落欣赏

2月的一天黄昏,在肯塔基州城的一间阵设讲究的屋子里,两个男人正在对坐饮酒。主人是庄园主谢尔比先生,另一人是奴隶贩子黑利。谢尔比善良、温和,对奴隶非常仁慈,但因他做投机生意亏了本,借据落到了黑利手中,所以不得不接受黑利的条件,把两个黑奴卖给他,要不然就得卖掉所有的产业。被黑利看中的两个黑奴,一个就是诚实、能干、受人敬重的汤姆叔叔,另一个是谢尔比太太的侍女、混血女人伊拉莎的独生子哈里。哈里只有5岁,聪明、伶俐,满头卷发,能歌善舞。尽管谢尔比不忍心眼见孩子同他母亲骨肉分离,但奴隶贩子黑利却坚持要把这个孩子添上。

汤姆叔叔的小木屋紧靠着主人的大院,木屋前的菜圃里种满了蔬菜和瓜果。晚上,克洛依婶婶一从厨房下班回来,就忙着给汤姆备办晚饭,喂养孩子。13岁的乔治少爷照例在石板上写写画画,当汤姆的小先生,教认字。木屋里充满了一片温情,谁能料到离别的噩讯马上就要传来呢。

这天半夜,天寒地冻,星月无光,伊拉莎偶然偷听到主人和夫人正争论关于买卖汤姆和乔治的事,温柔美丽的她决定带着儿子逃走,并且来向汤姆报信。这时汤姆一家正躺在被窝里睡得酣熟,听见有人轻轻地叩响了窗户。汤姆打开门,知道了一切,汤姆听得目瞪口呆,克洛伊婶婶更是悲愤万分,她劝汤姆同伊拉莎一道逃走。可是,汤姆叔叔想到,如果他一逃走,别的奴隶就会遭到被卖的命运,主人也要丧失所有的产业。他决定留下来,宁愿自己忍受一切痛苦。

伊拉莎独自带着儿子走了。她抱着小哈里,踏着正在融化的浮冰,拼命赶路,逃到河边,只要越过了河,就算逃脱了黑利的追捕。可这时河面刚解冻不久,根本没有渡船。眼看着追捕者就要到身边,她抱紧儿子不顾一切地跳上河中漂浮的冰块,并不停留的从一块又一块的浮块上跳过去,奇迹般地跳到对岸,岸上的人都为她的壮举大惊失色。在好心人的帮助下,她们母子到了一个保护奴隶的村庄。就在这不久,伊拉莎的丈夫也巧妙得装扮成西班牙贵公子逃走了。巧合的是,他也逃到妻子所在的村庄,与家人团聚了,他们决定抗争到底,在别人的帮助下,逃到了加拿大,成为了自由人。小乔治后来留学法国,学成后去了非洲,要努力建设一个非洲人自己的国家。

可汤姆却被奴隶贩子扣上沉重的脚镣,塞进了马车。一艘满载货物的轮船在密西西比河上航行,汤姆和别的奴隶都被赶在甲板上,胡乱地挤坐在一包包棉花中间,奴隶贩子要把他们卖到下游的种植园去。由于汤姆的忍耐和沉静,黑利渐渐对他放了心,汤姆可以在船上走动走动了。他总是安静而乐于助人,常常给船上的工人做帮手,无事可干时就坐在棉花包中间读《圣经》。船上的人对他都有好感。

① 斯托夫人著,林玉鹏译.《汤姆叔叔的小屋》[M].南京:译林出版社,2010.

《白鲸》①精彩段落欣赏

叫我以实玛利吧。几年以前——别管它究竟是多少年——我口袋里没有几个钱，或者说根本就没有什么钱，岸上又没有什么特别让我感兴趣的事，我想还不如到海上去散散心，去看看水上世界来。这是我消愁解闷、调节血液循环的一种方式。每逢我发现自己终日撅着个嘴，每逢我觉得自己的心情像是阴雨潮湿的十一月天，每逢我发现自己不由自主地驻足在棺材店门前，或者碰上哪家出殡就跟在后面，特别是当我的忧郁症压得我喘不过气来，非得有很强的自我约束力才不致特意走到街上去不假思索地把人家的帽子一顶一顶打下来时——这时，我认为是非得尽快到海上去不可了。出海总比照自己的脑袋来一枪强。伽图拔剑一抹，冷静地结果了自己；我却不事张扬地上了船。这并没有什么可奇怪的。人们只不过不知道罢了，其实差不多所有的人，迟早都会在不同程度上对海洋怀有跟我非常近似的感情的。

为什么去捕鲸？

主要的动机就在于大鲸自身，它在我心头压倒了一切。这样一个可怕而又神秘的巨兽激起了我极大的好奇心……与大鲸联系在一起的无从诉说、难以形容的危险；再加上巴塔哥尼亚无尽的风光诱人的美，这一切都促使我向我的愿望一边倒。……我爱远航旁人不敢涉足的海洋，爱登上野蛮人居留的海岸。凡属美好的东西我不会视而不见；可怕的事物，我敏于察觉，而且善于与之相处……

身体和灵魂

我认为我们对生死问题的理解大错而特错。我认为人们此时此地称之为我的影子的正是我真正的本体。我认为，在看待精神方面的事物上，我们实在太像在水中观察太阳的牡蛎，把浑浊的水当成了稀薄的空气。我认为我的躯壳只不过是我真正的本体之残渣。谁要我的躯壳，尽管拿去好了，实际上，那不是我。所以还是为南塔开特之行三呼万岁吧；船破也好，身亡也好，我都不在意，因为我的灵魂，就是朱庇特亲自动手，也不能损其分毫。

① 赫尔曼·梅尔维尔著，晓牧译.《白鲸》[M].上海：百花洲文艺出版社，2014.

《王子与贫儿》[1]精彩段落欣赏

十三年的岁月过去了，王子爱德华和出生于贫苦之家的贫儿汤姆都已长成可爱的少年了。让我们先看看汤姆吧！

“喂，要讨多一点儿回来哟！如果偷懒的话，我是不会饶你的。”

汤姆从七八岁的时候，就被他的父亲这样逼迫着，每天沿街乞讨，到现在已经十三岁了，还是继续过着这种乞讨的生活。今年十五岁的两个孪生姐姐——贝蒂和南西以及母亲，也都每天被迫到街上去乞讨。讨到东西后，才敢回到那个像猪窝似的家里来，不然就会受到父亲的责骂。不过，她们对待汤姆都很温和慈爱，尤其母亲更是宠爱汤姆。

汤姆的父亲约翰，脾气暴躁，喜欢酗酒，终日无所事事，是一个无赖汉。由于贫穷的原因，使他不能畅所欲为，于是他稍一不顺心，就鞭打他的家人泄愤。他的妻子、儿女们每日所乞讨的钱，必须交给他管理，如果数量太少，他就先从汤姆臭骂起：

“哼，你这个懒鬼，讨这么一点点钱够什么用？好，今天晚上不准你吃饭。饿死你这个懒鬼！”

除了骂以外，还要拳打脚踢地毒打一顿；这时，如果汤姆的母亲和姐姐加以劝阻的话，连她们都会遭殃。

可怜的汤姆，时常辛辛苦苦地乞讨了一天，也讨不到什么东西，饿得头昏眼花，回来还要挨打，然后才饿着肚子，忍气吞声地去睡觉。但在半夜里，时常有人悄悄地把他摇醒。汤姆睁开眼睛一看，原来是母亲把讨来的面包，偷偷地塞在他的手里让他充饥。

虽然这样。汤姆却不怀恨父亲。

汤姆认为爸爸并不是坏人，坏就坏在酒上，爸爸不喝酒的时候还是很慈祥的。

每天早晨，汤姆总是很有精神地笑嘻嘻地出去工作，只要讨到相当的数目，估量不致惹起父亲的愤怒就回家来。在半路上，顺便再到老牧师安德鲁家里去看看书——这是他最高兴的事情。

这位老牧师也和贫民窟里的一般居民一样，非常贫穷。他孤身一人，体弱多病，不过，他却有很多书籍，每逢汤姆以及其他的小孩子到他家去玩的时候，他总是讲些有趣的故事给他们听，并且还热心地教他们读书写字，所以老牧师的家对汤姆而言，真是一所理想又免费的学校。

---

① 马克·吐温著，曹海英译.《王子与贫儿》[M].武汉：长江文艺出版社，2013.

《汤姆·索亚历险记》[①]精彩段落欣赏

一个在老远处注视着小巷子,另外一个看客栈的门。巷子里没人来往,进出客栈的人,没有那个西班牙人的影子。晚上好像不太黑。汤姆回家前和哈克约定,如果夜色不错,哈克就出来学猫叫,汤姆听到后就溜出去用钥匙试开门。可是那晚天色明亮,哈克12点左右结束望风,到空糖桶睡觉去了。星期二,两个孩子遭了同样的歹运,星期三也是如此。到星期四晚上,天气有起色。汤姆提着姨妈那只洋铁旧灯笼,拿了一条遮灯光的大毛巾,乘机溜出去。他把灯笼藏在哈克的糖桶里,开始望风。午夜前一小时,客栈关了门,连那仅有的灯光也熄灭了。西班牙人没露面,巷子里也没人走动,一切平安无事。夜色深深,万籁俱静,远处偶尔传来一两声雷声。

汤姆拿起灯笼,在糖桶里点亮后用毛巾将它紧紧围住。夜幕中两个探险者蹑手蹑脚朝客栈走去。哈克放哨,汤姆摸着进了巷子。好一阵工夫,哈克焦急地等待着,心头好像压着座大山那样沉重。他希望能看到灯笼闪一下光,这虽然让他害怕,但它至少说明他还活着。汤姆好像走了有好几个小时似的。他一定是昏过去了,要么就是死了,或许因害怕和兴奋,心脏炸裂了。不安中,哈克已不知不觉地接近那条小巷,心里诚惶诚恐,时刻准备着意外不测的降临,一下子把他吓得憋过气去。事实上他已没有多少气了,他现在只能一点一点呼吸,这样下去不久就会心力衰竭。突然灯光一闪,只见汤姆狂奔着从他身边跑过。

"快逃!"他说,"快逃命!"

他不必再重说,一遍就够了,还没等汤姆再说下去,哈克的速度已达到每小时三四十里,他俩一口气跑到村头旧屠宰场的空木棚那里才停下来。他们刚到屋檐下,风暴就来了,接着大雨倾盆而下,汤姆一缓过气就说:

"哈克,真恐怖。我尽量轻地开门,试了两把钥匙,声音哗哗直响,吓得我气都喘不过来,钥匙也转不动了。后来,不知怎的我抓住门柄,结果门开了,门原来没上锁。我连忙跳进去,扯下灯笼上的毛巾,我的妈呀,我差点没被吓死。"

---

① 马克·吐温著,朱建迅译.《汤姆·索亚历险记》[M].南京:译林出版社,2010.

《哈克贝利·芬历险记》[①]精彩段落欣赏

第二天傍晚时分，我们在河心一个长满柳树的小沙洲停靠着。大河两岸各有一个村落。公爵和国王开始设计一个方案，好到镇上去施展一番。吉姆呢，他对公爵说，他希望能只去几个钟头，因为不然的话，他得整天捆绑在窝棚里，实在闷得慌。知道吧，我们每次留他一个人的时候，就得把他捆起来，不然的话，要是碰巧有人发现就只是他一个人，并没有捆绑着，他就会仿佛是个逃亡的黑奴似的，你知道吧。公爵就说，整天给捆绑着，这确实有点儿难受，他得想出一个法子来，免得受这个罪。

他这人绝顶聪明，公爵就是这号人，他一会儿就想出了一个法子。他把李尔王的服饰给吉姆打扮了起来——那是一件印花布长袍，一套白马尾做的假发和大胡子。他又取出了戏院里化装用的颜料，在吉姆的脸上、手上、耳朵上、颈子上，全都涂上了一层死气沉沉的蓝色，看上去仿佛一个人已经淹死了九天之久。那要不是从未见过的最怪异的模样才怪呢。接下来，公爵拿出来一小块木板，在上面写着：

有病的阿拉伯人——只要不是发疯的时候，与人无害。

他把木板钉在一根木桩上，这木桩就立在窝棚前面，离四五英尺光景，吉姆大为满意。他说，这比被捆绑住的时候，每天度日如年，一听到什么声响，就全身抖擞，要强一些。公爵对他说，不妨自由自在一些。要是有什么人来近处打扰，那就从窝棚跳将出来，装腔作势一番，并且像一头野兽那么吼叫一两声。依他看，这样一来，人家会溜之大吉，尽管让他一个人自由自在。这样的判断，理由倒很充分。假如是个平常人，不必等他吼出声来，就会撒腿便逃。因为啊，他那个模样，不光是像个死人，看起来比死人还要难看得多哩。

这两个流氓又想演出《王室异兽》那一套，因为这能捞到大钱。不过他们也认定不安全，因为时至今日，上游的消息传闻，也许已经一路传开了。他们一时间捣鼓不出最合适的妙计，因此临了公爵便说，暂时放一放，给他一两个钟头，让他再动动脑筋，看能不能针对这个阿肯色州的村落，搞点儿好主意出来。国王呢，他说他准备上另一个村子去，不过心中倒并无什么确定的计划，单靠上天帮忙，指引一个捞钱的路子——依我看，这意思是说，靠魔鬼帮忙吧。我们在上一站都从铺子里添置了一些衣服，国王这会儿便穿戴了起来。他还要我也穿起来。我自然就照办了。国王的打扮一身是黑色的。看起来果然颇有气派。我过去从没有想到过服装会把一个人变成另一个样子。啊，原来呢，他本像个脾气最乖僻的老流氓，可如今呢，但见他摘下崭新的白水獭皮帽子，一鞠躬，微微一笑，他那种又气派，又和

---

① 马克·吐温著，张万里译.《哈克贝里·芬历险记》[M].重庆:重庆出版社,2008.

善,又虔诚的神气,你准以为他刚从挪亚方舟里走出来,说不定他根本就是利未老头儿本人呢。吉姆把独木舟打扫干净了,我也把桨准备好了。大约在镇子上游三英里的一个滩嘴下面,正停靠着一只大轮——大轮停靠了好几个钟头了,正在装货。国王说:

“看看我这身打扮吧。依我看,最好说我是从上游圣·路易或者辛辛那提,或是别的什么大地方下来的。哈克贝里,往大轮那边划过去,我们要坐大轮到那个村子去。”

听到说要去搭大轮走一趟,我不用吩咐第二遍,便划到了离村子半英里路的岸边,然后沿着陡峭的河岸附近平静的水面上快划。不多一会儿,就遇见一位长相不错、涉世不深、年纪轻轻的乡巴佬。他坐在一根原木上,正擦着脸上的汗水,因为天气确实很热,并且他身旁 还有几件大行李包。“船头对着岸边靠”,国王说,我照着办了。“年轻人,要到哪里去啊?”

《螺丝在拧紧》①精彩段落欣赏

我没有跟着他过去，事情就这样结束了。我是个可怜的投降者，我意识到了这一点，却无力挽回。我只是坐在那里仔细回想我的小朋友刚刚讲的话，在我想明白后，我也有了缺席的借口……我羞于给我的学生们和其他做礼拜的人看到我迟到。我对自己说，最重要的是迈尔斯已经从我身上知道了什么，对他来说，证据就是刚才的尴尬情形。我已明了我担心什么：他可以利用我的担心来达到他的目的，就是得到更多自由。我所担心的是必须弄清楚他被学校开除这个让人难受的问题，因为这是恐怖所在。他叔叔和我一起来处理这些事情是个办法 ，严格地说，我应该希望这样。但我难以面对，我只能延宕时日，得过且过。我心烦意乱，迈尔斯仿佛就在旁边，他对我说："要么你终止我的监护人对我的学习的打扰，要么就不要希望我和你继续那样不自然地生活。"这个孩子突然说出这个想法，太不可思议了。

这一切阻止了我，我绕着教堂走来走去，犹豫着。我想我已深深地受伤害了，因此我无能为力，我不能进去坐在他的旁边。他会用胳膊挽着我，让我听他对我们谈话的评论。从他来的那一刻起，我就想躲开他，我在东边高高的窗户下停下来，听着祈祷的声音，我感到一阵冲动。我只要离开就可以轻易摆脱困境。这是我的机会，没有人阻止我，我可以放弃全部……转身离去。这只是个时间问题，稍事准备就可以走，因为主人去了教堂，仆人们都无事可做。简单地说，如果我离开，没人会责备我。如果我到晚饭时才回去会有多少时间？那要过两个小时，那时候……确切地说……我的小学生会天真地奇怪我的缺席。

"你在做什么，淘气鬼？到底为什么让我们如此担心……让我们心神不宁，你知道吗？……你在门口就抛下我们了吗？"当他们问到这些时，我无法面对这些问题，也无法面对他们虚伪可爱的眼睛，但这些就是我所必须要面对的一切。当我想到这样的后果时，我最后还是决定离开。

于是我走了，径直向教堂院中走去。我思虑重重，走了回去，好像当我到这里时，我就下定决心要逃离了。由于是星期日，我没遇到一个人，这让我感到庆幸。我想快速地离开，我会无声无息地走开。但我必须想办法如何回去。在大厅里，我心绪难平，在楼梯下，我忽然停在第一级台阶，我想起就是在这里，一个多月以前，在漆黑的夜里，我看到了那个可怕的女人。想到这里，慌乱中我向教室走去，在那里有些我自己的东西必须带走，我打开门再次去找，刹那间，我的眼前一晃，眼前的一切让我站立不稳。

正午清晰的光线下，我看到一个人就坐在我的桌子前。一开始我感到羞愧，

---

① 亨利·詹姆斯著，戴光年译.《螺丝在拧紧》[M].哈尔滨：哈尔滨出版社，2014.

因为女仆可能会留在家里打理，也许她看这间教室里我的笔、墨水和纸，出于好心来收拾。她的胳膊放在桌上休息，她的手疲惫地托着头。但我想到这里时，我注意到尽管我已进来了，她却纹丝不动。然后……她改变姿势表明了她的身份。她站了起来，并非因为听到我来了，而是带着一种难以形容的忧郁，站在我前面几米远处……可怕的前任家庭教师！无耻而悲惨，她站在我的面前。穿着夜一般黑的衣服，她憔悴的美、她无比的悲哀、她长久的注视，好像在说她有权坐在我的桌子前，就像我有权坐在她的桌子前一样。时间延续着，我感到一阵寒意，似乎我才是闯入者，这是个狂野的抗议。“你是个可怕的、可怜的女人！”我听到我发出的声音通过开着的门，响彻整个走廊和空空的房子。我恢复过来，房间里已经空无一人，我必须留下来。

《嘉莉妹妹》[①]精彩段落欣赏

接下来的两天,嘉莉沉浸在想入非非中。

她幻想着种种特权和享乐。要是她出身高贵人家,这些想法还切实际一些。在她的想象中,她那可怜巴巴的周薪4块半大洋已经大方潇洒地花了出去,为她买来了种种她想要的东西,种种她一眼看中的东西。真的,那几天夜里临上床前,当她坐在摇椅里愉快地看着下面灯火通明的大街时,这些还没到手的钱似乎已为未来的主人获取种种欢乐和种种女人想要的小玩意开辟了道路。"我会非常开心的,"她想道。

虽然嘉莉把一切可以买到的欢乐都想遍了,她姐姐敏妮一点也不知道她的这些想入非非。她忙着擦洗厨房里的木器和门窗,计算着星期天80美分的开销可以买些什么。那天嘉莉兴冲冲地回到家,因为初次成功而容光焕发。虽然很累,她很想聊聊那些现在感到很有趣的求职经过。可是敏妮只赞许地微微一笑,问她是不是在车费上要花掉一点钱。这是嘉莉没有想到的,不过这一点并没有长久地影响她的情绪。在她当时的心境下,当她模模糊糊算这笔钱的用途时,抽出一笔钱用在别的事情上,一点不让她感到总数有什么减少。她太高兴了。

汉生7点钟回到家时,脾气不太好——吃晚饭前他通常是这样的。他并没有说什么难听的话,但是当他在房间走动时,他板着一张脸,一言不发,他的神气流露出他的恶劣情绪。

他有一双心爱的黄色拖鞋。一到家,他就脱下那双结实的皮鞋,换上拖鞋。换鞋和洗脸是他晚饭前的唯一准备工作。他用普通的洗衣皂洗脸,一直洗到脸发出红光才罢手。然后他就拿起晚报,一声不响地看起来。

对于一个年轻人来说,这实在是一种不正常的性格。这使嘉莉的情绪也受到影响。其实他还影响了整个屋子的气氛。这种事往往都是这样的。在这种气氛里,他的妻子性格变得谨小慎微,处事圆活,竭力避免自讨没趣。嘉莉宣布找到了工作,才使他心情开朗了一点。

"这么说,你没有浪费一点时间,是吗?"他说着,脸上露出了一丝笑意。

"当然没有,"嘉莉用自豪的口气回答。

他又问了她一两个问题,就转过身去逗宝宝,直到在饭桌上敏妮提起来,他们才继续这个话题。

对工作的看法和将来的前途,嘉莉当然不会把她的想法降格到她姐姐、姐夫那些凡夫俗子的见解。

"那看起来是个大公司,"她在谈论中说道,"窗子用的是大块厚板玻璃,里面

---

① 西奥多·德莱塞著,裘柱常译.《嘉莉妹妹》[M].上海:上海译文出版社,2011.

有许多职员。我见的那人说,他们一直雇这么多人。"

"只要人家看你顺眼,"汉生插进来说,"现在要找份工作不是很难的。"敏妮受了嘉莉好兴致的影响,加上她丈夫今天居然也健谈起来,开始告诉嘉莉那些值得一看的景点——都是不用花钱就可以大饱眼福的东西。

"你一定要去看看密歇根大街。那里有许多豪华住宅,真是条漂亮的马路。"

"嗯,离这里不远,"敏妮回答。"在霍尔斯台街,就在附近。""我很想去那里看看。我今天走过霍尔斯台街了,是吗?"谈话到了这里略有停顿,没人立即回答她。思想真是一种会蔓延的奇怪东西。一听到她说起戏院,先是汉生的脑子里对这种花钱的玩意大不以为然,于是敏妮的脑子里也产生了同样的想法。感情的这种无声的微妙变化影响了饭桌上的气氛。

敏妮回答了一声"是的",但是嘉莉可以感觉到看戏这想法在这个家中是不受欢迎的。这话题就暂时撇下不谈了。直到汉生吃完晚饭,拿上报纸去前屋,她们才重新提起看戏的事。

《珍妮姑娘》[①]精彩段落欣赏

每当作为夏季精灵的斑鸠儿从远处发出柔婉呼声的时候,她总侧着脑袋倾听着,那声音的全部精髓就跟银色的水泡一般落进她自己那个伟大的心。见到太阳和暖而树荫中有它的光辉点缀着的地方,她常喜欢在那里惊叹那种图案,到那金色最浓的地面去散步,并用她本能的鉴赏力去巡行群树间的神圣走廊。色彩也不会不对她发生影响。傍晚时分充满着西天的那种奇异的光彩,常要感动并且轻松她的心。

"我真不晓得,"她有一次带着女孩子家的傻气说,"飘浮到那些云头里去该有怎样的感觉。"其时她因发现一株野葡萄藤天然形成的一个圈子,正同马大和乔其坐在里边。

"啊,假使你有一只小船可以坐到那里去,不是有趣吗?"乔其说。她正抬头看着远处的一朵云头,一片银海里的一块红色的海岛。

"你就想想看,"她说,"假使人们能够住在那么一块海岛上的话。"她的灵魂早已是在那里了,它那仙境的路径已认识她的轻盈的脚步。

"那边一只蜜蜂飞去了,"正在注意一个大蜜蜂飞过的乔其说。

"是的,"她像做梦似地说,"它是回家去的。"

"什么东西都有一个家吗?"马大问。

"差不多什么东西都有的,"她回答。

"鸟儿也要回家吗?"乔其问。

"是的,"她说着,也深深感觉到这里面的诗意,"鸟儿也要回家的。"

"蜜蜂也要回家吗?"马大问。

"是的,蜜蜂也要回家的。"

"狗要回家吗?"乔其看见近旁路上一只寂寞独行的狗,就这样问。

"怎么,当然咯,"她说,"你也知道狗要回家的。"

"牛蝇呢?"他看见那微弱的阳光里有那一阵阵的小昆虫正在努力回旋,就又硬要问下去。

"是的,"她说虽这么说,可只一半相信她自己的话。"听啊!"

"哦哦,"乔其显出不信的样子嚷道,"我想不出它们住在怎么样的房子里。"

"听啊!"她又说了一遍,一面摆摆手叫他不要作声。

这时正是一天中静谧时刻,晚祷的钟声如同祝福一般落在垂暮的天空。遥远处,种种音调一齐柔和地响出,"自然"因她在倾听,似乎也已停止活动了。一只胸部猩红的知更雀在她面前草地上小步跳跃着。一个蜜蜂嘤嘤的叫,一个牧牛铃叮

---

① 西奥多·德莱塞著,何湘红译.《珍妮姑娘》[M].广州:广州出版社,2008.

当的鸣，同时有一种可疑的窸窣声，报告一只松鼠正在秘密侦察。她把她的美手继续擎在空中，侧着耳朵倾听着，一直听到那些柔和的音调疏散细微，使她的心不复能把捉为止。她这才站了起来。

“啊，”她感觉到一阵诗的伤感，捏紧了手指叹出这一声。随即有晶莹的眼泪从她眼睛里泛滥出来。她心里的汪洋情海已经冲破它的堤岸了。珍妮的精神就是这样的。

《野性的呼唤》[①]精彩段落欣赏

巴克住在太阳能亲吻到的桑塔?克拉拉山谷的一所大房子里。这房子是一位磨坊主兼法官的。门前有条大道,树荫遮住了房子的一半,透过树荫望里看去,能看到围着房子有一条凉凉的走廊。房子紧靠着砂石铺就的大车道,大车道从纵横交错的白杨树下穿过了宽广的草地。房后的北杨树要比房前的繁茂得多。这里有个巨大的马厩,有十几个马夫和男仆管理着。一排排爬满葡萄树的雇工住屋,无边无际有秩序地排列开来。长长的葡萄林下是绿色的牧场、果园和种干果的小块土地。还有一座自流水井的泵房,泵房前有个很大的水泥槽。磨坊主兼法官的伙计们早上将水管子插到井里,凉水就一直流到下午天热的时候。

这一大片领域都是由巴克统治的。它出生在这里,它在这里已经生活四年了。是的,这里还有别的狗,但是别的狗没有这么大的地盘,它们根本就不能算数。它们只是来来去去地行走着,成群结队地住在狗窝里:它们不是在观看了日本哈巴狗"图茨"的时兴表演后躲在屋子的阴凉处休息休息;就是如墨西哥狗"伊斯拜儿",(这是只无毛的奇怪的生物)那样,罕见地将鼻子伸出屋外;再不干脆就支起前腿坐在地上。另外还有一些像狐狸似的小型矮腿家犬,加起来至少有二十多只,"图茨"和"伊斯拜儿"只要在窗口上向它们看上一眼,它们就害怕地、许诺似地大叫起来,于是一大群拿着扫帚和拖把的女仆就过来保护它们。

但是巴克既不是家犬也不是窝里的狗,这整个领域都是它的。它不是一头扎进游泳池里去找法官的儿子们,就是保护着法官的女儿莫丽和艾丽斯在漫长的黄昏中和早早地黎明里散步。在寒冷的冬夜里,它躺在法官的脚下,在熊熊的大火前吼叫,它把法官的孙子们驮在背上在草地上打滚;它护着他们穿过荒芜的旷野走到马厩边的泉水旁,甚至越过泉水来到那一小块一小块的小牧场里,还走到种干果的小块土地里。在那些矮腿狗群中,它专横而骄傲地走着,而对"图茨"和"伊斯拜儿",它根本就不睬不问。——因为它是王——它在磨坊主兼法官的地盘上统治着一切爬着的和飞着的东西,就连某些人也包括在内。

它的父亲"艾尔莫"是一条巨大的圣?伯纳犬,一直是老法官分不开的伙伴。巴克现在正走着它父亲的老路,只是它没有它父亲那么重——它只有140磅——它母亲是一条苏格兰牧羊犬。140磅的体重是得益于优裕的生活和普遍受尊敬的结果,这使得它浑身上下洋溢着一种王者之气。在它幼犬期的这四年里,它一直都过着一种心满意足的生活,它自我感觉非常高傲。它曾经是一个为琐事而操心的利己主义者,有时就像那些狭隘保守的乡村绅士一样。可是它已经挽救了它自己,不至于变成一条纵容娇惯的家犬。打猎和类似户外的那些嗜好使脂肪积聚了

① 杰克·伦敦著,许新泽译.《野性的呼唤》[M].广州:广州出版社,2007.

下来，使它的肌肉变得更结实。对它来说，那些冷水浴、那种对水的热爱，一直都是一种使身心愉快的、有益健康的东西。

这就是巴克 1897 年的生活方式和精神状态。当时克朗代克人的罢工把全世界的人都吸引到了寒冷的北极。可是巴克没有读报。它不知道曼纽儿要给它做点事儿了。这个曼纽儿是个护院人的助手，一个不怎么对它心思的熟人。他有一个讨厌的毛病，爱玩中国式的赌钱的游戏，但他却又太老实、太守规矩，这就使得他必然要受到各方面的责备。因为要玩赢钱的把戏，一个护院人助手的工资是远远不够的，况且他还有老婆和那么一大群孩子要他养活呢。

《了不起的盖茨比》[①]精彩段落欣赏

西卵和纽约之间大约一半路程的地方，汽车路匆匆忙忙跟铁路会合，它在铁路旁边跑上四分之一英里，为的是要躲开一片荒凉的地方。这是一个灰烬的山谷——一个离奇古怪的农场，在这里灰烬像麦子一样生长，长成小山小丘和奇形怪状的园子。在这里灰烬堆成房屋、烟囱和炊烟的形式，最后，经过超绝的努力，堆成一个个灰蒙蒙的人，隐隐约约地在走动，而且已经在尘土飞扬的空气中化为灰烬了。有时一列灰色的货车慢慢沿着一条看不见的轨道爬行，叽嘎一声鬼叫，停了下来，马上那些灰蒙蒙的人就拖着铁铲一窝蜂拥上来，扬起一片尘土，让你看不到他们隐秘的活动。

但是，在这片灰蒙蒙的土地以及永远笼罩在它上空的一阵阵暗淡的尘土的上面，你过一会儿就看到埃克尔堡大夫的眼睛。埃克尔堡大夫的眼睛是蓝色的，庞大无比——瞳仁就有一码高。这双眼睛不是从一张脸上向外看，而是从架在一个不存在的鼻子上的一副硕大无朋的黄色眼镜向外看。显然是一个异想天开的眼科医生把它们竖在那儿的，为了招徕生意，扩大他在皇后区的业务，到后来大概他自己也永远闭上了眼睛，再不然就是撇下它们搬走了。但是，他留下的那两只眼睛，由于年深月久，日晒雨淋，油漆剥落，光彩虽不如前，却依然若有所思，阴郁地俯视着这片阴沉沉的灰堆。

灰烬谷一边有条肮脏的小河流过，每逢河上吊桥拉起让驳船通过，等候过桥的火车上的乘客就得盯着这片凄凉景色，时间长达半小时之久。平时火车在这里至少也要停一分钟，也正由于这个缘故，我才初次见到汤姆·布坎农的情妇。

有个情妇，这是所有知道他的人都认定的事实。他的熟人都很气愤，因为他常常带着她上时髦的馆子，并且，让她在一张桌子旁坐下后，自己就走来走去，跟他认识的人拉呱。我虽然好奇，想看看她，可并不想和她见面，一天下午，我跟汤姆同行搭火车上纽约去。等我们在灰堆停下来的时候，他一骨碌跳了起来，抓住我的胳膊肘，简直是强迫我下了车。

“我们在这儿下车，”他断然地说，“我要你见见我的女朋友。”

大概他那天午饭时喝得够多的，因此他硬要我陪他的做法近乎暴力行为。他狂妄自大地认为，我在星期天下午似乎没有什么更有意思的事情可做。

---

① 菲茨杰拉德著，沈学甫译.《了不起的盖茨比》[M].天津：天津人民出版社，2012.

《老人与海》[1]精彩段落欣赏

他是个独自在湾流中一条小船上钓鱼的老人,至今已去了八十四天,一条鱼也没逮住。头四十天里,有个男孩子跟他在一起。可是,过了四十天还没捉到一条鱼,孩子的父母对他说,老人如今准是十足地“倒了血霉”,这就是说,倒霉到了极点,于是孩子听从了他们的吩咐,上了另外一条船,头一个礼拜就捕到了三条好鱼。孩子看见老人每天回来时船总是空的,感到很难受,他总是走下岸去,帮老人拿卷起的钓索,或者鱼钩和鱼叉,还有绕在桅杆上的帆。帆上用面粉袋片打了些补丁,收拢后看来像是一面标志着永远失败的旗子。

老人消瘦而憔悴,脖颈上有些很深的皱纹。腮帮上有些褐斑,那是太阳在热带海面上反射的光线所引起的良性皮肤癌变。褐斑从他脸的两侧一直蔓延下去,他的双手常用绳索拉大鱼,留下了刻得很深的伤疤。但是这些伤疤中没有一块是新的。它们像无鱼可打的沙漠中被侵蚀的地方一般古老。他身上的一切都显得古老,除了那双眼睛,它们像海水一般蓝,是愉快而不肯认输的。

“圣地亚哥,”他们俩从小船停泊的地方爬上岸时,孩子对他说。“我又能陪你出海了。我家挣到了一点儿钱。”

老人教会了这孩子捕鱼,孩子爱他。

“不,”老人说。“你遇上了一条交好运的船。跟他们待下去吧。”

“不过你该记得,你有一回八十七天钓不到一条鱼,跟着有三个礼拜,我们每天都逮住了大鱼。”

“我记得,”老人说。“我知道你不是因为没把握才离开我的。”

“是爸爸叫我走的。我是孩子,不能不听从他。”

“我明白,”老人说。“这是理该如此的。”

“他没多大的信心。”

“是啊,”老人说。“可是我们有。可不是吗?”

“对,”孩子说。“我请你到露台饭店去喝杯啤酒,然后一起把打鱼的家什带回去。”

“那敢情好,”老人说。“都是打鱼人嘛。”

他们坐在饭店的露台上,不少渔夫拿老人开玩笑,老人并不生气。另外一些上了些年纪的渔夫望着他,感到难受。不过他们并不流露出来,只是斯文地谈起海流,谈起他们把钓索送到海面下有多深,天气一贯多么好,谈起他们的见闻。当天打鱼得手的渔夫都已回来,把大马林鱼剖开,整片儿排在两块木板上,每块木板的一端由两个人抬着,摇摇晃晃地送到收鱼站,在那里等冷藏车来把它们运往哈瓦那的市场。逮到鲨鱼的人们已把它们送到海湾另一边的鲨鱼加工厂去,吊在复合滑车上,除去肝脏,割掉鱼鳍,剥去外皮,把鱼肉切成一条条,以备腌制。

---

① 欧内斯特·海明威著,黄源深译.《老人与海》[M].南京:译林出版社,2010.

《太阳照样升起》①精彩段落欣赏

罗伯特·科恩一度是普林斯顿大学中量级拳击冠军。别以为一个拳击冠军的称号会给我非常深刻的印象,但当时对科恩却是件了不起的事儿。他对拳击一点也不爱好,实际上他很讨厌拳击,但是他仍然痛苦而一丝不苟地学打拳,以此来抵消在普林斯顿大学被作为犹太人对待时所感到的低人一等和羞怯的心情。虽然他很腼腆,是个十分厚道的年轻人,除了在健身房里打拳,从来不跟人打架斗殴,但是想到自己能够把瞧不起他的任何一个人打倒在地,他就暗自得意。他是斯拜德·凯利的得意门生。不管这些年轻人的体重是一百零五磅,还是二百〇五磅,斯拜德·凯利都把他们当作次轻量级拳击手来教。不过这种方法似乎对科恩很适合。他的动作确实非常敏捷。他学得很好,斯拜德马上安排他跟强手交锋,给他终生留下了一个扁平的鼻子。这件事增加了科恩对拳击的反感,但也给了他某种异样的满足,也确实使他的鼻子变得好看些。他在普林斯顿大学的最后一年里,读书过多,开始戴眼镜。我没见过他班上的同学还有谁记得他的。他们甚至记不得他曾是中量级拳击冠军。

我对所有坦率、朴实的人向来信不过,尤其是当他们讲的事没有漏洞的时候,因此我始终怀疑罗伯特·科恩大概从来也没当过中量级拳击冠军,也许有匹马曾踩过他的脸,要不,也许他母亲怀胎时受过惊吓或者看见过什么怪物,要不,也许他小时候曾撞在什么东西上,不过他这段经历终于有人从斯拜德·凯利那里给我得到证实。斯拜德·凯利不仅记得科恩。他还常常想知道科恩后来怎么样了。

从父系来说,罗伯特·科恩出身于纽约一个非常富有的犹太家庭,从母系来说,又是一个古老世家的后裔。为了进普林斯顿大学,他在军事学校补习过,是该校橄榄球队里非常出色的边锋,在那里,没人使他意识到自己的种族问题。进普林斯顿大学以前,从来没人使他感到自己是一个犹太人,因而和其他人有所不同。他是个厚道的年轻人,是个和善的年轻人,非常腼腆,这使他很痛心。他在拳击中发泄这种情绪,他带着痛苦的自我感觉和扁平的鼻子离开普林斯顿大学,碰到第一个待他好的姑娘就结了婚。他结婚五年,生了三个孩子,父亲留给他的五万美元几乎挥霍殆尽(遗产的其余部分归他母亲所有),由于和有钱的妻子过着不幸的家庭生活,他变得冷漠无情,使人讨厌;正当他决心遗弃他妻子的时候,她却抛弃了他,跟一位袖珍人像画家出走了。他已有好几个月尽考虑着要离开他的妻子,因为觉得使她失去他未免太残酷,所以没有那么做,因此她的出走对他倒是一次很有利的冲击。

办妥了离婚手续,罗伯特·科恩动身去西海岸。在加利福尼亚,他投身于文

---

① 欧内斯特·海明威著,赵静男译.《太阳照常升起》[M].上海:上海译文出版社,2011.

艺界，由于他那五万美元还略有剩余，所以不久就资助一家文艺评论杂志。这家杂志创刊于加利福尼亚州的卡默尔，停刊于马萨诸塞州的普罗文斯敦。科恩起初纯粹被看作一个后台老板，他的名字给登在扉页上只不过作为顾问之一，后来却成为唯一的编辑了。杂志出刊靠他的钱，他发现自己喜欢编辑的职权。当这家杂志因开支太大，他不得不放弃这项事业时，他感到很惋惜。

不过那时候，另外有事要他来操心了。他已经被一位指望跟这家杂志一起飞黄腾达的女士捏在手心里了。她非常坚强有力，科恩始终没法摆脱她的掌握。再说，他也确信自己在爱她。这女士发现杂志已经一蹶不振时，就有点嫌弃科恩，心想还是趁有东西可捞的时候捞他一把的好，所以她极力主张他俩到欧洲去，科恩在那里可以从事写作。他们到了她曾在那里念过书的欧洲，待了三年。这三年期间的第一年，他们用来在各地旅行，后两年住在巴黎，罗伯特·科恩结识了两个朋友：布雷多克斯和我。布雷多克斯是他文艺界的朋友。我是他打网球的伙伴。

这位掌握科恩的女士名叫弗朗西丝，在第二年末发现自己的姿色日见衰退，就一反过去漫不经心地掌握并利用科恩的常态，断然决定他必须娶她。在此期间，罗伯特的母亲给了他一笔生活费，每个月约三百美元。我相信在两年半的时间里，罗伯特·科恩没有注意过别的女人。他相当幸福，只不过同许多住在欧洲的美国人一样，他觉得还是住在美国好。他发现自己能写点东西。他写了一部小说，虽然写得很不好，但也完全不像后来有些评论家所说的那么糟，他博览群书，玩桥牌，打网球，还到本地一个健身房去打拳。我第一次注意到这位女士对科恩的态度是有天晚上我们三人一块儿吃完饭之后。我们先在大马路饭店吃饭，然后到凡尔赛咖啡馆喝咖啡。喝完咖啡我匀喝了几杯白兰地，我说我该走了。科恩刚在谈我们俩到什么地方去来一次周末旅行。他想离开城市好好地去远足一番。我建议坐飞机到斯特拉斯堡，从那里步行到圣奥代尔或者阿尔萨斯地区的什么别的地方。“我在斯特拉斯堡有个熟识的姑娘，她可以带我们观光那座城市，”我说。

《永别了，武器》[1]精彩段落欣赏

那年晚夏，我们住在乡村一幢房子里，望得见隔着河流和平原的那些高山。河床里有鹅卵石和大圆石头，在阳光下又干又白，河水清澈，河流湍急，深处一泓蔚蓝。部队打从房子边走上大路，激起尘土，洒落在树叶上，连树干上也积满了尘埃。那年树叶早落，我们看着部队在路上开着走，尘土飞扬，树叶给微风吹得往下纷纷掉坠，士兵们开过之后，路上白晃晃，空空荡荡，只剩下一片落叶。

平原上有丰饶的庄稼；有许许多多的果树园，而平原外的山峦，则是一片光秃秃的褐色。山峰间正在打仗，夜里我们看得见战袍的闪光。在黑暗中，这情况真像夏天的闪电，只是夜里阴凉，可没有夏天风雨欲来前的那种闷热。

有时在黑暗中，我们听得见部队从窗下走过的声响，还有摩托牵引车拖着大炮经过的响声。夜里交通频繁，路上有许多驮着弹药箱的驴子，运送士兵的灰色卡车，还有一种卡车，装的东西用帆布盖住，开起来缓慢一点。白天也有用牵引车拖着走的重炮，长炮管用青翠的树枝遮住，牵引车本身也盖上青翠多叶的树枝和葡萄藤。朝北我们望得见山谷后边有一座栗树树林，林子后边，在河的这一边，另有一道高山。那座山峰也有争夺战，不过不顺手，而当秋天一到，秋雨连绵，栗树上的叶子都掉了下来，就只剩下赤裸裸的树枝和被雨打成黑黝黝的树干。葡萄园中的枝叶也很稀疏光秃；乡间样样东西都是湿漉漉的，都是褐色的，触目秋意萧索。河上罩雾，山间盘云，卡车在路上溅泥浆，士兵披肩淋湿，身上尽是烂泥；他们的来福枪也是湿的，每人身前的皮带上挂有两个灰皮子弹盒，里面满装着一排排又长又窄的六点五毫米口径的子弹，在披肩下高高突出，当他们在路上走过时，乍一看，好像是些怀孕六月的妇人。

路上时有灰色小汽车疾驰而过，驾驶员座位边每每有一位军官，车子的后座上还坐着几位军官。这些小汽车溅泥泼水，比军用大卡车还要厉害。如果车子后座上有一个小个子，坐在两位将军中间，矮小得连脸都看不见，只看得见他的军帽顶和他那细窄的背影，而且车子又开得特别快的话，那么那小个子可能就是国王。他住在乌迪内，几乎天天这样子来视察战况，无奈战况不佳。

冬季一开始，雨便下个不停，而霍乱也跟着雨来了。瘟疫得到了控制，结果部队里只死了七千人。

---

① 欧内斯特·海明威著，林疑今译.《永别了，武器》[M].上海：上海译文出版社，2011.

《愤怒的葡萄》[①]精彩段落欣赏

一辆卡车停在一家饮食店门前。一个人横穿公路,走到卡车眼前,朝挡风玻璃上“不载客”的字条看了一眼。他打算继续往前走,可是终于在靠饮食店一边的踏板上坐下来。他是个高个儿,年纪不满三十:深褐色的眼睛,颧骨又高又宽,两道深深的面纹在嘴边弯成弧形,长一副暴牙,又闭着嘴,上嘴唇伸得老长;一双手十分结实,手指粗大,指甲象蛤蜊壳,虎口和拿心长满了老茧:穿一身廉价的新衣,灰粗布衣裤,蓝条纹布衬衫。灰色的鸭舌帽的帽舌还是挺挺的,脚上穿一双军用式新皮鞋、他坐在踏板上,脱下帽子抹了抹脸又重新戴上,这么一折腾,帽舌就走样了。他俯身解开鞋带,然后掏出一袋烟草一叠卷烟纸,搓好烟卷,把烟点上。

卡车司机嚼着橡皮糖从饮食店出来。这人隔着车窗问:“能带我一段吗,师傅?”

司机回头往饮食店那边瞟了一眼,说:“你没看见挡风玻璃上贴着的条子吗?”

“看见了。尽管杂种阔佬叫贴上了条子,有时候碰上好心人,还是肯帮忙的。”司机很想做个好心人。他又往饮食店那边瞟了一眼,说:“蹲在踏板上,到前面拐了弯再说。”白搭车的抓住车门把往下一蹲,藏起身子。卡车开动了,公路在他脚下飞快地往后退去。拐了弯又开过一段路,卡车慢下来。他站直了,扭开车门,溜到座位上。司机转过头,从他那顶新帽子起,直打量到他那双新鞋上。那人舒适地靠在座位上,拿帽子揩着脸上的汗水。“谢谢你,伙计,我跑累了。”他说。

“新鞋呀,”司机带点儿嘲讽的口气。“大热天,你不该穿新皮鞋走路。”“没有别的鞋,只好穿这双。”“出远门么?”“嗯!要不是两只脚累了,我原想走的。”“去找活儿?”司机好像在盘问。

“不,我老爹有不大的一块地,是个佃农。我们在那里耽搁了很久了。”司机向公路两旁的田野望望,地里的玉米全横倒在地上,上面堆积着尘土。他仿佛自言自语地说:“是个佃农,没给风沙赶跑,也没给拖拉机撵走吗?”“近来我没得到音信。”“很久了吧?”司机说。“佃农越来越混不下去了,一台拖拉机就能撵走十家。如今到处是拖拉机。你家老大爷是怎么对付的呢?”“嗯。我近来没得到音信。

我从不与信,我老爹也从不写信。”他赶紧补一句:“不过只要肯写,我们俩都能写。”“一向有工作吧?”又是盘问的口气。

“有是有的。”“我也这么想。我注意你的手了,准拿过尖锄、斧子、大糙什么的,你手上写得明明白白小我爱留神这些小事,自得其乐。”“可要了解些别的事儿?我告诉你就是了,你不用猜。”“别发火。我没有别的意思。”“我全都能告诉你。我没有要隐瞒的事。我叫乔德,汤姆·乔德。父亲是老汤姆·乔德。”

---

① 斯坦培克著,胡仲持译.《愤怒的葡萄》[M].北京:外国文学出版社,1982.

“别发火。我是无意的。”“我也是无意的，”乔德说。“我只求人家不起疑心就行了。”他就此打住。

司机嚼着橡皮糖，等到空气缓和了才说：“没当过司机的不知道开车的苦。老板不让我们给人搭车。我们只好顾自开了车走，除非像我对你这样，冒着丢掉饭碗的危险。”乔德说：“我明白。”又沉默了。

机找话说：“开车这事看来容易，无非坐定在这儿，坐那么八个、十个或者十四个钟头。可是路上实在闷人。总得干点什么玩意儿。有的唱唱歌，有的吹口哨。

少数几个带瓶酒，可是这种人干不长。”他得意地说：“我非等路程完了决不喝酒。”

“当真?”乔德问。

“真的。人总得求上进。我打算上函授学校。等学好了，就不用开汽车，那时候，我要叫别人给我开车了。”乔德从上衣口袋里拿出一瓶威士忌来，带点嘲弄他说：“你当然是一滴不肯喝的罗?”“发誓不喝。谁想用功，就不能老喝酒。”乔德就着酒瓶喝了几口。威士忌似乎提起了他的兴致，他卷了支烟点上，望着窗外暗自发笑，“费老大劲儿才打定主意呢，朋友。”“这是什么意思?”司机没转过头来。

《推销员之死》[1]精彩段落欣赏

琳达:怎么啦,亲爱的?

威利:我想起了那辆雪弗兰汽车。(稍停一下)一九二八年……那时我买了那辆红色的雪佛兰车——(突然停住)稀奇不稀奇!我敢打赌,今天我开的正是那辆雪弗兰车。

琳达:这有什么。一定是什么事情勾起了你的回忆吧。

威利:离奇。活见鬼。还记得当年那些日子吗?比夫经常给汽车打蜡那股子劲?(他摇摇头)嗨!(对琳达)合上眼吧。我马上就来。

(他走出卧室)

哈皮:天哪,兴许他又撞车了!

琳达:(在威利后面喊着)楼梯上当心,亲爱的!奶酪在当中的搁板上!(她转身,走到床前,拿起他的夹克衫,走出卧室)

哈皮:(起床)要是他再这样下去,驾驶执照就要吊销啦。不瞒你说,比夫,我真是替他担心。

比夫:他的眼睛不好。

哈皮:不,我跟他一起开过车。他眼力好得很。他就是心不在焉罢了。上星期我跟他开车到城里去。碰到绿灯他停车,换成红灯他倒开走了。(他笑了)

比夫:也许他是色盲。

哈皮:爸爸吗?咳,在这门行业里就数他识别颜色的眼光最好,这你也知道。

比夫:(在床上坐下)我要睡啦。

哈皮:你跟爸不再闹别扭吧,比夫?

比夫:我看,他的气全消啦。

威利:(在他们楼下的起居室里)一点不错,八万英里——八万二千英里!

比夫:你抽烟吗?

哈皮:(掏出一包香烟)来一支?

比夫:(拿一支烟)我一闻到烟味儿就睡不着。

威利:嘿!这蜡打得多地道啊!

哈皮:(流露深挚的感情)真希奇,是吗?比夫!咱们又睡在这儿啦?还是老早的床。(他充满深情地拍拍床)还有咱们联床夜谈说过的那些话,呃?咱们的一生呐。

比夫:是啊。多少梦想,多少计划呵。

哈皮:(威武地嘿嘿一笑)大概有五百个女人希望了解咱们在这间房里说些什么吧。

两个人会心地笑了。

---

① 阿瑟·米勒著,姚克译.《推销员之死:选评——名师评译丛书》[M].北京:中国对外翻译出版公司,2004.

《第二十二条军规》①精彩段落欣赏

当然,这里面有个圈套。

“第二十二条军规?”约赛连问。

“当然。”科恩中校轻轻挥了挥手,又略带轻蔑的神情点了点头,便把那帮押送约赛连的膀大腰圆的宪兵赶了出去,随后,他愉快地回答了约赛连的问话——和往常一样,他最轻松的时候也就是他最刻薄的时候。“毕竟,我们不能因为你拒绝执行更多的飞行任务就把你送回国去,而让其余的人留在这儿,对吧?那样对他们很难说是公平的。”

“你说得太正确了!”卡斯卡特上校突然说道。他像一头气喘吁吁的公牛那样来来回回走着,生气地板着面孔,不停地喘粗气。“我真想每回执行任务时都把他手脚捆起来扔到机舱里去。这就是我想做的事。”

科恩中校示意卡斯卡特上校保持沉默,然后又对约赛连笑了笑。“你知道,你把事情弄成这个样子,的确使卡斯卡特上校感到十分难办,”他漫不经心他说,好像这件事一点也不惹他生气似的。

“官兵们都很不乐意,士气越来越低落。这全都是你的过错。”

“这是你们的过错,”约赛连争辩道,“因为你们一再增加飞行任务的次数。”

“不,这是你的过错,因为你拒绝执行飞行任务,”科恩中校反驳道,“以前,当他们觉得自己别无选择的时候,不管我们要求他们执行多少次飞行任务,他们都心甘情愿地执行了。可现在,你使他们有了选择的希望,他们就开始不乐意了。所以,这全都怪你。”

“难道他不知道眼下正在进行战争吗?”卡斯卡特上校愤愤地质问道。他仍然跺着脚来回地走动着,看也不看约赛连一眼。

“我敢肯定他是知道的,”科恩中校回答说,“也许这就是他拒绝执行飞行任务的原因。”

“难道那对他有什么影响吗?”

“知道现在正在进行战争会动摇你拒绝参战的决定吗?”科恩中校嘲弄地模仿着卡斯卡特上校的口吻,严肃而讥讽地问道。

“不会的,长官,”约赛连回答道。他差点冲着科恩中校笑起来。

“我也担心这个,”科恩中校字斟句酌地说。他悠闲地抬起双手搁到他那光滑闪亮的褐色秃顶上,把十个手指头对插到一起。“你当然明白,公平地讲,我们待你还算不错,对吧?我们供给你吃的,并且按时发给你军饷。我们奖给你一枚勋章,甚至还提拔你当了上尉。”

① 约瑟夫·海勒著,吴冰青译.《第二十二条军规》[M].南京:译林出版社,2012.

“我根本就不该提拔他当上尉，”卡斯卡特上校抱怨地大声说，“那次执行轰炸弗拉拉的任务时，他竟然飞了两圈，结果把事情搞得一团糟。我真应该送他上军事法庭的。”

“我告诉过你不要提拔他，”科恩中校说，“可你不肯听我的。”

“不，你没说。是你叫我提拔他的，不是吗？”

“我告诉你不要提拔他，可你就是不肯听。”

“我真应该听你的。”

“你从来也不听我的，”科恩中校意味深长地坚持道，“就因为这个，我们才落到这步田地。”

“唉，行了，别磨牙了，好吗？”卡斯卡特上校把两个拳头深深地插进衣袋里，懒洋洋地转过身去。“别老找我的碴了，你为什么不好好考虑一下我们该拿他怎么办呢？”

“恐怕我们只能送他回国了，”科恩中校一边得意扬扬地窃笑道，一边从卡斯卡特上校那边转过脸来对着约赛连。“约赛连，对你来说战争已经结束了。我们将要送你回国。你当然知道，你实在是不配被送回国的，可这正是我乐意送你回国的原因之一。既然眼下没有什么别的好办法可供我们一试，我们只好决定把你送回合众国去。我们已经盘算好了这笔交易——”

“什么样的交易？”约赛连满腹狐疑，挑衅地质问道。

科恩中校仰面大笑。“噢，是一笔不折不扣的卑鄙交易，这一点毫无疑问。绝对令人恶心。不过，你很快就会接受下来的。”

“别那么有把握。”

“即使这笔交易臭气熏天，你也会接受的，对此我没有丝毫的怀疑。哦，顺便问一句，你还没有告诉任何人你拒绝执行更多的飞行任务，是吗？”

“没有，长官，”约赛连毫不迟疑地回答道。

科恩中校赞许地点点头。“这很好，我喜欢你这种说谎的方式。果你有几分雄心壮志的话，你在这个世界上一定会飞黄腾达的。”

“难道他不知道眼下正在进行战争吗？”卡斯卡特上校突然大叫起来，接着又满脸疑虑地对着烟嘴吹了一口气。

“我敢肯定他是知道的，”科恩中校尖刻地回答道，“因为你刚才已经向他提出过这一问题了。”科恩中校不耐烦地皱起眉头帮约赛连讲话，他的黑眼睛里闪烁着狡黠而放肆的嘲弄目光。他用双手抓住卡斯卡特上校的桌子边，抬起他那软绵绵的屁股从桌角往里坐去，只剩下两条短短的小腿悬垂着自由摆动。他用鞋跟轻轻踢着黄色的橡木桌子。他的脚上穿着上褐色的袜子，因为没系吊袜带，袜筒一圈一圈直褪落到异常苍白小巧的脚踝下面。“你知道，约赛连，”他和颜悦色地沉思片刻，流露出一种漫不经心的神情，看上去既像是嘲笑又显得非常真诚，“我真的有点佩服你。你是个道德高尚的聪明人，你采取了一种极为勇敢的立场。而我却是个毫无道德观念的人,因此,我正好处在评价你的道德品格的理想位置上。”

“现在是关键时刻。”站在办公室一个角落里的卡斯卡特上校气呼呼地插话说。他看也没看科恩中校一眼。

“的确是关键时刻。”科恩中校心平气和地点点头表示同意。

“我们刚刚换了指挥官。要是出现某种局面,使我们在沙伊斯科普夫将军或者佩克姆将军面前出丑的话,那我们可受不了。你是这个意思吧,上校?”

“他难道就没有一点爱国精神吗?”

“难道你不愿意为你的祖国而战吗?”科恩中校模仿着卡斯卡特上校自以为是的刺耳腔调质问道,“难道你不愿意为卡斯卡特上校和我而献出你的生命吗?”

听到科恩中校这最后一句话,约赛连十分惊讶,不由得紧张起来。“这是什么意思?”他大叫道,“你和卡斯卡特上校跟我的祖国有什么关系?你们完全是另一回事。”

“你怎么能把我们和祖国分开呢?”科恩中校神色安详,讥讽地反问道。

“对啊,”卡斯卡特上校使劲地喊道,“你要么为我们而战,要么对抗你的祖国,这两条路你只能选一条。”

“恐怕这下子他把你难住了。”科恩中校加上一句。“你要么为我们而战,要么对抗你的祖国,事情就是这么简单。”

“噢,得啦,中校,我可不吃这一套。”

恩中校依然很沉着。“坦率地说,我也不信这一套,可别人都会相信的。你瞧,事情就是这么简单。”

“你真给这身军装丢脸!”卡斯卡特上校怒气冲冲地喊叫着。他猛地转过身来,头一回正面对着约赛连。“我倒很想知道你究竟是怎么当上上尉的。”

“是你提拔他的,”科恩中校强忍住笑,亲切地提醒道。

“唉,我真不应该提拔他。”

“我告诉过你别这么做,”科恩中校说,“可你就是不肯听我的。”

“得啦,你别再跟我磨牙了,行吗?”卡斯卡特上校叫了起来。他皱起眉头,怀疑地眯起眼睛盯着科恩中校,把两只握紧的拳头抵在后腰上。“你说,你究竟站在哪一边?”

“站在你这一边呀,上校。我还能站在哪一边呢?”

“那就别再老是找我的碴了,行吗?别再拿我开心了,行吗?”

“我是站在你这一边的,上校。我满怀爱国热情。”

“那么,你要保证不忘记这一点。”卡斯卡特上校仍然没有完全放下心来。他停了一下才犹犹豫豫地转过身去,双手揉搓着长长的香烟烟嘴,重又开始踱起步来。他用一个大拇指朝约赛连猛地一指,说道:“让我们跟他了结了吧。我知道我应该怎么处置他。我想把他拉到外面去枪毙。我就打算这么处置他。德里德尔将军也准会这么处置他。”

“可是德里德尔将军已经不再指挥我们了，”科恩中校说，“所以我们不能把他拉到外面去枪毙。”此时，科恩中校和卡斯卡特上校之间的紧张时刻已经过去，他又变得轻松愉快起来，又开始拿脚轻轻踢着卡斯卡特上校的桌子。“所以，我们不打算枪毙你而是打算送你回国。这事费了我们不少脑筋，可我们最后还是想出了这个小小的、糟透了的计划。这样一来，你的回国就不会在那些被你撇在身后的朋友当中引起太大的怨言。这难道不使你开心吗？”

“这是个什么样的计划？我不能肯定我会喜欢它。”

“我知道，你不会喜欢它的。”科恩中校哈哈一笑，重又心满意足地把双手举到头顶，手指对插到一起。“你会憎恨这个计划的。它的确令人作呕，而且肯定会使你良心不安。但是，你很快就会同意这个计划。你会同意的，不但因为这计划会在两周之内把你安全送回国去，而且因为你别无选择。你要么接受这个计划，要么接受军法审判。你可以接受，也可以不接受。”

约赛连哼了一声。“别吓唬我了，中校。你们不会用在敌人面前临阵脱逃的罪名对我进行军法审判的。那样一来，你们的面子不好看，而且你们大概也没有办法证明我有罪。”

可是我们可以指控你擅离职守，根据这个罪名对你进行军法审判，因为你没有通行证就跑到罗马去了。我们可以使这一罪名成立。你只要稍微想一想就会明白的，你逼得我们没有别的路可走了。我们不能就这么眼睁睁地看着你违抗命令到处乱跑而不对你加以惩罚。要是那样，其他所有的人也都会拒绝执行飞行任务的。

“这样是不行的，这一点你相信我的话好啦。你要是拒绝我们提出的这笔交易，我们就要对你进行军法审判，哪怕这样一来会引起许多问题，会叫卡斯卡特上校当众出丑，我们也顾不上了。”

听到“出丑”这两个字，卡斯卡特上校吓得一哆嗦。随后，他似乎想也没想便气势汹汹地把他那个镶有条纹玛瑚和象牙的细长烟嘴往办公桌的木制桌面上猛地一摔。“耶稣基督啊！”他出人意料地叫了一声。“我恨透了这个该死的烟嘴！”烟嘴在桌面上蹦了两下，弹到了墙壁上，接着又飞过窗台，落到地上，最后滚到卡斯卡特上校的脚边上不动了。卡斯卡特上校恶狠狠地低头怒视着烟嘴说：

“我不知道这对我是不是真的有好处。”

“这在佩克姆将军看来是你的荣耀，而在沙伊斯科普夫将军看来却是你的丑事，”科恩中校装出一副天真无邪的调皮模样对他说。

“那么，我应该讨哪一个人的欢心呢？”

“应该同时讨他们两个人的欢心。”

“我怎么能够同时讨他们两个人的欢心呢？他们互相憎恨。我要怎么做才能既从沙伊斯科普夫将军那里获取荣耀，又不至于在佩克姆将军面前丢人现眼呢？”

“操练。”

“对啦，操练。这是唯一能讨他欢心的方法。操练，操练。”卡斯卡特上校愠怒地做了个鬼脸。“那些将军！他们真给那身军装丢脸。”

“要是像这两个家伙这样的人都能当上将军的话，我看不出为什么我就当不上。”

“你会飞黄腾达的，”科恩中校以一种毫无把握的语调安慰他说，说完就转脸对着约赛连格格笑了起来。当约赛连流露出敌视、怀疑的固执表情时，他越发轻蔑地开怀大笑起来。“现在你知道问题的关键了吧。卡斯卡特上校想当将军，我想当上校，这就是我们必须送你回国的原因。”

“他为什么想当将军呢？”

“为什么？这跟我想当上校的原因是一样的。我们还能做什么呢？人人都教导我们要有更高的追求。将军比上校的地位高，上校又比中校的地位高，所以，我们俩都在往上爬。你知道，约赛连，我们的这种追求对你来说是件幸运的事情。你的时机选择得再恰当不过了，可我觉得，你事前策划时就把这一因素考虑进去了。”

“我根本没策划什么，”约赛连反驳道。

“是的，我的确欣赏你这种说谎的方式，”科恩中校说，“当你的指挥官被提拔为将军——当你知道你所在的部队平均每人完成的战斗飞行任务比任何别的部队都多时——难道你不为此而感到骄傲吗？难道你不愿意获得更多的通令嘉奖和更多的橡叶簇铜质奖章吗？你的集体主义精神哪儿去了？难道你不愿意执行更多的飞行任务以对这一伟大的纪录做出自己的贡献吗？说‘愿意’吧，这是你的最后一次机会了。”

“不。”

“要是这样的话，你可就逼得我们走投无路了——”科恩中校客客气气地说。

“他应该为自己而感到惭愧！”

“——我们只好送你回国啦。只是，你要为我们做几件小事情，而且——”

“做什么事情？”约赛连以怀疑和敌对的态度打断了他的话。

“噢，很小的事情，无关紧要的事情。真的，我们跟你做的这笔交易十分慷慨。我们将发布送你回国的命令——真的，我们会的——而作为报答，你得做的不过是……”

“是什么，我得做什么？”

科恩中校假惺惺地笑了笑。“喜欢我们。”

约赛连惊愕地眨了眨眼睛。“喜欢你们？”

“喜欢我们。”

“喜欢你们？”

“不错，”科恩中校点点头说。约赛连那副不加掩饰的惊奇神态和那种手足无措的样子使他十分得意。“喜欢我们，加入到我们中来，做我们的伙伴。不论是在这里，还是回国以后，都要替我们说好话，成为我们中的一员。怎么样，这个要求不算过分，是吧？”

“你们只是要我喜欢你们，就这些吗？”

“就这些。”

“就这些。”

“只要你从心眼里喜欢我们。”

赛连终于明白了，科恩中校讲的是实话，他大为惊奇，真想自信地放声大笑一通。“这并不是太容易，”他冷笑着说。

“噢，这比你想象的要容易多了，”科恩中校反唇相讥道。约寒连这句讽刺的话并没有使他灰心丧气。“你只要开了头，准会吃惊地发现喜欢我们是件多么容易的事情。”科恩中校往上扯了扯他那宽松的裤腰。他露出一个讨人嫌的嘲讽笑容，他那方下巴和两颧骨之间的深深的黑色纹路又一次弯曲了起来。“你瞧，约赛连，我们打算让你过舒服日子，我们打算提拔你当少校，我们甚至打算再发给你一枚勋章。弗卢姆上尉正在构思几篇热情洋溢的通讯，打算把你在弗拉拉大桥上空的英勇事迹，你对自己部队的深厚持久的忠诚，以及你格尽职责的崇高献身精神大大描绘一番。顺便说一句，这些都是通讯里的原话。我们打算表彰你，把你作为英雄送回国去。我们就说是五角大楼为了鼓舞士气和协调与公众的关系而把你召回国的。你将像个百万富翁那样生活，你将成为所有人的宠儿。人们将列队欢迎你，你将发表演说号召大家筹款购买战争债券。只要你成为我们的伙伴，一个奢侈豪华的崭新世界就将出现在你的面前。这难道不迷人吗？”

约赛连发现自己正聚精会神地倾听着这一番详尽而动听的长篇大论。“我可拿不准我想不想发表演说，”“那么我们就不提演说的事啦。重要的是你对这儿的人讲些什么。”科恩中校收敛笑容，满脸诚恳地往前探了探身体。“我们不想让大队里任何人知道，我们送你回国是因为你拒绝执行更多的飞行任务。我们也不想让佩克姆将军或者沙伊斯科普夫将军听到风声说，我们之间不和，就是为了这个，我们才打算跟你结成好伙伴的。”

“要是有人问我为什么拒绝执行更多的飞行任务，我对他们说什么呢？”

“告诉他们，有人已经私下向你透露就要送你回国了，所以你不愿意为了一两次飞行任务而去冒生命危险，只不过是好伙伴之间的一个小小分歧，就这么回事。”

“他们会相信吗？”

“等到他们看到我们成了多么亲密的朋友，读到那些通讯，读到那些你吹捧我和卡斯卡特上校的话时，他们自然就会相信了。别为这些人操心。你走了以后，他们是很容易管教和控制的。只有当你仍然待在这里时，他们才会惹是生非。你知道，一只坏苹果能毁了其他所有苹果。”科恩中校故意用讽刺的口气结束了他的这番话。“你知道——这办法真是太棒了——你也许能成为激励他们执行更多飞行任务的动力呢。”

“要是我国国以后谴责你们呢?”

“在你接受了我们的勋章、提拔和全部的吹捧之后吗? 没有人会相信你的话的,军方不会允许你这样做。再说,你倒是为了什么竟想这样做呢? 你将成为我们中的一员,记住了吗? 你将过上富裕、豪华的生活,你将得到奖赏和特权。如果你仅仅为了某条道德准则而抛弃这一切的话,那你就是个大傻瓜,可你不是个傻瓜。成交吗?”

“我不知道。”

“要么接受这笔交易,要么接受军法审判。”

“这样一来我就对中队里的弟兄们玩弄了一个极为卑鄙的骗局,不是吗?”

“令人作呕的骗局。”科恩中校和蔼可亲地表示同意。他眼中闪烁着暗自高兴的微光,耐心地望着约赛连,等待着他的答复。

“见鬼去吧!”约赛连大叫道,“如果他们不想执行更多的飞行任务,那就叫他们像我这样站出来采取行动,对吗?”

“当然对,”科恩中校说。

“我没有理由为了他们去冒生命危险,对吗?”

“当然没有。”

约赛连迅速地咧嘴一笑,做出了决定。“成交了!”他喜气洋洋地宣布。

“好极了,”科恩中校说。他表现得并没有像约赛连指望的那么热情。他从卡斯卡特上校的办公桌上滑下来站到地板上,先扯了扯裤子和衬裤裆部的皱纹,随后才伸出一只软绵绵的手来让约赛连握住。“欢迎你入伙。”

“谢谢,中校。我——”

“叫我布莱基,约翰。我们现在是伙伴了。”

“当然啦,布莱基。我的朋友叫我约·约。布莱基,我——”

“他的朋友叫他约·约,”科恩中校大声对卡斯卡特上校说,“约·约迈出了多么明智的一步,你为什么不祝贺他呢?”

“你迈出的这一步的确非常明智,约·约,”卡斯卡特上校边说边笨拙而热情地使劲握住约赛连的手。

“谢谢你,上校。我——”

“叫他查克,”科恩中校说。

“当然啦,叫我查克。”卡斯卡特上校热诚而局促地哈哈一笑。

“我们现在是伙伴了。”

“当然啦,查克。”

“笑着出门吧。”科恩中校说着把两只手分别搭在了他们两个人的肩膀上,三个人一起朝门口走去。

“哪天晚上过来跟我们一块吃顿饭吧,约·约,”卡斯卡特上校殷勤地邀请道,

“今天晚上怎么样？就在大队部的餐厅里。”

“我非常乐意，长官。”

“叫查克，”科恩中校责备地纠正道。

“对不起，布莱基。查克。我还没有叫习惯。”

“这没关系，伙计。”

“当然啦，伙计。”

“谢谢，伙计。”

“别客气，伙计。”

“再见，伙计。”

约赛连亲亲热热地挥手向他的新伙伴告别，溜达着朝楼厅走廊走过去。等到剩下他一个人时，他差一点高声唱了起来。他自由了，可以回国了。他达到了目的，他的反抗成功了，他平安无事了。

再说，他并没有做任何对不起别人的事情。他逍遥自在、兴高采烈地朝楼梯走去。一个身穿绿色工作制服的士兵朝他行了个礼，约赛连快活地还了一个礼。出于好奇，他看了那个士兵一眼。他感到奇怪，这个士兵看上去十分面熟，就在约赛连还礼时，这个身穿绿色工作制服的士兵突然变成了内特利的妓女。她手里拿着一把骨柄厨刀凶神恶煞般地朝他劈了下来，一刀砍在他扬起的那只胳膊下面的腰上。约赛连尖叫一声，倒在了地上。他看到那女人又举刀朝他砍下来，便惊骇地闭上了眼睛，就在这时，科恩中校和卡斯卡特上校从办公室里冲了出来，把那个女人吓跑了，这才救了他的命。

不过，他已经失去了知觉。

参 考 文 献

[1] Henry David Thoreau. Walden[M]. Lyndon Shanley:Princeton University Press. 2005.

[2] John Updike. "Preface". In Walden. Ed. [J]. Lyndon Shanley. Princeton University Press. 2004.

[3] Lawrence Buell. Literary Transcendentalism: Style and Vision in the American Renaissance[J]. Ithaca:Comell University Press. 1973.

[4] Lv Dai, Tennyson and the Concept of Gentleman. [J]. Kawauchi Review (Ⅵ),2007.

[5] Lv Dai, The Role of Women in Tennyson's Idylls of the King. [J]. Kawauchi Review (Ⅶ),2008.

[6] Lv Dai, Vivien and Female Rebellion in Tennyson's Idylls of the King. [J]. Kawauchi Review (Ⅷ),2009

[7] Lv Dai, Love or Death: Women's Role in Tennyson's Idylls of the King. Peking: Foreign Language Group,2009

[8] QIAO Y, & ZHANG H. 2013. Hemingway and the "code heroes" [J]. Foreign Language Forums,(15):253.

[9] WALSH M. Swift and Religion[A]. In F CHRISTOPHER (ed.) The Cambridge Companion to Jonathan Swift[M]. Cambridge:University Press,2003.

[10] WILLARD T. 1960. American Literature In Twentieth Century [M]. Harvard: Harvard University Press.

[11] Williams, Tennessee. The Glass Menagerie [M]. London & New York:Penguin Group, 2009.

[12] 阿瑟·米勒著,姚克译.《推销员之死:选评——名师评译丛书》[M].北京:中国对外翻译出版公司, 2004.

[13] 艾米莉·勃朗特著, 宋兆霖译.《呼啸山庄》[M].上海:上海文艺出版社, 2007.

[14] 陈凯.绿色的视野:谈梭罗的自然观[J].外国文学研究出版社.(4):129 - 134.2004.

[15] 陈才忆.梭罗的人生追求及其现代意义[J].四川外国学院学报.(5):37 - 42.2003.

[16] 大卫·塞林格著, 孙仲旭译.《麦田里的守望者》[M].南京:译林出版社,2007.

[17] 戴维·赫伯特·劳伦斯著, 王巧俐译.《儿子与情人》[M].武汉:长江文艺出版社, 2009.

[18] 狄更斯著，黄雨石译.《雾都孤儿》[M]. 北京:人民文学出版社，2001.
[19] 狄更斯著，王科一译.《远大前程》[M]. 上海:上海译文出版社，2011.
[20] 狄更斯著，张玲，张扬译.《双城记》[M]. 上海:上海译文出版社，2011.
[21] 笛福著，张蕾芳译.《麦克白》[M]. 北京:北京燕山出版社，2013.
[22] 菲茨杰拉德著，沈学甫译.《了不起的盖茨比》[M]. 天津:天津人民出版社，2012.
[23] 葛斯塔舒维普著，叶青译. 古希腊罗马神话与传奇[M]. 桂林:广西师范大学出版社，2003.
[24] 豪威尔斯著，孙致礼，唐慧心译.《塞拉斯·拉帕姆的发迹》[M]. 南京:译林出版社，2005.
[25] 赫尔曼·梅尔维尔著，晓牧译.《白鲸》[M]. 上海:百花洲文艺出版社，2014.
[26] 亨利·菲尔丁著，刘苏周译.《汤姆·琼斯》[M]. 武汉:长江文艺出版社，2009.
[27] 亨利·詹姆斯著，戴光年译.《螺丝在拧紧》[M]. 哈尔滨:哈尔滨出版社，2014.
[28] 亨利·詹姆斯著，洪增流，尚晓进译.《贵妇人画像》[M]. 合肥:安徽文艺出版社，1995.
[29] 华盛顿·欧文著，冷杉，杨立新译.《睡谷的传说；瑞普·凡·温克尔》[M]. 合肥:安徽人民出版社，2013.
[30] 简·奥斯汀著，孙致礼译.《傲慢与偏见》[M]. 北京:外语教学与研究出版社，2013.
[31] 简·奥斯汀著，张春燕译.《爱玛》[M]. 呼和浩特:内蒙古人民出版社，2010.
[32] 杰克·伦敦著，许新泽译.《野性的呼唤》[M]. 广州:广州出版社，2007.
[33] 吕黛，生态女性主义视角下的华裔美国女性作家自我身份的构建，[J]. 芒种(3):45－46. 2012.
[34] 吕黛，试分析《星际穿越》的空间审美维度 [J]. 电影文学(9):142－144. 2016.
[35] 马克·吐温著，张万里译.《哈克贝里 芬历险记》[M]. 重庆:重庆出版社，2008.
[36] 马克·吐温著，朱建迅译.《汤姆·索亚历险记》[M]. 南京:译林出版社，2010.
[37] 马克·吐温著，曹海英译.《王子与贫儿》[M]. 武汉:长江文艺出版社，2013.
[38] 纳撒尼尔·霍桑著，李映珵译.《七个尖角阁的老宅》[M]. 武汉:长江文艺出版社，2008.
[39] 欧内斯特·海明威著，黄源深译.《老人与海》[M]. 南京:译林出版社，2010.

[40] 欧内斯特·海明威著，林疑今译.《永别了,武器》[M]. 上海:上海译文出版社,2011.
[41] 欧内斯特·海明威著，赵静男译.《太阳照常升起》[M]. 上海:上海译文出版社,2011.
[42] 萨克雷著，徐斌译.《名利场》[M]. 哈尔滨:北方文艺出版社，2012.
[43] 斯坦培克著，胡仲持译.《愤怒的葡萄》[M]. 北京:外国文学出版社,1982.
[44] 斯托夫人著，林玉鹏译.《汤姆叔叔的小屋》[M]. 南京:译林出版社，2010.
[45] 托马斯·哈代著，王忠祥，聂珍钊译.《德伯家的苔丝》[M]. 武汉:长江文艺出版社，2011.
[46] 王伶伶. 2009.《格列佛游记》中人物的异化[J]. 长沙:湖南师范大学，(12):3.
[47] 伍厚恺. 2010. 简论讽喻体小说《格列佛游记》小说及其文学地位[J]. 四川大学学报，(5):19 - 23.
[48] 威廉·莎士比亚著，朱生豪译.《哈姆雷特》[M]. 南京:译林出版社，2013.
[49] 威廉·莎士比亚著，朱生豪译.《麦克白》[M]. 南京:译林出版社，2013.
[50] 威廉·莎士比亚著，朱生豪译.《威尼斯商人》[M]. 北京:中国画报出版社，2014.
[51] 威廉·戈尔丁著，龚志成译.《蝇王》[M]. 上海:上海译文出版社,1997.
[52] 西奥多·德莱塞著，何湘红译.《珍妮姑娘》[M]. 广州:广州出版社,2008.
[53] 西奥多·德莱塞著,裘柱常译.《嘉莉妹妹》[M]. 上海:上海译文出版社,2011.
[54] 夏洛蒂·勃朗特著，贾文浩，贾文渊译.《简·爱》[M]. 西安:陕西师范大学出版社，2010.
[55] 颜静兰. 2003. 讥讽权贵 嘲弄暴政——江奈生·斯威夫特与《格列佛游记》[J]. 华东理工大学学报(社会科学版)，(03):116 - 118.
[56] 姚晓昕. 2013. 从“极致”的罪恶到“无比单纯”的救赎[J]. 文艺评论，479:138 - 140.
[57] 约翰·福尔斯著，陈安全译.《法国中尉的女人》[M]. 上海:上海译文出版社，2003.
[58] 约瑟夫·海勒著，吴冰青译.《第二十二条军规》[M]. 南京:译林出版社,2012.
[59] 张媛. 我国海明威研究第二次高潮趋势[J]. 山东理工大学学报，(2):2015.
[60] 赵朝霞. 罪恶与救赎[J]. 文化艺术，(3):2008. [61] 邹溱. 近年国外海明威研究述评[J]. 国外文学，(1). 1995.
[62] http://baike.baidu.com/link? url = dJ3A9qnrn1BDOkhAUSS9j CAn Yr C0t - Gc1l Xab0 Ea Tvu D Ehg6Om Wp Bmil4ZJ——2Su3e38 Qpatv QE Me3r2L

Zb5jtb M4i Pm Liy F Ssyh FSGl Eb24 V Bn9cpj H HbSCCKICY9 Gxy Obthht Czdem NV GdL1u Cgcdaw RYP—U Hg6jwiaq6h Nv R Gk Fk Nu A Eu3jaacy T－36 A B_iz CPA Ph3 Kcgooio PkezCvJ573Z61J__TW——gJza Az KLV 9q RYZTGCwVCAK7T5 QoV，2015 年 12 月 24 日 17:03.

[63] http://ctdsb. cnhubei. com/html/ctdsbfk/20130318/ctdsbfk1996045. html，2015 年 12 月 27 日 9:00.

[64] http://news. lsnews. com. cn/system/2013/01/04/010374729. shtml，2015 年 12 月 27 日 10:24.

[65] http://www. zynews. com/2006－06/06/content_398115. htm，2015 年 12 月 29 日 12:00.

[66] http://ctjb. cnhubei. com/html/ctjb/20100903/ctjb1167641. html，2015 年 12 月 29 日 12:25.

[67] http://news. cnhan. com/html/173/2014/0803/69676. html，2015 年 12 月 29 日 13:00.

[68] http://edu. china. com/new/edunews/jy/11076178/20151027/20635063. html，2015 年 12 月 29 日 13:09.

[69] http://legal. gmw. cn/2015－07/20/content_16358591. htm，2015 年 12 月 30 日 20:09.

[70] http://www. qi－che. com/shehuixinwen/201505051320144. html#feedback，2015 年 12 月 30 日 20:22.

[71] http://www. 66law. cn/goodcase/13071. aspx，2015 年 12 月 30 日 20:34.

[72] http://news. sina. com. cn/o/2008－07－13/004514154756s. shtml，2015 年 12 月 31 日 12:30.

[73] http://digi. dnkb. com. cn/dnkb/html/2014－02/14/content_305683. htm，2015 年 12 月 31 日 13:52.

[74] http://www. jzhfz. com/14764. html，2015 年 12 月 31 日 13:55.

[75] http://www. cnjxol. com/xwzx/jxxw/jxshxw/content/2008－04/01/content_645855. htm，2016 年 1 月 3 日 18:27.

[76] http://www. yangtse. com/jiaoyu/2015－10－10/670032. html，2016 年 1 月 4 日 23:01.

[77] http://baby. sina. com. cn/edu/14/0606/2014－06－06/0736272227. shtml，2016 年 1 月 4 日 22:34.

[78] http://news. sina. com. cn/c/2004－11－12/09254217078s. shtml，2016 年 1 月 6 日 23:53.

[79] http://www. ycwb. com/ePaper/ycwb/html/2013－04/24/content_137386. htm? div = －1，2016 年 1 月 6 日 00:13.

[80] http://news. 66163. com/2014 - 06 - 13/908741. shtml, 2016 年 1 月 7 日 21:23.
[81] http://www. newshs. com/a/20120723/00161. htm#, 2016 年 1 月 7 日 21:57.
[82] http://www. dingzhoudaily. com/dushi/2012 - 03 - 06/3619. html, 2016 年 1 月 8 日 22:42.
[83] http://www. chinanews. com/sh/2013/06 - 27/4978507. shtml, 2016 年 1 月 8 日 23:05.
[84] http://news. qq. com/a/20150204/005493. htm, 2016 年 1 月 9 日 17:25.
[85] http://www. 91jucai. com/mrjd/2016 - 01 - 07/43646. html, 2016 年 1 月 10 日 23:56.
[86] http://js. xhby. net/system/2016/01/06/027572641. shtml, 2016 年 1 月 10 日 23:56.
[87] http://news. sina. com. cn/o/2015 - 11 - 23/doc - ifxkwuxx1717010. shtml, 2016 年 1 月 15 日 13:07.
[88] http://www. guancha. cn/society/2015_12_29_346273. shtml, 2016 年 1 月 15 日 15:30.
[89] http://newspaper. jcrb. com/html/2014 - 07/23/content_164366. htm, 2016 年 1 月 17 日 12:38.
[90] http://epaper. chinanews. com/html/2014 - 04/23/content_48787. htm, 2016 年 1 月 17 日 13:21.
[91] http://news. 163. com/13/1103/09/9COF2OMJ00014Q4P. html, 2016 年 1 月 17 日 20:54.
[92] http://yanzhao. yzdsb. com. cn/system/2015/05/11/014193002. shtml, 2016 年 1 月 18 日 12:11.
[93] http://epaper. sxrb. com/shtml/sxnmb/20160105/319490. shtml, 2016 年 1 月 18 日 12:42.
[94] http://baike. baidu. com/link? url = v1xmljbu Unooo UVG lg QCy - M Usuv Ks3pJp TY 0j9Cs4 KU dvgi Ysmvp ALXJ f Q8X8Qt Wx1_Qb1 Ft2sx8u SG Re AZN3QStv0nv6 ANyIfybC Lsi Gcdzrf UJg7Ln4_Lbhd8oRRh - , 2016 年 1 月 20 日 11:20.

后　　记

我从1995年到河北理工学院任教以来,一直从事英语教学工作。除了提高学生的英语运用能力和技巧,我对于英美文学名著如何塑造当代大学生的品格,增强他们的文化修养有着一种难以割舍的情节。在我们的教育中,由于过度重视分数和成绩,导致许多青少年的成长过程中道德教育缺失,人文素养缺乏,因而离开校园后面对复杂的社会显得无所适从,有的甚至引发各种极端事件。

我2004年至2008年在国外留学攻读博士学位。四年中,亲身经历了两位优秀的留学生在海外自杀身亡的惨痛事件。这些事情深深印在我的脑海里,挥之不去,引发我不停地思考,学业这么优秀的学生,生命力竟然如此脆弱?如此美好的青春年华,何以顷刻间在异国他乡戛然而止?

于是三年前我开始筹划这本从文学名著中吸取人生智慧的书,意在引导我们的学生从那些经典作品中寻到人生的方向,力量和榜样,从而树立正确的价值观,在处理生活中的问题,诸如工作,家庭,事业,人际关系时,能够充满智慧,游刃有余,活出精彩的人生。

本书在编写过程中得到我的学生们的很多帮助和建议,他们的观点也为我提供了新的视角。出版社的编辑老师在修改和校订过程中也付出了辛勤的劳动,一丝不苟的求实态度着实令人感动,在此一并表示感谢。

由于篇幅有限,所节选的文学作品只是浩瀚文学长河里的一小部分,加之我水平和经验有限,本书肯定存在许多瑕疵,敬请读者批评指正。

吕黛

2016年